钝角

（下）

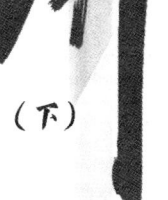

鸡蛋我只吃全熟 —— 著 ▲

江苏凤凰文艺出版社
JIANGSU PHOENIX LITERATURE AND ART PUBLISHING

有爱的青春陪伴者

第十一章
高三来临

"重新认识一下,十七班,陈岩。" ♪

八月正午,遮天蔽日的樟树如伞冠一般,用层层叠叠的绿叶将闷热阻隔在外,在任佳窗前亦打下了一片阴凉。

任佳捧着水汽沁凉的瓷碗,小口小口地喝完一碗绿豆粥后,盯起了窗外的风景。

水仙和兰花都是冬春开花的植物,已经彻底进入了休眠期,因而,那几抹随风摇曳的纯白早已不复存在了。

她一边想着,视线缓缓上移,又落到了对面的门上。

过去几天,向奶奶出门的频率要少了许多,偶尔拎着菜篮往门外走,也是一副走神的模样。

他们二老在南巷也并未待上太久。

临近开学时,他们背着大大的包,特意给胡雨芝送去了不少干货与特产,嘱咐她高三到了,千万要给任佳多补营养,至于他们自己,则说是报了一个老年人旅游团,想去邻省散散心。

283

那一天，任佳一直把自己关在房间里，没有去凑客厅里的热闹。

忽然之间，南巷再一次安静了下来，后知后觉，任佳意识到，她好像又回到了初来此地的状态——除了胡雨芝，她再也叫不出任何一个人的名字。

日子就在这样一天又一天的重复中再度往前，当被用空了墨水的笔芯堆满了抽屉底层，被翻得泛黄的错题本由厚到薄，任佳才骤然察觉到，暑假已经只剩最后一天了。

正式开学前一天，院子里飘起了两件蓝白相间的校服短袖。

胡雨芝把校服收下来后，笑着递进了任佳怀里，任佳接过校服一闻，是很好闻的皂角味道，想起一个人格外清冽的校服外套后，思绪又再次慢了下来。

"佳佳，这都是妈妈自己做的，明天开学，你要不要带点儿给姜老师？"

姜老师？

听见这三个字时，任佳才回过神来，紧接着，她不知所措地打开了袋子。

袋子里，是好几瓶红彤彤的辣酱，其间还混杂着一瓶秘制牛肉酱，香气四溢。

原来，胡雨芝早把她那日的失落看在了眼里，一直记得她很舍不得姜老师。

"妈妈……"任佳不好意思地笑了笑。

"这有什么？"胡雨芝爽朗一笑，"给你放书包里了！今天早点睡，明天还得早起呢！"

任佳背着沉甸甸的书包，走在通往致远楼的路上时，学校里已经再度热闹了起来。

致远楼下，期末考试的成绩已经张贴出来了。由于提前知悉了自己的成绩，任佳便没挤进去看，而是去到了公告栏旁，和三三两两的人一起，看起了新的九班名单。

任佳看见了好几个眼生的名字。

粗粗扫了一眼后,她预备转身离开,而一转身,她就看见了站在自己身后的黄正奇,黄正奇的名字不在名单之中,二人四目相对之时,任佳一下不知该做何种反应,黄正奇却皱着眉头盯起了她。

他神情沉郁得过了分,任佳因而干脆抬起头来,任由他看。

见状,黄正奇眉心一皱,黑着脸转过身体后,不发一言地走了。

任佳并没有把这一插曲放在心上,只因黄正奇转身离开的一刹那,几个一脸兴奋的女生正好从任佳身前走过,任佳看见她们脸上无比灿烂的笑,一下就想起了还在准备艺考的童念念。

"高三的那个学长叫什么啊?打听清楚了吗?"

"没有!但我看见他进了十七班!"

"先别管这个了,新生大会就要召开了,以后多的是时间打听!"

看来是高一的新生,她们手牵着手,几乎是一步三回头地往前跑着,任佳看着看着,思绪便不由得飘回了从前。她没有想到,时间竟然过得这么快,半年之前,她初次来到前海一中时,也是和她们一样,眼角眉梢都盛着明晃晃的好奇。

紧接着,任佳想起她们口中的十七班,立刻收回了远游的神思,快步朝二楼办公室走了过去——十七班的办公室就在致远楼二楼,她得赶在早自习之前,把胡雨芝给她的自制辣酱送到姜悦手里。

气喘吁吁地敲响了办公室的门后,一个清亮的女音叫了声"进"。

任佳眼睛一亮,推开门走了进去。

"任佳!"姜悦看见她也很惊喜,"我的课代表怎么来这儿了?"

任佳快步走到姜悦办公桌前,刚拿出一瓶辣酱,姜悦正好放下了手里的班级名单,于是,只一秒,任佳就看见了"陈岩"两个字,紧接着,她思维一滞,手里的瓶子"砰"一下落了地。

宛如昨日重新一般,手里的玻璃瓶骨碌碌向前滚了过去,而任佳刚一俯下身来，一双骨节分明的手就捡起了那个红彤彤的瓶子。

"这是什么？"姜悦好奇发问。

"我妈妈的秘制配方。"说话时，任佳仍然直直盯着那双手，"可以拌饭吃。"

"太好了，学校食堂我早吃腻了！"姜悦毫不客气，"正愁没有下饭菜！"她注意到了任佳的失神，忙问了一句，"怎么了任佳？"

任佳却没再说话，视线缓缓上移，看向陈岩的眼神没什么特别的温度。

"这是怎么了？"姜悦笑着咕哝，"不应该啊，我钦点的两个领唱，过了一个暑假就不认识了？"

说着，姜悦笑着拍了拍陈岩的肩膀，刻意逗弄他道："陈岩你发什么呆？不和任佳重新介绍一下？"

陈岩耳朵稍稍有些红，眼神似是不知道该放在哪里一般，落定在了姜悦手里的分班名单上。

任佳的眼神却不躲不避，眉头拧得越发深了。

此时此刻，窗边的阳光从陈岩耳郭旁透了下来，带着点点金黄，洒在了他肩线分明的校服短袖上。他的头发剪短了不少，五官显得比起之前更为立体，领口亦系到了最上面的那一颗，把锁骨上那道狰狞的伤疤遮得很好。

任佳看得认真，陈岩微微错开了她的视线。

只是下一秒，他又更加认真地望了回去，哑声道："十七班，陈岩。"

走廊上，微风吹拂，任佳思绪恍惚，几步路走得飞快，身后的脚步声几乎一刻不停。

"不回教室跟着我干什么？"

走出办公室一段距离后，任佳忍无可忍转过身去。身后巴巴跟着她的少年步伐一顿，忽然就笑了起来。与此同时，任佳亦一眼瞥见了他不知何时抱在怀里的那个纸箱。

皱皱巴巴的纸箱上，一个一笔一画认真写就的"岩"字赫然在目，任佳霎时有些尴尬,没想到眼前人连这东西都翻了出来,还宝贝般地带去了新班级。

"任佳。"

过了几秒,陈岩不由分说朝她走近一步,一声"任佳"又叫出了几分委屈,只是他刚一开口,"啪"一声,一瓶圆柱状的橘色不明物被人干脆利落地扔进了他怀中的纸箱内。

"三分!"不远处,旁胜跳着做了一个投篮的动作。

看清楚纸箱里多出来的是一瓶奶茶后,陈岩眉心一跳,手足无措地看向了任佳,任佳则看着匆匆奔向二人的旁胜,表情没什么太大的变化。

"陈岩,你怎么回学校了?"旁胜跑向二人,朝陈岩解释道,"刚刚在楼梯口遇见几个小学妹,正一脸兴奋地朝你这边望,我还以为是哪路神仙,实在好奇不过就跟着瞅了一眼,没想到竟是你。喏,她们不好意思自己过来,就让我帮忙……"

旁胜话才说到一半,陈岩整个人一副如临大敌的模样,立刻向前跨出一步,严严实实地将旁胜隔绝在了任佳视线之外,连带着,他回头朝旁胜瞥了一眼,眼眸冰冷一抬,一个眼刀就堵上了旁胜的嘴。

任佳早瞥见了楼梯口探头探脑望向陈岩的一干人,显然不欲逗留。

然而,她面无表情转过身体的那一秒,陈岩又不打招呼地拦住了她的去路,叫了声她的名字。

"让开。"

任佳心乱如麻,语气实在算不上温和,而陈岩嘴上答应得格外干脆,身体却丝毫没有要给她腾地方的打算。

"别跟着我……"

任佳又重复了一句,一抬起头,看清陈岩的受伤神情后,马上扭脸看向了一旁。

而就在她移开视线的那一秒,陈岩竟已竭力换了副神情,眼里盛上了几丝轻浅的笑意。

任佳步伐僵硬地绕开了他。

只是，和怔愣在原地的少年人擦肩而过的那一瞬间，任佳再次看清了他笑意尽失的眼睛，于是，鬼使神差地，她最终还是停下了步伐。

"手上的伤怎么回事？"任佳低着头问。

她有很多问题想问陈岩，决定先从最简单的这个着手。

陈岩说得艰难："捡个没人要的小东西，当时走了神。"

谁都知道，捡东西才不可能捡出这么锋利而细长的划伤，任佳想起陈岩带着一身伤口重新回到南巷却对她避而不谈的那个夜晚，心情越发难受，却还是耐着性子，继续问了下去："那你为什么走神？"

陈岩表情当即踌躇了几分。

任佳立刻强调："不许撒谎。"

陈岩的声音于是小了下去："当时在想你。"

这话一出，任佳实在不愿再听他胡扯，一步绕开眼前人后，再次加快步伐，"噔噔噔"跑上了楼。

九班教室里，四面白墙都被翻新了，桌椅也被重新刷上了一层清漆。

任佳走进教室坐下，摸了摸自己光滑平整的新桌面后，怔怔回过头去，望起了被擦得纤尘不染的后黑板。

黑板旁，那个白底红字的倒计时格外醒目——距离高考还有三百零五天。

从今天开始，时间的流逝将在每个人眼前越发清晰。

而黑板之上，那几个用红漆写就的警示语同样引人注目。

——抢分数！抢时间！

任佳的心脏"扑通扑通"跳了起来。

回过头后，她与前排的冯远对上了视线。

"任佳。"冯远压低了声音，"你吃什么灵丹妙药了，进步这么快？"

任佳兀自翻开了英语书。

"这又是怎么了？"冯远莫名其妙地回过头，"进步了还不开心？"

再度抬起头时，任佳看见了讲台上那个从没见过的女人。

她三十来岁，头发梳得一丝不苟，拿起一截粉笔时，神态里透出了一股不露自威的意味。

不一会儿，黑板上就多出了两个字：陆颖。

开学第一天的英语早自习，陆颖说的话不多，照着点名册把九班的人认了一圈后，就任由学生们自主安排早自习了。

只是，下课铃响起时，她又像想起了什么似的，抬头望向了众人。

"我们班英语课代表是谁？"

同一时间，几颗脑袋齐刷刷望向了任佳，任佳不自觉绷紧了身体，举起手说出了自己的名字后，就紧张兮兮地留意起了新老师的一举一动。

而陆颖一得知她的名字，就又拿起手中的点名单，仔细查看了起来。

任佳有些忐忑，她意识到，陆老师手里捏着的，很有可能不是点名册，而是一张英语成绩单。

毕竟，她的英语虽比初来前海一中时要好上了许多，然而放置在九班之中，却仍然只是中规中矩。

望见陆颖眉头轻轻拧起的那一秒，任佳身体僵硬了一瞬，幸而，陆颖没多问什么，只简短说了句"知道了"，便快步离开了教室。

高三这天的第一节课，正好是班主任徐原丽的化学课，而连着两节课上完，就到了学生们最为期待的大课间。

平日里，大课间无疑是学生们最为疯狂的时候，只是今天却有些不同寻常——下课铃声响起时，没有一个人松懈下来，所有人都不约而同地看着讲台上的班主任，似乎是预料到了她有话要说。

讲台上，徐原丽欣慰一笑，开门见山地总结起了上学期的期末考。

总结完班里的成绩后，徐原丽便看向了任佳。

"任佳同学进步很大。"她认真道，"十一名，这个数字乍一听或许平平无奇，但我想，在座的每一个同学都清楚，和整个年级的大赛道不同，前五十名的竞争看似平静,却更加腥风血雨,就像领跑马拉松的第一梯队,看上去,每个人之间只相差寥寥几步路的距离,然而这短短几步路的背后,却对应着难以估量的时间与精力。"

这是自转入前海一中后,任佳第一次在班级里如此直白地被徐原丽表扬,她脸微微有些发红,无所适从地低下了头。

而徐原丽一边说,一边走下讲台,将九班排名张贴在了教室后门处。

贴完,她又严肃敲了敲那块空荡荡的黑板,叮嘱九班众人寻找空闲的时间把自己的目标院校写上去。叮嘱完,她昂着头朝那黑板望了半晌,才终于一步三回头地出了门。

徐原丽一出门,教室里便瞬间热闹了不少。尽管楼下早已张贴了排名榜,依然有不少人跑到教室后门处反反复复地看起了成绩。

任佳则继续看着桌上的书,手里的笔一刻不停地动着。

"你刚刚说什么?陈岩回来了?"

说话的冯远就在任佳身后,闻言,任佳写字的笔一停,下一秒又更加快速地动了起来。

"怎么了?你没听说吗?这消息都传开了。"被叫住的旁胜兴奋解释,"他现在在十七班,姜悦班上!"

"在姜悦班上是什么意思?"冯远立刻问,"陈岩不走啦?"

"走什么走?"旁胜"啧"了一声,"你是没见他那样子,跟吃错药了似的,头发短了不少,衬衫都扣到了最上面那一颗,整个人直挺挺地往那儿一杵,不知道的还以为是什么五好阳光少年郎。

"对了。"冯远怔神时,旁胜又补充了一句,"姜悦以毒攻毒,还点名让陈岩当班长。十七班本来是个什么模样?李屹良嘴里一群死猪不怕开水烫的泼皮,不学无术一连气跑了三个班主任……然而你猜怎么着,今天陈大班长搬着一箱书往班里一坐,那群人就连睡觉的姿势都斯文含蓄了不少。"

冯远仍是不敢相信:"你怎么知道的?"

说话时，他时不时回头看一眼教室另一头的姜馨，一脸郁闷。

"还能怎么知道？当然是我亲眼看见的呗！"旁胜莫名其妙，说着，还重重叹了口气，"但其实吧……脾气也还是那个老样子，我今早不过是帮忙给他递了一瓶奶茶，他那脸就一下拉了下来，像是我丢给他的不是一瓶奶茶，而是一枚定时炸弹似的，恨不得生吞了我！"

说到此，旁胜将手里的试卷卷成一团，戳了戳一动不动的任佳："对吧英语课代表？这事儿你也看见了，你说陈岩那小子是不是有病？"

任佳没有回头，然而，听旁胜那样绘声绘色的描述，嘴角却蓦然一松，勾出了一点儿小小的弧度。

然而下一秒，一反应过来，她就迅速敛去了笑意，有些慌乱地坐直了身体，在心里小声唾弃起了自己，叛徒！

开学第一天很是热闹，直到上课前，裴书意走到后黑板处，在黑板上一笔一画地写下目标院校时，围在后门处东拉西扯的一众人等才终于安静了下来。

这其中，自然包括方才还聊得热火朝天的冯远和旁胜。冯远暂时搁置了与陈岩有关的话题，怔怔念出了那几个大字，旁胜看上去则很是兴奋，食指放在唇边吹了个无声的口哨。

"我就知道。"任佳身后，旁胜咕哝了一句，"班长就是班长，不愧是全校唯一一个做对物理压轴题的人。"

闻言，任佳手里的笔尖一顿，一小滴墨洇开在了草稿纸上。

"什么压轴题？"裴书意离开后，任佳回头看向了旁胜。

"当然是期末考试那道变态的物理压轴题！"旁胜解释，"我去办公室送数学作业时，全办公室的老师都在说这事儿。"

任佳迷茫地拧起了眉，不确定地又问了一遍："老师说那道题只有裴书意一个人做对吗？"

"对啊！"旁胜点了点头，"老师还说了，那道题确实很难，就算没有一个人做对都不奇怪。"

说着，旁胜伸出一根手指，指到了物理分数那一列，偶然看见了任佳的分数后，眼睛即刻瞪大了一圈。

"任佳！"旁胜惊讶道，"你物理在我们班排第二呢！你不会只差那道压轴题没有做出来了吧？"

任佳的神情顷刻间变得更加迷茫了。

与此同时，"丁零"一声，上课铃响了，物理老师钟清拿着课本走进了教室。

钟清一站上讲台，学生们便快速坐回到了座位上，任佳只得转过身去，拿出了课本。

翻开书页时，任佳仍然有些不敢置信，直到现在，她还能回想起她在考场上得出答案之时的心情，那种近乎眩晕的满足感和幸福感笼罩着她——她仿佛在那一刻变成了战无不胜的国王，攻城掠地，畅快淋漓……

可旁胜却说，一整个年级里，只有裴书意得出了正确答案。

她没忍住朝裴书意多看了一眼，发现他的背影似乎无论何时望去都云淡风轻的，心里涌出了一股浓厚的无力感。

讲台上，钟老师已经打开了投影仪准备讲新课，表示试卷得等到晚自习发下来后再讲解，任佳心里稍稍有些失望，收回视线后，又忍不住回过头去，朝黑板上那行字迹望了起来。

钟老师开口的那一瞬，任佳强令自己定下心神，返身打开了课本。

讲解新课的时间总是过得格外快，几节大课过去，九班教室里，学生的姓名已不知不觉挤满了后方的黑板，而每一个姓名之后，亦紧紧跟着一所大学的名字。

短短半天时间，一方黑板上凝满了天南海北的学校，每一个走进九班的任课老师，都会在黑板前驻足许久，感慨时间之快。

下午的体育课上课之前，冯远也把目标院校写了上去，写完之后，他见任佳迟迟没有动作,便试探着问起了她:"任佳,你不写吗?"

任佳摇摇头,径直出了门。

独自走在通往操场的林荫小道上时,任佳只觉四周的风像是一件密不透风的外套,闷得人心情也一并沉了下去。

路过篮球场时,一声尖锐的哨响乍然响起,听到哨响的那一瞬,任佳立刻往球场上瞥了一眼。她还没看清场上具体有哪些人,只是扫到了记分牌上"十七班"三个明晃晃的大字,就触电一般收回了视线,加快步伐跑进了九班队伍里。

然而,即使站在了与篮球场分隔操场两端的九班队伍里,陈岩两个字依旧被她身后的几个男生你一言我一语地提了起来。

"旁胜,没见着陈岩来上体育课啊,你不是说他在十七班吗?"

"就是,陈岩人去哪儿了啊旁胜?还想找他打球来着呢。"

"吵什么?陈岩也不是每节体育课都上的啊……"

"也是,他那人你们还不知道吗?一直都是来去不定的。"

…………

闻言,任佳眼神微微一暗,迅速朝前迈出了一小步,不愿再留意身后几人的对话。

高三的第一节体育课,体育老师难得严肃了起来,没再睁一只眼闭一只让学生们自由活动,而是正儿八经上起了课。

热身、跑步、分组训练……

一节课下来,一帮四体不勤的学生们累得气喘吁吁,纷纷前往小卖部买饮料解渴续命。

任佳也渴得不像话,跟着众人朝前走着,路过篮球场时,她下意识想要加快步伐,又陡然想起旁胜的话,目光才终于不再僵直,缓缓看向了十七班那群男生。

人群里果然没有陈岩,任佳自嘲一笑,再次加快了步伐。

到达商店时,店里两条队伍已经拉得老长,几乎快要排出大门,见状,任佳不打算再浪费时间，准备直接回教室喝水。

上了两层楼梯，任佳刻意维持着目不斜视的状态，然而，走过二楼楼梯口时，她无意中瞥见了那个微微昂着头的熟悉身影，不由得又停下了脚步。

十七班后门的黑板旁，姜悦正拿着成绩单，轻拧着眉，一笔一画地写着班里学生的年级排名。

——张海生。

看见这个名字时，任佳立即想起了他是谁，毕竟，倒数第一名和正数第一名一样，同样令人记忆犹新，就在刚刚，任佳经过致远楼一楼的花坛时，还在排名榜的最末端看见了他。

陡然之间，任佳想起了旁胜对十七班的形容，在心里为姜悦捏了把汗，然而黑板旁，姜悦写得无比认真，丝毫没有注意到后门处紧张凝望着她的任佳。

任佳则在看清姜悦写下的那一行小字后，一下子失了神。

——张海生，进步空间，895 名。

姜悦没有用"年级排名"这样的字眼，而是在每一个学生的姓名之后，一遍又一遍，不厌其烦地写下了"进步空间"这几个大字。

排在第 896 名的张海生，他的进步空间是 895 名。

短短几个字仿佛有着莫大的力量，朝其看了半晌后，任佳心底因白日里那道压轴题而生出的挫败感烟消云散。与此同时，姜悦终于看见了任佳，大幅度和她招起了手。

任佳立刻朝十七班踏进了一步，霎时，走廊上的风景被隔绝在了她身侧那堵白墙之外，取而代之的是一个身姿挺拔的少年，陈岩。

此时此刻，陈岩正安静坐在第一列靠墙的位置上，缓缓翻动着手里的书页，任佳心一跳，下意识想退出门外，姜悦早已笑着叫出了她的名字："任佳，刚上完体育课吗？"

陈岩猛地回过了头。

"姜老师好。"

说话时,任佳目不斜视地看着姜悦,却只坚持了短短数秒,只因陈岩的动静实在太大了,她想不注意都难——就在她话音刚落的那一秒,陈岩"啪"一下合上了手里的书,又腾一下站了起来,一把拎起了椅背上的书包,兵荒马乱地拉起了书包拉链。

"书。"任佳轻声提醒了一声。

然而她一开口,陈岩就格外慌张地抬起了头,完全没注意到书桌上那本没放稳的书,他拉着书包拉链的手亦一下失去了分寸,一声金属断掉的"嘣"声倏然响起,半截拉链卡死在了书包上,另外半截小小的握柄则不知弹去了哪里。

再然后,"啪"一声,陈岩桌上的书一下落了地,准确无误地砸在了他脚上。

姜悦无奈地看着陈岩,陈岩则紧抿着唇,大脑像是宕了机似的,分外无措。

而任佳已经从拉开的那一小截书包中看清了陈岩在找什么,陡然低下了头。

教室里的气氛一下更尴尬了,姜悦却浑然不知,她见任佳脸仍然有些发红,只以为是刚上完了一节体育课的缘故。

"陈岩啊……"姜悦于是笑眯眯提醒起了陈岩,"下次体育课别把自己关在教室里看书了,你看看任佳,劳逸结合才是对的。"

陈岩这才回过神来,低着头更加焦急地捣鼓起了拉链。

姜悦继续:"学习这回事儿,再急也只能一步一步来。"

这话一出,陈岩动作一僵,面上立刻浮出了几丝困窘。他飞速朝姜悦瞥了一眼,只差把那几个大字明晃晃地写在脸上了:求您住口。

姜悦只觉得新鲜,饶有兴致地欣赏起了他这副难得一见的窘迫模样。

而下一秒,"刺啦"一声,陈岩卡死的书包拉链终于被拉开了,与此同时,任佳亦猛然退后了一步。

"姜老师，我先回去上课了。"

快步走出十七班教室后，任佳朝姜悦挥了挥手，仓皇转过了身，一阵风般消失在了二楼走廊上。

"书包质量不行啊。"

任佳走后，姜悦仍在调侃陈岩，边说边探头朝他紧紧握在手里的东西看了一眼。

"这是什么？"姜悦问。

而陈岩却像是彻底失去了神思一般，整个人都有些无所适从。

"没什么。"半晌，陈岩轻轻把它放了回去，哑声答话，"几天前随手买了只刺猬夜灯而已。"

任佳合上笔时，第一节晚自习结束的下课铃声已经响了起来。

在一片刺耳的丁零声中，她将手中密密麻麻的英语试卷小心夹进了课本，起身走出了教室。

盛夏时节，冗长的白日虽燥热有余，晚风却奢侈地沾上了几丝沁人的凉意。

走廊很安静，任佳站在栏杆旁，感受着缓缓吹拂而来的凉风，略微一低头，就看见了月光下波光粼粼的圆梦湖。

又一阵微风袭来时，她在心里轻声默念起了两个字：圆梦。

刹那之间，姜悦拿着粉笔的模样清晰地浮现在了她脑海之中，怔神之际，任佳也在不知不觉之间返身朝九班后黑板走去，郑重地拿起了一根粉笔。

"同学们，我让裴书意来演示一下这道题的解法。"

任佳刚写了几笔，物理老师钟清的声音就在她身后响了起来。闻言，任佳应声回头，而裴书意正也转身看向了她，视线落在了她还没写完的那几个字上。

"裴书意？"

钟清又叫了一声，裴书意这才返身向讲台走去，接过老师手里的粉笔后，他礼貌一点头，连试卷也没拿，就开始自顾自写起了解题步骤。

裴书意写着压轴题的解法时，教室里响起了一阵此起彼伏的赞叹声，纷纷感叹他过目不忘的本领了得，连题干都不用看就能回忆起题目的解法。

只有任佳，接过冯远传递而来的答题卡后，一动不动地朝最后一个答题框看了许久。

"冯远，黄正奇在哪个班？"半晌，任佳忽然问冯远。

"没记错的话是十六班。"冯远疑惑道，"突然问黄正奇干什么？"

说完，他一回头，第一次瞥见任佳脸上出现如此冰冷的神情，不由得愣住了，而任佳已经一把拿起了答题卡，跑出了教室。

到达十六班教室前门，顶着一道道陌生的目光往里走时，任佳气喘得很急，就连太阳穴都突突跳了起来。

"啪"一声，将答题卡一把拍在黄正奇桌上后，任佳面无表情地开了口："就算我少拿十分，留在九班的也不会是你。"

十六班立刻有不少人围着二人看起了热闹，更有好事者，还长长吹了声口哨。

黄正奇眼神闪烁，任佳继续："你自己去找李主任承认这件事，还是我去帮你说？"

她话音刚落，黄正奇面色一凛，上课铃声亦骤然响起，顷刻间，三三两两看热闹的学生一步三回头地回到了各自的座位上，黄正奇亦像是抓住了一根救命稻草一般，将桌上的答题卡一把甩了回去："你有证据吗？"

"证据"两个字一出，任佳心脏随之一沉，不可置信地拧起了眉。

而黄正奇敏锐地捕捉到了她的迟疑，神情一下放松了不少，甚至还勾起嘴嗤笑了一声，满脸轻蔑。

轻蔑……

意识到黄正奇的表情可以用这两个字来形容时，任佳感到全身的血液流速都在不断加快。

297

毫无理由的轻蔑，不加掩饰的恶意……

霎时，往日种种一下子浮现在眼前，任佳想起了被诬陷作弊之时，许多人意味深长的眼神，想起了被徐锋骗进巷子里时，许多人居高临下的表情……

还有裴书意的利用、徐老师的偏见、李主任的呵斥……

此时此刻，黄正奇这张不屑一顾的脸正与许多张或熟悉或陌生的面孔飞速杂糅，有如虬结缠绕的藤蔓一般，勒得她一时透不过起来。

酸楚感涌上鼻尖的那一刹那，任佳颓然低下了头，一低下头，她就看见了安静躺在地上，已经沾上了黑灰的答题卡。

"怎么回事？"

打断她思绪的是踏着铃声走上讲台的任课老师，闻言，任佳倏然回过神来，看清四周围整齐划一的视线后，恨不能在一秒内离开这个地方。

但尽管这样，她还是俯身上前，双手撑住课桌，直直盯起了黄正奇。

"黄正奇。"任佳冷笑一声，"你以为做过的事一点痕迹都不会有吗？"

说完，她就捡起了地上的答题卡，头也不回地出了门。

走出十六班后，任佳没有想到自己能遇见陈岩。

看见到陈岩后，任佳不由自主加快了步伐，一点儿都不想与他直接对上。

陈岩却与早晨很不一样，看清任佳神情的那一瞬，他就即刻迈大步朝她而去，周身都散出了一股许久未见的低气压。

见状，任佳低着头朝墙边走了几步，可陈岩动作比起任佳要快上许多——与她擦肩而过的那一秒，陈岩朝她陡然跨出一步，分外强势地拦住了她的前路。下一瞬，任佳退后一步又要躲开之时，他竟再一次直直迎上，将二人间的距离一下拉得更近了。

"是谁？"

听清陈岩的问题时，任佳愣了愣，一抬头，对上他分外认真的神情，好不容易压下的酸楚竟一下涌上了鼻尖。

但尽管如此，她还是迅速摇了摇头："没事，不用你管。"

而陈岩的神情已经彻底冷了下来，朝任佳端详几秒后，他冷脸抬起头向十六班众人看了过去，一对上黄正奇的视线，当即就要往里走，任佳立刻条件反射般挡住了他："陈岩！"

陈岩步伐不停，任佳看清他眉眼里的戾气，一下加重了语气："陈岩，说了不用你管，我的事和你没有关系！"

陈岩的步伐于是被定住了，一时之间，他仿佛进退两难一般，就那么背对着任佳沉默站着，身体僵硬得像是一具陈旧的盔甲。

而任佳已经转过脸去，不发一言地走向了楼梯口。

从陈岩的视线中消失的那一刹那，任佳逃一般跨过了数级台阶，匆匆跑向了九班。

走进九班时，所有人都在聚精会神地听裴书意分享压轴题的解题思路，没有人留意到她的迟到。

定了定心神后，任佳深吸一口气坐至座位旁，强逼自己集中注意力，拿出了课桌里的例题本。

讲台上，裴书意正写着最后的运算步骤，教室里则响起了一阵恍然大悟般的喟叹声。

而任佳安静看着黑板，发现尽管是同一道题目，她和裴书意用的方法却很不一样。

"不错，很踏实的方法。"裴书意讲完后，钟清满意一笑，"不过这道题其实还有另外一种解法，相比起第一种，思路会更加巧妙，运算量也要小许多，大家先把这个基础方法消化掉，有不懂的及时问，一会儿我来给大家讲解第二种方法。"

话音刚落，教室里的窃窃私语一下更明显了。

"不是吧！"冯远长叹了一句，"班长这解法就足够让人想破脑袋了，结果还只是基础方法？"

说完，他听见了任佳的动静，身体向后靠了靠，小声问："你刚刚去找黄正奇干什么？"

任佳哑着嗓子，回答得很含糊："有点儿事。"

冯远听得疑惑，过了几秒，终究还是没忍住回过了头，刚想细问，却一眼就看见任佳在例题本上另起了一行，快速写下了几个大字：二，极限法。

同一时间，讲台上，钟老师摩拳擦掌的兴奋声音响了起来："同学们看好了，其实，我们还可以利用极限的思路去解这道题。"

霎时，冯远"唰"一回过头去，神情复杂地盯起了任佳。

最后一节晚自习快要下课时，徐原丽和李主任一同出现在了教室里。

李主任一进门就朝教室后黑板而去，一脸欣慰地看起了后黑板，徐原丽的面色则有些严肃，她一站上讲台，就开门见山地宣布起了家长会的事宜。

家长会将在本周五的下午举办，公布完具体时间后，徐原丽又强调起了高三第一次家长会的重要性，表示除非特殊情况，任何学生的家长都不能缺席。

与家长会相关的事情交代完，下课铃声正好打响，教室里一下喧哗了不少，纷纷大声讨论起了题目，而任佳犹豫片刻，还是拿起答题卡，鼓起勇气朝教室后方的李主任走了过去。

"你要期末考试的草稿纸干什么？"李主任一脸不解，转头看向了教室后方的成绩排名。

看清任佳的排名后，他朝任佳笑了笑："不错，这次进步不小。"

任佳心里没底，点了点头正欲细说，李主任又抬起头朝黑板望了一眼："任佳，怎么没看见你要考的理想大学？还没写上去吗？"

闻言，任佳愣了一秒，下意识看向了黑板角落那几个其貌不扬的小字——尽管是同一所学校，但是与裴书意龙飞凤舞的几个大字相比，她的字迹确实不容易一眼看见。

"没关系，大胆定个目标吧！"李主任已经笑着鼓励起了任佳，"只要你稳住现在的成绩，有很多好学校都是能报的，比如咱们省里的……"

他一边说着，意识到了任佳忽如其来的怔神，循着她的视线向黑板角落望去，看清她的字迹后，还没说完的半句话即刻噎在了喉咙里。

空气一时有些尴尬，任佳捏着答题卡的手缓缓抬起后又缓缓放了下去，道谢后便坐回到了自己的座位上，没再提起压轴题的事情。

晚自习结束后独自一人行过空荡荡的楼层往下走着时，任佳仍觉得心里某个地方又闷又难受。

原本，她将希望寄托在了草稿纸上，心想如果能找李主任拿到自己的草稿纸，那就能根据纸上的解题步骤证明她也做对了那道压轴题。

甚至，她不光做对了压轴题，她还是全年级唯一一个物理拿满分的人。

这件事做起来并不难，毕竟前海一中的考场纪律一直很严格，草稿纸和试卷也是需要同步回收的。

可是，就在刚刚，看见李主任一脸讶异地盯着黑板上那几个小字时，任佳竟一下子失去了开口的勇气，而且，任佳也是那时才想到，就算能证明她做对了题目，她也不能把答题卡上的划痕百分百指控到黄正奇头上去。

一如黄正奇所言，她没有一锤定音的证据。

拖着沉重的步伐路过二楼走廊时，打着电筒的值班保安出现在了走廊尽头。

任佳被那光一晃，才终于回过神来，发现整栋走廊上，还亮着灯的教室已经只有十七班了。

十七班？

想到了什么后，任佳的心跳一下子快了不少。

而同一时间，不远处的值班保安也闪进了十七班："同学，要熄灯了！你快回去吧！"

下一秒，一个分外熟悉的声音隐隐传至了任佳耳畔，真的是陈岩。

意识到心底那个模糊不已的猜想就是现实时，黄正奇那张不屑一顾的脸瞬间被任佳抛至了脑后，取而代之的是一双时而带着轻浅笑意，时而冷冽得像是另一个人的深邃眉眼。

任佳只觉心脏上某个自以为坚硬的地方蓦然一软,一股完全不同的慌张感骤然来袭。

纪行迟曾说与她听的那些话,她在画室里亲眼见过的那幅画……连同着所有与陈岩有关的记忆一起,如同一只冒冒失失的蜻蜓一般,一下撞向了她的心头,让她一边欣喜,一边却又害怕得不成样子。

陈岩对她……是想要把自己扛起来、和她奔向同一个未来的地步吗?

又一次,那种再熟悉不过的失控感不打招呼地向她袭去,而与此同时,十七班的灯倏然灭了……紧接着,像是出于本能的自我保护一般,任佳立刻攥紧了书包带,被那前所未有的复杂感受所裹挟着,匆匆逃至了更为幽深的夜色之中。

接下来几天,任佳没再挨到快熄灯才离开教室,每晚一结束自习,都和九班大部队一起,步履匆匆地离开了致远楼。

高三年级第一次家长会如期来临,这一日,胡雨芝站在镜子前,第无数次向任佳问出了同一个问题——

"佳佳,我穿这身好看吗?"

"挺好的。"任佳颇有些哭笑不得,家长会分明下午才开始,胡雨芝却起得比她还早,而且一大清早就一件一件试起了衣服。

"那就这件?"胡雨芝不确定地多问了一句,"你帮妈看看,这个领子会不会显得过于正式了?我把头发披下来会不会好一点?"

任佳连忙点头:"对对,披下来好!"

胡雨芝于是把自己梳得一丝不苟的头发又放了下来,只是一放完,她朝镜子瞥了一眼,又骤然提高了声音:"这可不行!看上去太随意了!"

她一边说着,一边手忙脚乱地重新绑起了头发,绑完,刚准备让任佳再帮忙参考参考,"吱呀"一声,身后传来了一声门响,任佳蹑手蹑脚地消失在了院子里。

胡雨芝愠怒的声音在任佳身后倏然响起，任佳一个激灵，连忙加快了步伐。

任佳气喘吁吁地跑进教室时才发现，今日里严阵以待的可不止胡雨芝一个人。

徐原丽也是一副全副武装的模样，不但罕见地化了一点儿淡妆，还在炎炎夏日里不怕热地穿上了一件剪裁精致的小西装。

坐在讲台上时，徐原丽就像是被一根绳子扯着脖子一般，整个人端得又挺又直，全然不似平时那样随意。

家长会这天果然不比往昔，黑板已经被值日生擦得亮堂无比，高考倒计时的牌子则被摆放至了最显眼的位置，甚至，就连教室里课桌的间距，都在徐原丽的要求下重新调整了一番……

任佳朝四周环顾一圈后，竟也不自觉紧张了起来，每每一到课间，都忍不住回头朝墙上的时钟看上几眼。

在不安又期待的矛盾心情中，时间过得要比平常慢了不少。

一个分外难挨的上午过去后，墙上的时针又行过几圈，安静的走廊才终于热闹了起来。

下课铃打响之时，任佳放下笔走出教室，在三三两两的家长中搜寻起了胡雨芝的身影。

任佳花了一番功夫才找着胡雨芝。

别的家长热热闹闹围住徐原丽尽情寒暄之时，胡雨芝正一个人倚在角落里的栏杆上，故作自然地看着风景。只是显然，她看得并不专心，时不时就会转过脑袋，分外局促地朝走廊上的其他家长瞄上几眼。

直到看见任佳，她才终于咧起嘴来，面上绽出了一抹大大咧咧的笑："佳佳！"

胡雨芝兴高采烈地挥着手时，一个拎着黑色皮质手袋、踩着银色细高跟鞋的女人从她身旁擦肩而过，而任佳亦一眼就看见了胡雨芝手里那个皱皱巴巴的小布包。

刹那之间,任佳身体一僵,下一秒,姜馨已经出现在了她视线之中,自然而然地挽住了那个女人的手。

同一时间,胡雨芝没有意识到任佳的怔神,走上前去,也牵起了任佳的手。

"你的座位是哪个?"胡雨芝问。

任佳回过神来,匆匆低下头,竭力避开了教室里姜馨若有若无望向她的好奇视线,带着胡雨芝坐到了座位上。

"你怎么坐最后一排啊?"

由于太过惊讶,胡雨芝嗓门不低,前排好几个家长回过了头。

任佳连忙示意胡雨芝小声点,解释座位是她自己选的,教室里人不多,老师上课声音也够大,坐在最后一排完全不妨碍听课。

"什么叫不妨碍?"胡雨芝一脸不满,"能自己选座位你都不知道往前面坐?你要是坐在第一排,听课的效果难道不比你坐在这个犄角旮旯好?"

"我没事坐在第一排干什么?"任佳心头莫名升起了几丝烦躁,"我又不是看不见,为什么非得往前面凑?"

闻言,胡雨芝叹了口气,还想再说点儿什么,任佳却忽然打断了她:"都说了不影响我听课了!"

任佳一句话说完,一抬眸,就对上了胡雨芝分外错愕的双眼。

意识到自己的语气忽然间冲得有些不讲道理后,任佳一下闭上了嘴,一时不知该说点儿什么。

与此同时,徐原丽已经走上了讲台,开始了例行的自我介绍。

教室顷刻爆发出了一阵热烈的掌声,胡雨芝却既没鼓掌也没回头,而是不发一言地看着任佳,攥紧了手里那个皱皱巴巴的小包。

此时此刻,胡雨芝眼里似有千言万语,任佳被她看得心乱如麻,从课桌里随手抽出一张试卷后,逃也似的跑向了教室后方。

徐原丽一早就下过指示,学生必须与家长一起参会,因而,九班的教室后方,也密密麻麻地挤满了一众学生。

任佳倚在教室后门上,机械地翻看了一会儿手里的试卷,发现自己一个字也看不进去,便干脆抬起头,认真听起了徐原丽讲话。

徐原丽讲给家长的话和她平时讲给学生的话没有什么不同,任佳看着那一张张眼花缭乱的幻灯片,不由得再次走了神,视线一晃,就在各个家长身上环视了一圈,到最后,便落在了胡雨芝微微皱着眉的侧脸上。

任佳发现,与她不同,胡雨芝听得很认真。

或许是被前方几位高个子男家长遮挡了部分视线,她双手稍稍撑着座椅抬高了身体,下巴亦微微朝前伸了出去,以一种略微有些别扭的姿势,一动不动地盯着讲台上的徐原丽。

看着看着,任佳再次拿起了手里的试卷,自责地低下了头。

听见自己的名字被徐原丽忽然提起时,任佳甚至没有立即反应过来。

直到身边有人戳了她一下,示意她朝前看,她才发现"任佳"两个大字出现在了幻灯片上。

而姓名之后,便是她上次期末考进步的具体幅度。

下一秒,徐原丽伸手朝胡雨芝打了个招呼,高声表扬起了任佳。

霎时,前方的家长们齐刷刷回过头看向了胡雨芝,只一瞬间,胡雨芝的脸霎地变得通红,脊背先是一直,紧接着又努力装作不在意的样子,东一下西一下翻起了任佳桌上的课本。

直到这时,任佳心里那点儿既烦躁又愧疚的复杂心绪才终于消散至尽。

她一边想着,又回头朝成绩排名看了一眼,除了裴书意何思凝几个向来稳定的尖子生,九班前十五名的分数一直咬得很紧,有时候,一个选择题的分差,就能在班上甩开好几个人……

而这一次浏览成绩排名时,任佳将那道压轴题的分数加了上去,紧接着,她的视线停留在了一个排名上,第十名。

"妈妈,下次我可以考进年级前十名,你相信吗?"开完家长会,和胡雨芝并肩朝楼下走着时，任佳又自然而然地挽起了她的手。

胡雨芝脸上的笑已经快要收不住了，说出口的话却一反常态地保守："你们老师说了，越是前面越难进步，你一步一步来就好，不用太着急。"

任佳眼睛亮晶晶的："怎么，你不相信我能考到这个水平吗？"

"不是不相信……"胡雨芝刚要解释，走到二楼后，忽然停住了。

任佳不明就里，顺着她视线向一旁望去，还没看清发生了什么，就听见了一声分外清脆的耳光响。

看见不远处那个人是黄正奇后，任佳脚步像被粘住了一般，一时没反应过来发生了什么。

"这家长怎么能当着全班同学的面打人呢？"胡雨芝小声咕哝了一句。

而十六班的班主任已经冲出了教室，一把拉住了黄正奇的父亲。

"不能留在九班就算了。"男人指着黄正奇，暴怒道，"你在普通班都考不到第一！"

他一边说着，挥着拳头又要往黄正奇身旁冲，年轻的女老师几乎快要拉不住他。

任佳伸手去拦时，胡雨芝已经一个箭步冲了上去，她一把抓了个空。

男人吼着大骂黄正奇时，胡雨芝和几个家长一起，自发挡在了他身前，不约而同地开始劝他有话好好说。

眼前的这一幕让任佳心情极其复杂，愣了几秒后，她朝楼梯口退了几步，本能地觉得，这个时候她或许不应该出现在黄正奇眼前。

而黄正奇像是发现了任佳的存在，猛地一抬头，就不偏不倚地对上了她的视线。

任佳心重重一跳，刚想转身，却发现黄正奇的眼神一下子变得阴鸷了起来。分外喧嚣的走廊上，他恨恨地朝着任佳盯了几秒，紧接着，嘴角无声地做了个口型：滚。

"妈妈，我们走。"

穿过人群，一把抓起胡雨芝的手时，任佳完全忽视掉了黄正奇异样的眼神,看也不看就带着胡雨芝朝楼梯口走去,眼神没在他身上多停留一秒。

"那孩子多可怜啊,摊上个那样的爹。"出了教学楼,胡雨芝仍在感叹,一步三回头地往后望了又望。

而任佳步速不减,面无表情道:"有个混账爹的人多了去了,又不是每一个人都像他那样。"

"他哪样?"胡雨芝立刻问,"佳佳,你认识他?"

话音刚落,任佳喉咙一滚,步伐一并停住了。

不远处,学生和家长们手挽着手来来去去,陈岩则孤孤单单伫立在公告栏前,朝着张贴着"优秀校友"照片的那方区域看得入了神。

不知为何,这画面让任佳心脏蓦然一紧,胡雨芝一脸狐疑地朝陈岩看去时,她迅速加快了步伐,心神不宁地离开了学校。

"佳佳,妈妈刚刚切好的冰西瓜,特别甜!"

胡雨芝端着一盘切好了的水果拼盘走到任佳桌前。

与此同时,"嗡嗡"两声,混合着刺耳铃音的震动声在房间里倏然响起,任佳仍然盯着试卷,看也不看就伸出了手,一下按灭了桌上的闹钟。

房间再次安静了下来,不知过了多久,直到一块冒着凉气的西瓜忽然出现在了任佳唇边,她才终于抬起了头。

接过胡雨芝叉给她的一小块西瓜后,任佳狐疑地抬头,等起了胡雨芝的后话。

胡雨芝笑了笑:"佳佳,这可是你最后一个可以休息的完整周末了,你不打算放松放松?"

最后一个完整的周末?

任佳这才记起了徐老师在家长会上说,从下周起,高三年级的每周休息时长将缩减至一天,老师和学生们一同上六休一,周六也需要留在教室里自习。

任佳对此并无所谓,云游之际,瞥见书桌最下层的抽屉后,忽然怔了怔

307

神，朝它认真盯了起来。

"砰"一声，门又被关上，胡雨芝走后，任佳拉开抽屉，拿起数日不见的手机，点进了黑名单，一动不动地盯着它看了许久。

看着看着，任佳屡次想把那唯一的一个号从黑名单里放出来，自尊心却无论如何也不允许。

又过了半晌，屏幕上，童念念忽然发来了一条长语音，语音之后，紧跟着好几个崩溃大哭的表情。

任佳有些发蒙，听完语音后，一时间有些哭笑不得。

原来，童念念也在为高考而犯愁，听她那番话，她似乎是对专业课并不发怵，只是每每一想到文化课都很头疼，而在集训的间歇，她一有时间都会捡起文化课复习复习，只是每做完一套试卷，都感到自己的自信心被打击得一丝不剩。

想了想后，任佳认真打起了字开始安慰她，到最后，预备发送时，指尖一顿，又把好不容易打好的一段安慰一字不剩地删掉了。

删完，任佳长指在屏幕上重新编辑了起来：念念，你有哪道题想不明白？可以拍给我看看。

走出卧室时，桌上的饭菜已经摆好了。

饭桌旁，胡雨芝微微蹙着眉，没有动桌上的饭菜，而是把账本枕在膝上，弯着腰费劲不已地记起了账。看见任佳后，她立刻停下了动作，一边返身走进厨房开始盛汤，一边招呼她赶紧坐下来吃饭。

自那次意外骨折之后，胡雨芝记账时已经不会再特意避着任佳，记完账也不会再把账本特意藏起来。

任佳坐下后，拿起桌上的账本看了几眼，瞥见房租、工资支出时，心一沉，不动声色地放下了账本。

没过多久，胡雨芝端着一碗汤走出了厨房，朝任佳笑道："佳佳，眼看高三就要累起来了，多喝点儿汤，补补营养。"

任佳点了点头,捧起碗,小口小口地抿着,脑海里不断浮现着家里各项开支与收入的具体数字,一碗汤喝得食不知味。

桌上,胡雨芝对任佳的走神浑然不觉,扒拉了几口米饭后,心底蓦然生出了几分感慨:"佳佳,要不是我前天在你们学校开了趟家长会,都不知道前海一中附近原来有这么多小摊,而且我转了一圈,发现他们生意都还挺好的!"

"是挺好的。"任佳"嗯"了一声,紧接着,她意识到了胡雨芝在想什么,端碗的手一抖,半碗汤都晃在了桌上。

"在学校周围摆小吃摊是不允许的……"胡雨芝拿来抹布利落擦着桌子时,任佳望着桌上的油渍,神情很不自在,"教务主任三令五申,不许学生吃外边的东西,怕不安全。"

闻言,胡雨芝"扑哧"一笑:"佳佳,你难道还不清楚你妈妈吗?我从来用料扎实,材料更是顶顶新鲜的,绝对卫生安全。"

她一边擦着桌子,见任佳一副如芒在背的模样,不由得停下了手里的动作,问:"你这是怎么了?"

任佳过了几秒才抬起头来,欲言又止地望着胡雨芝,任由沉默在二人间迅速蔓延。

又过了一会儿,她才似下定决心一般,鼓起勇气开了口:"妈妈,你就非得去我们学校吗?"

这句话里明显带了几分情绪,胡雨芝正欲发作,任佳已经再次垂下了脑袋,快速扒拉起了碗里的饭。

见状,胡雨芝面色凛了凛,一个"你"字刚一出口,却看见了任佳捏着筷子捏到发白的右手,只一眼,她整个人就像是忽地矮了一截似的,一下没了底气。

周日晚,收拾好书包后,任佳将几页详细的解题思路拍好照,又标注好了课本上对应的知识点,发给了童念念。

发完，她钻进被子里，听见胡雨芝在客厅里打扫卫生的动静，心里闷得发慌。

那日在家长会上也是如此，任佳以为自己已经习惯了，以为自己早已不在乎他人的眼光了……可当她看见胡雨芝捏着那个皱皱巴巴的小包，局促不安地站在走廊上之时，第一反应竟不是牵起妈妈，而是下意识留意起了周围同学的视线，浑身上下异常紧绷。

夜色渐深，任佳心底升腾起了几丝难以名状的情绪，自责、愧疚……

而在那之中，还有几丝无法抵御的窘迫与委屈。

这一夜，任佳睡得迷迷糊糊，天还蒙蒙亮时，她就穿戴完毕，在晨风中走出了家门。

走进校门时，偌大的校园里只能看见几个零星的学生，因而，走到九班前门处，看见后黑板前不但有人，那个人还是陈岩时，任佳几乎以为自己是因为睡眠不够而出现了幻觉。

任佳确认那人就是陈岩后，没再往里走，而是收敛动静站定在前门处，沉默凝望起了他的背影。

陈岩没有注意到后方的动静，他略微低着头，认真盯着后黑板角落里那一行分外潦草的小字，身形看上去有些落寞。

这异样的沉默维持了十来分钟，直到陈岩离开，任佳才终于走进了教室。

走进教室后，她刚一坐下，就看见了课桌里多出来的东西。

一只崭新的刺猬夜灯，小灯下还压住了一封规整的信封。

任佳拿着轻飘飘的信，朝四周不放心地多看了一眼，确定陈岩已经走了，才快速打开了信封。

原本，因着纪行迟那番信誓旦旦的话，她以为这封信会是情书之类的东西，心情因而格外复杂，却不想，陈岩根本没按常理出牌，在如此旧派的信纸上，他一笔一画地写下了一篇日记……

但是，与其说是日记，倒不如说是一封事无巨细的思想汇报和行程汇报，要不是那起落如锋的字迹，无论谁看了都不会想到陈岩身上去。

任佳认真看起了陈岩的"汇报"。

通过这封"汇报",她得知了陈岩这学期已经开始寄宿了,姜悦安排他住在了致远楼后的北栋男生宿舍楼,宿舍号是308,床位则是右上铺……

任佳不敢相信地重复往上扫了几眼,视线落定到了"右上铺"这三个字上。

她是真的没有想到,陈岩,这位纪行迟口中的老街活阎王,写起信来居然比老妈子还啰唆,连宿舍床位这种事都要和她交代得一清二楚。

喝了口水后,任佳继续往下看了下去,就连自己都没察觉到,她自昨日起就变得飘忽不定的情绪,竟在这一行行利落的字迹中缓缓平静了不少。

交代完寄宿生活,陈岩笔锋一转,分外突兀地提起了他于半年前在南巷捡到的那只小狗,他说,托她的福,那个小不点儿现在已经很胖了……

至于为什么托了她的福,信里则压根没有一个字的解释,任佳看得云里雾里,发现陈岩写信的风格也分外离奇,再往下一段,也就是这封信的最后一段,竟只有分行而列的三句话。

第一句:任佳,我对酒吧那天发生的事感到很不好受,之所以没再当面和你说对不起,是怕你误会我只是想从你这儿换回一句没关系。

第二句:任佳,我根本舍不得你说那三个字。

顷刻间,任佳捏着信纸的指尖莫名有些发烫,视线在"舍不得"三个字上停留几秒,目光一下子放了空,脑海则里缓缓浮现出了十分钟前,陈岩独自一人站在九班教室、那安静凝望她目标院校的落寞背影。

与此同时,三三两两的人开始走进教室,任佳这才回过了神,腾地挺直了身体,把信夹在书本里,紧接着下拉些许,低下头故作自然地睨了一眼。

最后一句:以后让你欺负回来好不好?

…………

霎时,任佳指尖一颤,像是扔掉了什么烫手山芋一般,一下丢远了手里的信。

不过片刻,教室里已经热闹起来了,一时之间,翻书声、嬉闹声……不绝于耳,任佳呆呆地托着下巴,脑海里闪过信上的字迹,心想,陈岩写下那最后几个字时似乎用了不少力。气,就连纸张都被划出了依稀可见的凹痕。

以后……

欺负回去吗?

早自习铃声打响之际,任佳转头看向了窗外,忽觉立秋虽至,燥热的暑气却未散分毫,灵活得像是一双热情的手,正一阵一阵往人脸上扑。

前海市似乎又已有许久没下过雨了,用力摸了把脸后,任佳收回心绪,终于拿起了桌上的笔。

第十二章
生日快乐

"陈岩怎么可能不送任佳回家。" ♪

在缓慢涌动的热风中,金色的深秋如期而至,九月初,如任佳所愿,前海市终于迎来了数月来的第一场雨。

这场雨不大,然而绵延不断,一下就是三天。

淅淅沥沥的雨丝勾连成线,暑气一夜之间消弭了不少。

任佳撑着伞,行过圆梦湖,看见湖面上一圈又一圈细密的银色涟漪,眼皮一掀,视线就落到了几个在凉亭里安静写生的低年级学生身上。

他们画起画来很认真,手中的笔一刻也不停地动着,素描纸上的线条渐成风景,任佳看着看着,不由得就想起了某个人安静坐在教室角落、在往来的喧嚣中随手乱涂的模样。

回想起来,她收到陈岩那封信已有半月之久了。在过去的半个月里,陈岩的动静一下小了下去,像是忽然蛰伏起来了一般,再未在她眼前出现过。

但这封短短的信,却搅得她莫名躁动了好几天,而在那之后,在一次又一次难以抑制的回想中,她才有些奇怪地意识到,陈岩在信里对她提起了许多事情，却唯独没有提起陈元忠的离开。

任佳于是忍不住想，或许，搁置本身就是一种提及……

直至如今，纪行迟口中有关陈元忠的那一幕仍然令她记忆犹新——纪行迟说，在那间陈旧的画室里，陈岩就那么一动不动地站着，任由他歇斯底里的父亲，拿着花瓶往他身上砸。

几丝斜雨打在了任佳额上，踏进教学楼后，她被周遭的喧闹拉回现实世界，返身收起了伞。

收好伞后，任佳向二楼徐徐而行，不想还未踏上楼梯平台，就听见了一阵夸张而熟悉的嬉闹声，随之，雨丝的清冽感消失不见，一阵嘻嘻哈哈的嬉笑声侵占了她的全部感官。

意识到徐锋一群人就在前方之后，任佳心脏猛然一紧，不由得也加快了步伐。

然而，接下来看见的一幕，还是在任佳的意料之外。

十六班门口，黄正奇正和徐锋勾肩搭背地笑着，黄正奇边笑还边从校服裤里掏出了一个手机，光明正大地给徐锋递了过去，徐锋接过手机，眼眸一抬，看见任佳后，嘴里即刻蹦出了一句脏话。

任佳原本只想快步离开，听见徐锋那句不客气的脏话后，反而站定了下来，面无表情地回望着他。

见状，徐锋咬着牙朝她大步而来，可他刚迈出两步，又像是被一双无形的手强行按下了暂停键一般，身体一僵，生生忍了下来，紧接着，他目光越过了任佳，黑着脸停留在了不远处十七班的门牌上。

黄正奇的视线则在任佳和徐锋间来睃了几秒，没过多久，他像是想明白了什么一般，也扭头看向了不远处的十七班，嘴角勾出了一抹冷笑。

见到黄正奇如此愤懑的神情，任佳耳畔则回响起了两声清脆的巴掌声。

第一声，是上个学期，路过三楼杂物间时，杨瑜挨下徐锋的那一巴掌；第二声，则是一个月前的家长会上，黄正奇挨下他爸爸的那一巴掌——忽然间,任佳只觉无比讽刺,无论如何都没有想到,有一天黄正奇会和徐锋这群人混在一起去。

回过神来后,眼前二人的神色仍是同样的阴沉,任佳顿时只觉索然无味,懒得再和他们浪费一分一秒的时间,返身,大步流星走上了台阶。

几节课过去,早晨的插曲很快被任佳遗忘在了脑后。

窗外,雨不知何时已经停了,任佳低着头翻看着例题本时,教室里忽然传来了一阵雀跃的惊叹。

"看!彩虹!"

"我的天!快来看!好漂亮的彩虹!"

惊喜之下,九班众人接连冲出了教室,任佳不明就里地抬起头来,发现此时此刻,每个人的眼睛都是亮晶晶的,仿佛所有与高三有关的焦虑和忧愁都已于这一瞬间悉数远去,她于是也跟着放下了笔,推开窗朝外看了一眼。

只一眼,任佳竟连呼吸都为之一滞,愣愣走出了教室。

真的是彩虹。

遥不可及的天幕之中,一高一低的两道彩虹从云层中横亘而出,绚烂夺目如两道华丽非凡的七彩绶带。

而此时此刻,天幕亦美得不同以往,云层像是被淅淅沥沥的雨丝彻底浆洗了一番一般,呈现出了一股清亮的淡蓝色,与绚丽的彩虹相得益彰。

走廊上,一整层楼的学生都冲了出来,大呼小叫地喊了起来。

"有两道!是双彩虹!"

"我没看错吧!双彩虹哎!"

"听说两道彩虹会带来好运!"

任佳愣愣地看着这不真实的风景,只觉眼前的一切宛如一场盛大的奇迹,而看着看着,忽然,任佳身旁,八班一个昂头凝望着彩虹的女生慌里慌张地低下了头。

任佳过了几秒才意识到她在哭,手忙脚乱地打算给她一张纸,她却似哭似笑般抹了把眼泪，继而迅速转身，匆匆跑回到了教室里。

与任佳擦肩而过时，她含混不清地说了句谢谢。

任佳握着纸巾的手垂了下去，情绪仿佛也受到了感染，鼻头蓦然一酸。

她想，她知道那个女孩为什么掉眼泪。

苦心人、天不负，卧薪尝胆，三千越甲可吞吴——这是自高三以来便挂在八班教室后方的横幅。

高三无疑是苦的，一路走来，任佳埋首于书，竭尽全力挤时间，不允许自己有片刻的走神，她已经记不清，自己有多久没像现在这样，什么也不想，什么也不管，允许大脑停下来放空一阵，只为单纯看一看风景了。

奇迹的存在总是短暂的，天幕之中，一高一低两道虹光肉眼可见地在逐渐变淡，人群里响起了声声遗憾的喟叹。

要上课了，老师已经夹着教案走进了九班，三三两两的学生正返身向教室走去，走廊复又安静了下来。

一阵淡淡的失落浮上心头，任佳朝那淡下去的彩虹看了一眼，也打算回教室了，只是，预备转身的那一瞬，她心里陡然冒出了一个想法，陈岩在干什么？

他们虽然同处一楼，却已有一段时间不曾见面了，任佳不禁想，此时此刻，陈岩是不是也和她一样，凝望着相同的风景？

正想着，忽然，她余光中闪出了一抹颀长的身影。

意识到来人是谁后，任佳身体一僵，一转头，看见微微喘着气的少年，心跳即刻飙至了顶点。

看见任佳后，陈岩迅速迈大步向她而来。任佳则故作随意地收回了视线，一时有些不知是该走还是该留，而就在她犹豫的间隙，陈岩已经自然而然地站在了她身旁，倾身倚靠在了栏杆上。

雨后初霁，天幕已由清亮的淡蓝变成了深邃的蔚蓝，陈岩站在任佳身旁，却并没多说什么，只是与她一并倚在栏杆上，略微昂起头，凝望起了天幕之中那两道像是被笼上了一层薄纱一般、若有若无的彩虹。

如此近的距离下,任佳听见了陈岩有些急促的呼吸声,明白他一定是飞速跑上来的,一时间更不敢看他。

而陈岩看了几秒彩虹便偏过了头,很安静地望起了身旁的女孩。

过了几秒,陈岩轻轻笑了一声,似是后怕一般,那笑声里带着几丝尘埃落定般的庆幸:"一下课就被姜悦拉着改试卷去了,差点没赶上。"

说完,他又自言自语般呢喃了一句:"任佳,幸好。"

任佳直到这时才有所动作,她像是被拧上了发条的机器人般,飞速转身,身体机械地走向了后门。

与陈岩擦肩而过时,任佳听见他仍有些凌乱的呼吸声,意识到他匆匆跑上五楼只是为了这短短三十秒,一下更加不知措,回头朝他多望了一眼。

而陈岩已经站得很直,耳郭虽然红了不少,眼里的笑意却很安宁。

"刚刚那是陈岩?"走进教室,冯远用像是看着陌生人是眼神看着任佳,"他突然来找你干什么?"

任佳没有理会他,打开课本准备开始听课,又见他一副好奇得心痒痒、不问出个所以然来不肯罢休的紧张模样,只好随口应付了一句:"他……他说是找我借学习资料。"

冯远立刻瞪大了眼睛:"陈岩来找人借学习资料?太阳打西边出来了?"

任佳面无表情地朝他扫了一眼,而冯远仍是一脸不可置信:"这不是自不量力吗?他之前落下那么多,怎么可能追得回来?"

他话音刚落,任佳拿笔的手一顿,堪堪停在了半空中。

见任佳没什么反应,冯远摇摇头,优哉游哉地转了回去。

转身之后,他又像是分享什么八卦逸闻一般,和周围的几个人讲起了陈岩来找任佳借学习资料的事情,说话之时,语气里几分惊奇,几分不屑。

至于周围的人之后又回了些什么,任佳却已统统听不进去了,一时之间,她脑海中只剩下了简简单单四个字:自不量力。

老师开始在黑板上公布课后练习的答案,冯远终于打住话头,回身在书包里找起了下节课对应的练习册，而他身后，任佳竟腾地站起身来，猛地冲了出去。

"陈岩！"

反应过来时，任佳已经"噔噔"跨下数级台阶追赶上前，喘着气望进了陈岩的眼睛。

陈岩明显没有预料到她会追来，嘴角一扬，眼尾那颗微不可察的红色小痣一下就生动了不少。

任佳喘着气："你之前离开南巷是因为你父亲吗？"

她话音刚落，陈岩难以置信地蹙起了眉头，而还不等他给出答案，她就已再次加快了语速："那天向奶奶回了趟南巷，我妈差遣我去你家送点儿她自个儿做的手工豆花，我去的时候无意中看见……"

说到此，任佳艰难一顿，旋即又一气呵成："无意中看见了你父亲的遗像。"

随着任佳飞速说出口，陈岩胸膛起伏渐大，任佳一句话说完，他动作僵硬地后退一步，努力挤出了一个毫不在意的笑，然而一凝神，对上她严肃得非比寻常的眼神，却又像是挨不住一般，眼眶一红，猛地喘进了一口长气。

"你不止知道了这个吧？"半晌，陈岩避开了任佳的视线，目光空洞地看向了栏杆之外、那早已归于单调的无云天幕，"他们说得没错，我这人是挺浑的……"

然而，话才说了半截，一片凉意倏然涌向唇间，陈岩喉间一滞，发觉任佳已经微昂着头，不由分说地捂住了他的嘴。

"我不是要说这个！"再开口时，从来和风细雨的女孩面上忽然多了点儿紧张的意味，"他还在的时候，对你好不好？"

对他好不好？

她要问的只是陈元忠对他好不好？

陈岩喉咙一滚，拧着眉端详起了眼前人，而看着看着，像是雨过风停，所有的一切都可以任风带去一般，他忽然就笑了起来："任佳，我不在乎这个的。"

"所以他对你不好。"任佳却斩钉截铁地替他下了结论，"那你就用不着因为和他相关的事情耗着自己。"

话音刚落，陈岩面上的笑便凝住了。他动了动嘴唇，似有许多话想说，却只哑着嗓子叫了声任佳的名字，而这简简单单两个字一落地，任佳便似猛然回神般一下睁大了眼睛："不好意思！本来不是要问你这个的……"

原本，她分明只是被冯远气得不轻，想让陈岩别理会那些胡说八道的论断，可事与愿违，像是根本就控制不住似的，望见他黑漆漆的深邃眼睛后，一开口就提起了这么沉重的事情……

"所以本来是要说什么？"陈岩却已经笑了起来。

说不出口了……

任佳咬紧牙关后退一步，在心底暗骂了一声糟糕，确信自己无论如何也说不出口了。

至于原因，自然是先前那一大通想都没想就脱口而出的心里话，彻底暴露出了她一直在关注着陈岩的事实，她好像比自己想的还脸皮薄……

更何况，陈岩压根不需要她的蹩脚安慰——在学校里，这人向来是想做什么做什么，就是算有谁对他有意见，又有谁敢说到他跟前去？

情急之下，她居然连这个都忘了。

"怎么不说话？"陈岩却仍是笑，"本来是要说什么？"

任佳愣愣抬起头，发觉往来路过的人时不时就会看一眼她和陈岩，立即正了正身子，竭力正经道："我、我担心姜老师刚进十七班会辛苦，怕你给她添乱，所以提醒你记得好好听她的话……"

一句话说完，任佳自己都不相信，陈岩却没有一秒犹豫地应下："好。"说完，便似笑非笑地看着她，不再言语。

到后来，任佳已经忘了自己是怎么步伐飘忽地回到了九班，她只记得，一节课上完，下课铃响起后，班里只有零星几个人放下了笔。

任佳后知后觉才意识到，时间很快，下一周就要迎来高三第一次月考了。

或许是由于考试即将来临，当晚的最后一节晚自习，向来放心九班学习纪律的物理老师钟清出现在了教室里——他不但在讲台上坐了整整一节课，布置的作业亦比平时多上不少。

这次的作业里有几道题目非常难，任佳罕见地感受到了一点挑战性，自拿起笔便未抬起头来，等到题目做完时，她放下笔动了动脖子，才发现教室里已经没有人了。

朝教室后方的时钟看了一眼后，任佳差点惊呼出声，飞速拎起了书包往楼下走。

楼下，花坛旁有一道刺眼的亮光正缓缓移动，任佳往楼下看，发现是预备巡视楼栋的保安正打着电筒往致远楼走。

任佳更加着急，步伐越来越快，却在即将到达二楼时，又不由自主放慢了速度，她记得，开学第一天，也是这个时候，她沉浸于做题忘了时间，回家比平时要晚不少，而那时，路过二楼时，在整层楼之中，只有十七班的教室是亮着的。

不知不觉，距离开学已经过去一个月了……

整整一个月过去，陈岩还会是班里最后一个走的吗？

她一边想着，一边迈下最后一级台阶，一转身，一眼就瞥见了不远处，那唯一亮着灯的十七班教室……

从这个距离看，教室里的光亮已经弱了不少，但在黑暗的映衬下，那唯一亮着灯的教室仍然分外显眼，就像是巨大的荒野之中，一盏明亮的油灯，看似孱弱，却给予人希望，也给予人力量和安慰。

月明星稀的夜幕之下，冯远对陈岩的那番质疑被任佳彻底抛在了脑后，朝那光亮望了几秒后，她继续向夜里走去，莫名地，感到了一股自身体深处而生的力量，平静，坚决。

高三的第一次月考结束时，教室后方的倒计时已经变成了二百七十天。

任佳搬着一箱书走进教室，朝那倒计时牌子望了几秒后，便径直回到了座位旁，撕起了张贴在座椅右上方的考场信息。

撕完，她将书和资料重新放回课桌，拿出一本书安静翻看了起来。

今天是周五，但高三学生的休息日只有周日一天，因此，即使是周五也不能提早回家，需要按部就班地上晚自习。

"任佳。"第一节晚自习结束，冯远忽然回过了头，"你数学试卷倒数第二道题的答案是多少？"

他话音刚落，周围几个人立刻看向了任佳，不约而同地等着她开口，神情皆有些紧张。

任佳想了想，报出一个答案后，见众人皆是长长嘘出了一口气，不免有些发怔——以前考试结束，从不会有人特意去找她核对答案，而现在，她仿佛已在不知不觉间成为了一个小小的"权威"。

愣了一会儿后，任佳低下头继续看书。

晚间，穿堂风要比白日里凉上许多，一阵风吹来时，任佳下意识回头看了一眼，瞥见空荡荡的椅背，才记起她并未将带校服外套带至学校。

气温骤降，教室里响起了一阵此起彼伏的窗户推拉声，任佳也跟着伸出手来，将身侧的窗户关了个严实。

夜风被阻隔在外，几道白线跳跃着晃进了任佳余光里，紧接着，她回头，发现窗户玻璃不仅反射出了教室里明晃晃的条状白炽灯，也映照出了她被灯光所笼罩的面庞。

几个月过去，她的短发长了不少，发梢蜷曲着落到了锁骨上。

时间很快，任佳眼睛亮了亮，忽然想到，秋意已临，两天后就是9月13号，她马上就要长大一岁了。

短短两天过得很快，晨光熹微的清晨里，任佳出门时记得穿起了外套。

晨风仍有些凉,她缓缓走过葱郁的樟树,没忍住又往回望了一眼。

最近几天,胡雨芝比初来前海市还要忙上不少,总是早出晚归,每一天,任佳独自一人踏着晨光出门,又独自一人踩着路灯的影子回家,已经一连好几天没和她好好说上几句话了。

只是今天终归还是有些不同。

任佳原本以为,自己一起床就能看见妈妈的。

或许……

任佳在风里裹紧了校服外套,有些失落地想,十七岁已经够大了,或许她不应该再像个小孩一样,巴巴地盼望着生活的惊喜。

9月13号这一天,任佳刚一踏进前海一中,还未走至致远楼,就看见了不远处兴奋攒动的人头。

月考出成绩了!一意识到这回事,她脑海里那根弦便一下绷紧了。

任佳加快步伐,大步流星走至了花坛旁的公告栏前,而学生们已经里三层外三层地挤在了一起,围成了她身前一堵密不透风的人墙。

九班学生的名次都在前排,不用往里挤也能看见,任佳却还是费劲挤了进去,第一时间寻找起了陈岩的名字。

看清陈岩排名的那一秒,任佳愣了愣。

314名,这已经是普通班前二十的成绩了,陈岩的进步比她想要中还要大。

紧接着,任佳退出人群,昂头看起了九班的排名。

瞥见何思凝三个字的第一秒,任佳呼吸微微一滞,几乎怀疑自己看错了,如果她没记错的话,这应该是有史以来第一次,裴书意没有坐稳年级第一。

定了定心神后,任佳视线才继续缓慢往下,然而前五个人里,居然都没有裴书意,裴书意在第十四名,她则在裴书意的后面一名,第十五名。

走进教室之时,裴书意还没来,九班就已经炸开了锅。

所有人都压低了声音,不知交头接耳地说着什么,说话间,还时不时朝裴书意那空荡荡的座位投去神情复杂的一瞥。

"任佳,你又进步了!"

任佳坐下后,冯远分神朝她看了一眼,见她一副低落模样,一脸不解。

他刚要开口细问,瞥见裴书意自前门而进,立刻又转移了注意力,回过身去,朝裴书意目不转睛地盯了起来。

任佳则与周围的热闹格格不入。

怏怏地翻开一本书后,她想,她的进步只是表象,她分明是退步了。

上次期中考,假若不是答题卡被故意涂黑,她是能排到第十名的,也正因为此,任佳心里一直憋着一股劲,给自己定下的最低目标就是第十。

可成绩一出,她的年级与班级排名都是十五,不进反退。

那种望不到前路尽头的惶恐再次袭来,任佳一时有些恍惚,不明白为何她已经调配了她所能挤出的所有时间,结果却依然不尽如人意?

忙神之际,任佳有些机械地回过头去,朝后黑板上的高考倒计时凝望片刻,又如梦初醒一般转过了身体,逼自己重新拿起了笔。

上午两节课上完,恰逢大课间,徐原丽黑着脸叫走了裴书意,班里又再次热闹了起来,任佳没朝周围多看一眼,直到童念念的名字被谢晓曼蓦地提起,她才错愕地抬起了头。

"谢晓曼!"任佳猛地叫住了她,"你说念念要出国?"

谢晓曼愣了一瞬,听清任佳的问题后,朝前方的何思凝指了指,咕哝道:"何思凝告诉我的,她也是听童念念的父母讲的,应该不会有错吧?何思凝和童念念不是同住一个小区,老早就认识了吗?"

谢晓曼说得有鼻子有眼,任佳却仍觉得这消息不太真实,童念念假使真的要走,又怎么可能对她只字不提?

喧嚣声忽然弱去了几分,众人齐刷刷回过头去,凝望起了重新走进教室的裴书意。

像是感受到了任佳的视线一般,裴书意一抬眸,目光便精准落定到了任佳身上,二人四目相对时,任佳轻轻拧了拧眉头,她发现,裴书意眼里带上了几丝红血丝，整个人亦透出了几分遮不住的疲惫，和平常云淡风轻的模样大相径庭。

所以，他是因为听说童念念即将出国，才发挥失常的吗？

这样一来，再次看向前方不远处的谢晓曼时，任佳一下就没了底气，满心疑惑地低下了头。

原本，任佳是想等到回家之后，和童念念打个电话确认这件事，可她没有想到，下午体育课前，童念念竟然出现在了九班门口。

童念念出现的那一瞬，教室里响起了一阵不小的喧哗，所有人的第一反应都是去看裴书意，毕竟她以前对裴书意怎么样全校皆知。

而裴书意只是朝童念念望了一眼，就淡淡收回了视线，举止行为和以往如出一辙，可出乎众人意料的是，童念念也像是不甚在意一般，眼睛压根没往裴书意身上去，倒是一看见任佳，就拉着她急急忙忙离开了教室。

和童念念一起站在成绩排名榜前时，任佳有种恍如隔世的感觉。

童念念看上去瘦了一些，高高的马尾放了下来，乍一看与之前有些不一样，然而笑起来的时候，两个明晃晃的酒窝仍然非常引人注目。

瞥见裴书意的排名时，她面上的笑意滞了一瞬，但很快又恢复如常。

"我带你去一个地方！"返身看向任佳时，童念念一把牵起了任佳的手，笑道，"反正这节课是体育课，老师不会查到的！"

任佳不知她要去哪里，只隐隐感到了一阵若有若无的离别气氛，便任由她牵着往前，越走越快。

废弃宿舍楼浮现在眼前时，任佳已经知道了念念口中的地方是哪儿，她转头，二人相视一笑，不约而同加快了步伐，在风里放肆奔跑了起来。

天台之上，霞光未现，乌金却已在渐渐西沉。

从这里向下方远眺，能看见圆梦湖被笼上了一层金光，水波潋滟，而就在湖水东面，数不清的蓝白身影在灰色大地上奔跑跳跃着，让人觉得很不真实。

任佳原本有一肚子话想问，在此情此景之下，却忽然沉默了下来。

又一阵风吹来时，童念念难过地开了口："学校真好看，以前不觉得，现在越看越觉得好看。"

任佳不知该说些什么，无声地张了张嘴唇，而童念念朝她一笑，忽然转过头去，有些踉跄地踏过了一地碎瓦，走向了一堵老旧的墙。

任佳连忙提醒她小心，几步跟了过去。

二人站定在墙边，看见一行行歪歪扭扭的字迹，都笑了起来。

"这是前海一中的留言墙。"童念念解释，"每年毕业时，都有很多人跑上来留言，学校刷了无数遍漆也不管用，后来就放任不管了。"

留言墙吗？

任佳下意识数起了墙上某一个出现频率高得有些夸张的名字，在心里暗自腹诽，分明是表白墙还差不多……

她一边想着，一边意识到自己心里泛起了一阵酸意，不好意思地低下了头。

紧接着，一阵难以抵御的失落感浮上心头，任佳不禁想，她在期待着什么呢？

早上，走进九班时，她书包都还没来得及放下去，就如同本能一般朝课桌里瞥了一眼，然而课桌里除了书，便是那封被她压在最底层的信，除此之外并未多出一物。

同样，第三节课做眼保健操时，走廊上传来了几声脚步声，她更是一个激灵抬起了头，却只看见了几个陌生的身影。

任佳一边失落着，一边又觉得自己实在不可理喻，既然她从未和陈岩提起过自己的生日，为何又总是期盼他能在今天从天而降呢？

再说，就算陈岩知道，又为什么非得在她生日这天来找她不可？

"任佳？"意识到任佳的走神后，童念念伸出手在她眼前挥了挥，"你怎么啦?"

任佳忙收回心绪,问:"你呢?怎么突然回来了?"

童念念神情一下更难过了,似是不想多说。

然而过了半晌,她又轻声开了口:"我拗不过我爸爸,他说我文化课太差了,再怎么样也考不了好学校,想先送我去读一年预科,剩下的读完再看。"

任佳对此并不了解,闻言,只是有些担心地看着念念。

"放心啦!"童念念反倒安慰起了任佳,大大咧咧道,"我这十级自来熟的社交能力,一个人在外面也能照顾好自己的!"

紧接着,童念念一转头,一眼瞥见墙上被夸张爱心层层环绕的"陈岩"两个大字,像是被雷到了一般,嘴角一阵抽搐。

看了会儿,她往旁边走了一步,眼眸一抬,便落在了一笔一画的"好喜欢裴书意"几个大字上。

这一行字实在是幼稚而直白,应当是哪个喜欢裴书意的女生写上去的。任佳怕童念念触景生情,正想着找个理由和她一起离开,她却伸出手指着那几个字,眼眶一红,回头傻笑着看向了任佳:"很丑吧?我写的。"

体育课还没结束,童念念便要离开了,离开时,她的座位已被彻底清空,书全被清了出来。

任佳帮她分担了一摞书,送她往学校大门口走,到达大门处,瞧见童念念的眼睛仍有些红,有许多许多话想说,最终却只化成了一句简单的常联系。

而童念念亦然,朝任佳看了一会儿后,笑着鼓励了一句:"高考加油!"

任佳最终还是没好意思和童念念提起自己的生日,送走她后,任佳走进致远楼,重新朝九班而去时,体育课的下课铃还没打响。

她路过二楼,朝不远处的十七班望了一眼,脚步便不由自主地转了个向,缓缓向十七班后门而去了。

不出任佳所料,十七班的教室空荡荡的,只有陈岩一个人在,而此时此刻,陈岩正安静看着书,手里的笔时不时在书上划过几行,很是认真。

任佳屏着呼吸看了几秒，忽觉自己小贼般的行径实在有些离奇，转身正预备离开，前方却传来了一声书本掉落的声音。

任佳一愣，正犹豫着要不要和陈岩故作自然地打个招呼，却见他并没有转过身体，而那个从来挺拔的身体在她眼前缓慢塌了下去。

一时之间，宛如失去了重心一般，陈岩慢慢俯下身体，额头无力地抵在了桌面上。

于是，如被定住一般，任佳瞬间忘了自己要去哪里。

又过了一会儿，陈岩从课桌里摸出了一颗糖，像是累极了似的，动作缓慢地拆起了糖纸。

一瞬间，教室里安静得只剩下了剥离糖纸的塑料摩挲声，任佳看着那熟悉的糖纸包装，大脑一片空白。

而拆完一颗糖后，陈岩很快又坐直了身体，似是一秒都不敢多浪费一般，重新拿起了笔。看着看着，任佳想起姜悦劝陈岩劳逸结合的那些话，一阵莫名的愧疚从心底油然而生，艰难转过身体后，她一步跨出十七班，逃也似的跑向了楼梯。

晚自习上，徐原丽又表扬了任佳。

任佳看着周围人若有若无的羡慕眼神，却无论如何也开心不起来。

只要一走进教室，她就会想起十五这个名次，上学期期末的发挥只是偶然吗？任佳不禁怀疑，是不是她太过高看自己、太不懂得知足了？

在纸笔摩挲的沙沙声中，晚自习很快就结束了。

这一日，所有的月考试卷都发了下来，教室里的留下人便也多了不少，纷纷认真改着试卷。

任佳照旧是最后一个走的，收拾完书包，想起什么后，她从课桌里翻找出了一个错题本。

因为其上的题目已经彻底掌握了，这本错题本便被她塞到了课桌里，许久没有拿出来过了。

327

紧紧攥着手里的错题本，紧张兮兮地走到二楼楼梯口，看见眼前意想不到的景象时，任佳鼻头蓦然一酸。

这一天，她没有像以往每一个生日一般一大早吃到妈妈煮的长寿面，也没有取得理想的成绩，不进反退，甚至，她还得知了一个好朋友即将远走的消息，强忍着不舍和对方说了再见。

而就在她眼前，那个从来最晚熄灯的教室已经一片漆黑，陈岩早就走了。

月明星稀，初秋的夜晚比起夏季更显朦胧。

地上，已有一层薄薄的金色银杏叶尚未扫尽，任佳踏着叶片向校外走去，委屈得想掉眼泪，又觉得自己实在是小题大作，鼻头都不自觉皱成了一团。

走出校门之时，她返身，将手里紧紧攥着的错题本放进了书包里，刚一拉上拉链，正欲转头，却看见了地上一个被路灯拉得颀长的影子正向她徐徐逼近。

霎时，一颗心脏"扑通扑通"狂跳了起来，任佳却执拗地不肯转身，等着那人站定。

"任佳。"

终于，伴随着一阵熟悉的冷冽气息，陈岩略显紧张的声音从她耳畔传至头皮。任佳却别扭得像是没有听见一般，背好书包，朝公交亭迈步而去，步速越来越快。

陈岩一下乱了阵脚，连忙迈大步上前，分外急切地拦住了她。

任佳这才看见了他手里那个包装精致的礼物盒，不由得愣住了。

愣了两秒，她吸了吸鼻子，明知故问道："来找我干什么？"

而她话音刚落，陈岩就骤然变了副模样，眼皮一撩，整个人忽然就强势了起来："是不是有谁欺负你了？徐锋，还是黄正奇？"

任佳简直服了他莫名其妙的脑回路，一步绕过他向前而去，陈岩转身跟了上去，语气依旧认真："谁欺负你了？"

任佳忍无可忍，一回身，险些撞上陈岩，骤然往后退了一步："没谁欺负我!"

陈岩的声音于是低了下去,沙哑道:"可你看上去很难过。"

陈岩总是这样,偶尔迟钝得像是脱了线,偶尔又敏锐得超乎想象,任佳被他一下揭穿,即刻提高了声音:"我才没有!"

说完,她刻意压低了声线,不想让委屈的腔调暴露出来,问:"你不是寄宿吗?到底来找我干什么?"

她话音刚落,陈岩看她的眼神即刻带上了几抹不解,仿佛这个问题就和问人为什么非要吃饭睡觉一般莫名其妙。

看了任佳一会儿后,他竟也跟着委屈了起来:"我怎么可能不来找你?"

他一边说着,一边自顾自站在了任佳身后,打开任佳的书包拉链,将手里的礼物塞了进去:"生日快乐。"塞完,还顺势摘掉了任佳肩上的书包,"走,送你回去。"

任佳早僵住了,微微皱着眉盯起了眼前从天而降般的陈岩。

陈岩只好耐心解释:"体育课去操场上找了你一圈,没有看见你,只好先回教室了。"

原来是这样,任佳闷闷"哦"了一声,心想,体育课她和童念念在天台上,陈岩能找到才比较奇怪。

"不走吗?"陈岩又问,"我刚刚在门卫室给姜悦打了个电话,请好假了,可以晚回宿舍。"

任佳"唰"一下抬起了头,陈岩为了送她一路,竟然还特意找姜悦请好了假?

一见任佳第无数次露出了这种不敢相信的表情,陈岩的神情就有些挫败,有气无力道:"我在你心里的印象是有多差?"

任佳眉头一皱,顺着陈岩的话小声反问:"你这是什么怪问题?"

而陈岩已经伸出手,轻轻一推,就带着任佳往前走了一步,与她并排走在了月夜下。

月光之下,二人的影子忽长忽短,陈岩微微低着头,忽然笑道:"我没认错人吧?你是任佳吧?"

更加离奇的问题,声音却温柔得像在哄小孩。

"这又是哪门子恶作剧?"任佳警惕地低下了头,也和他一起朝地上的影子盯了起来,而盯着盯着,一只被拉得变形了的手忽然靠近她的影子,在她额头上点了两点。

"干什么?"任佳步伐一顿,立刻偏头看向了陈岩。

而陈岩的声音已经变得又轻又晦涩:"不干什么,只是想问问你,一天到晚在想什么?陈岩怎么可能不送任佳回家?"

车上,窗户被打开了一条缝,有夜风吹进来,携着几丝凉意从任佳耳后掠过,却仍未吹散她面上的燥。

陈岩就坐在任佳身旁,此时此刻,他将任佳鼓囊囊的书包抱在怀里,整个人微微俯身向前,两手随意地靠在了前方的栏杆上,下巴则枕在了胳膊上。

风吹来时,任佳挽了挽耳后的碎发,陈岩亦回头看向了她,目光灼灼。

"怎么了?"任佳问。

陈岩眼里带着点儿要笑不笑的意味,并不说话。

"我脸上有东西吗?"任佳小声咕哝。

陈岩低声道:"看会儿。"

任佳一窘,不自在地低下了头。

而她余光之中,陈岩已经重新坐直了身体,一坐好,左手便自然而然地垂在了她右手旁。

顷刻之间,二人食指指尖只相差几厘米的距离,任佳一下更加不自在了,指尖似是淌过了一阵微小的电流,密密麻麻地涌向了全身。

车辆是时颠簸了一下,任佳立刻扶了一下前方的栏杆,故作自然般缩回了右手,而与此同时,陈岩指尖亦颤了两颤,手背上突起的青筋有些明显。

空气仿佛一下热了起来,任佳伸手去开窗户,而陈岩右手已经拉上窗檐,替她将窗户拉开了一截。

霎时，冷风一下灌进了陈岩的领口，将他身上那件单薄的蓝白色短袖鼓得猎猎作响。

"会不会冷？"陈岩见风大，扭身帮任佳遮挡了些许。

任佳摇了摇头："不冷。"

说完，她的视线落定在了陈岩锁骨处，像是走了神。

见状，陈岩不动声色地往后仰了仰，伸手将窗户关小了一点。

刹那之间，他被风鼓起的短袖服帖了下去，锁骨上那道伤疤再次被掩盖在了布料之下。

任佳这才回神，眼皮一抬，与陈岩静默相视两秒后，又蓦地垂下，落在了他搭在窗边的右手上。陈岩也望见了他手上的一片黑，朝任佳无所谓一笑："可能是写字时沾上的墨水，我出门太急，没注意到。"

任佳点了点头，重新看向前方，神思却因那片墨水痕迹而再度飘远。

她想起了几个小时前在十七班撞见的那个疲惫背影，她记得，公布月考排名后，陈岩看上去分外落寞。

为什么进步了那么多名，却依然不开心呢？

月华如水，南巷的夜一如既往的柔和而宁静，下了车，两人朝公交亭走出一段距离后，陈岩若有所思般朝周围扫了一眼。

又走出几步，陈岩忽然叫住了任佳，语气郑重。

任佳偏头，望见他有些紧张的神情，因那点儿墨水痕迹而突然沉下来的心情一下动荡了起来。

陈岩要说什么？

任佳心里难以抑制地浮上了几丝期待，转瞬却又被更加浓厚的忐忑所取代。紧接着，几丝复杂的罪恶感缓缓来袭，不知为何，她突然想起了胡雨芝早出晚归时的憔悴神情，顿时快要抵挡不住。

而就在她下意识想要拔腿离开时，陈岩终于开了口。

"我知道我还差很远，下次一定会更好。"

任佳明显愣了一瞬,意识到陈岩是在说考试成绩后,整个人都呆住了,但紧接着,就连她自己都没意识到,她竟一下笑了出来,是那种带上了几丝感激的、如释重负的笑。

如此这般一笑出来,任佳心情即刻轻松了不少,连带着,也终于问出了心底哪个萦绕许久的疑问:"陈岩,我是你画过的第一个女生吗?"

而潜台词其实是,我是不是你喜欢的第一个女生?

毕竟,她已经在机缘巧合下见到陈岩在画室里的那幅画了,然而他听力书上的那幅,她却仍然没有头绪。

陈岩明显没想到任佳会问这个,愣了几秒后,认真答道:"第二个。"

任佳一下就不想理他了,而陈岩已经低笑出声:"第一个是我妈妈,很小的时候,用蜡笔涂出来的简笔画。"

闻言,任佳一窘,瞬间尴尬得不成样子,正欲细问,陈岩已是时地换了个话题:"你经常这么晚回家吗?"

任佳不肯承认:"没有。"

说完,见陈岩一脸不信,不免有些心虚。

陈岩则一脸无奈:"以后早点回家吧,刚刚上车时,夜班公交车的司机师傅明显都认识你了。"

任佳瞬间睁大了眼睛。

见状,陈岩无奈极了:"任佳,你到底把我想得有多笨?"

任佳再度笑出了声,一边笑着,她微微昂起头,眼睛眨也不眨地看着陈岩,嘴角勾出的弧度松弛又轻快。

然而,像是被那点儿笑意晃花了眼似的,陈岩喉头一滚,再开口时,声音莫名哑上了许多:"不准你这么笑。"

月白风清,任佳的脚步越渐轻盈,不知不觉间,她又一次低下头来,盯起了二人被路灯拉得奇奇怪怪的影子。

周遭都没有人,他们走路的动静又轻又缓,像是生怕惊扰了某种不可名状的事物似的,彼此默契地慢了下去。

只是，走到小巷拐角处时，那抹颀长的影子却忽然停住了。

离南巷巷口还有一段距离，任佳没搞清状况，一抬起头，陈岩反而向后退了一步。

见状，任佳眉头皱了皱，下意识探头向右看去，只一眼，她就看见了伫立在不远处的最后一盏路灯下，正捧着蛋糕东张西望的胡雨芝。

"晚安。"

陈岩已经把怀里的书包递回给了她。

任佳接起书包时，陈岩再次向后退了一步，半边脸都陷在了阴影里。

于是，任佳马上明白了陈岩的意图。很明显，他怕胡雨芝误会，更怕会给她带来不必要的麻烦，因而才一退再退，连影子都不敢暴露在光下。

任佳正怔愣着，忽然，陈岩再次伸出了手，将一枚冰冰凉凉的东西不由分说地塞到了她手里。

"也是礼物。"

二人指尖一触即分，垂下手后，陈岩再度朝任佳笑了笑："去吧，别让她等太久。"

这样的笑让任佳心里闷得有些发慌，她想说点儿什么，一开口，却只说出了一句再简单不过的谢谢。

她一边说着，一边从书包里快速找起了错题本，将错题本一把递给陈岩后，她有些僵硬地转过身去，继而蓦地加快步伐，匆匆奔向了胡雨芝所在的光亮里。

出乎意料的是，胡雨芝没有埋怨任佳的晚回家，相反，一看见任佳，她眼睛即刻亮了起来，直牵着任佳的手往屋里走。

"小寿星。"胡雨芝咕哝了一句，"今天在学校过得怎么样？"

任佳脚步越加轻快，面上却不显山不露水："唔……还可以吧。"一说完，她不自觉攥紧了手里那个冰冰凉凉的小物件。

竟然是一枚小小的贝壳！

她一边走着，一边将手背在身后，仔细摩挲着贝壳的纹理，只觉南巷的晚风都带上了海风的气味，温柔而缱绻。

走进屋后，胡雨芝将蛋糕放在了桌上，说："佳佳，一会儿记得许个愿望再吹。"

"今年怎么这么正式？"任佳不由得失笑，记忆里，妈妈还不曾如此具有仪式感过。

而她问话时，胡雨芝已经点燃了蜡烛，"啪"一下按灭了屋里的灯光。

霎时，四周围陷入了深不见底的黑暗，唯余蜡烛上的红色火苗一跳一跳，照亮了任佳虔诚的眉眼。

任佳闭上眼，双手合十数秒，一口气吹灭了蜡烛，紧接着，在她头顶，白炽灯闪了几闪，一片光亮乍然现世。

看清桌面上多出来的纸盒之时，任佳不敢相信地看向了胡雨芝。

"喜不喜欢？"胡雨芝笑着问她。

任佳抖着手拿起了纸盒，盒子里，一双崭新的运动鞋赫然在目。

看清那双鞋的那一秒，任佳抬头，就连声音都颤了起来："妈妈……"

"妈妈委屈你了。"胡雨芝跟着叹了口长气，"我那时候什么也不懂，是不是让你在学校被同学笑话了？"

任佳鼻头一酸，眼里起了一片薄雾。

自打开学第一天被嘲笑过后，那双山寨运动鞋就被她放在了鞋柜最底层，只有周六周日时在家穿过几次——任佳本以为，她表现得足够自然，胡雨芝才不会留意到这其中的弯弯绕绕，却不想，胡雨芝其实什么都意识到了。

所以……

妈妈这些天早出晚归地加班，就是为了买这一双鞋吗？

想到这双鞋的价钱，任佳不由得在心里换算成了胡雨芝辛劳的天数，眼泪几乎就要汹涌而出。

胡雨芝连忙捏了捏她的脸："生日可不许哭鼻子！"

任佳立刻把眼泪憋了回去，小声道："我可以不要的……"

"礼物怎么能不要呢?"胡雨芝提高了声音,"妈妈有手有脚的,家里还不至于因为一双鞋就过不下去。"

任佳红着眼睛接过蛋糕时,胡雨芝看见了她手里紧紧攥着的那个贝壳。

"紫贝壳?"胡雨芝感到新鲜,"佳佳,你把桃江岛捡到的贝壳带这儿来了?紫贝壳很罕见,我记得是有寓意的,只是过去太久,具体记不太清了。"

任佳一怔,给自己喂了口蛋糕后,没有否认,而胡雨芝已经拿过了她手里那枚贝壳认真端详了起来。

灯光之下,小小的紫色贝壳泛着流动的光泽,宛如阳光下慢涌的浪花一般,闪动着细碎的光华。

吹干头发后,书桌上的时钟已经指向了十一点五十。

生日只剩十分钟了,任佳在桌上趴了一会儿,继而摊开手掌,将手心里那枚小小的紫贝壳放在了书桌上。

任佳觉得好不可思议。

分明上晚自习时,她还夸张又难过地觉得自己是世界上最可怜的小孩,可不过几个小时过去,她又如同置身云端,开心得有些不真实。

她一边想着,一边小心翼翼地将桌上的贝壳放在了抽屉里,又把新鞋规规矩矩地摆在了卧室门口。

做完这些,她才拎起了鼓囊囊的书包,拿出了陈岩给她的礼物盒。

陈岩这盒子不小,幸好她书包够大,才勉强能够塞下。解开缠绕于礼盒周围的银色蝴蝶结时,任佳没忍住往房门口看了几眼,心里升起了几丝隐秘的雀跃。

盒子终于被打开,一幅线条利落的钢笔画映入眼帘,而画面之下,则是一个牛皮纸袋。

任佳首先拿起画看了起来。

看清画面的那一秒,任佳脑海中似有一根引线被轻轻点燃,漫天焰火随之升腾而起。

画上，身形曼妙的女孩身穿一袭优雅白裙，两手轻提着薄纱般的裙摆，从旋转楼梯上迈步而下。

阳光从玻璃橱窗中洒了进来，为她半边身体镀上了一层淡淡的金色，而她则微微抿着唇，纵使一副小鹿般的无措模样，整个人却如置身于华彩之中，与那缀着细闪的滟潋长裙相得益彰。

如果她没记错的话，这是她初来前海市之时，随童念念挑选礼服的景象……

任佳没有想到，这么久以前的画面，陈岩居然会记得这么清楚，一边想着，她颤着手打开了那个牛皮纸袋。

顷刻间，柔软的布料与手心相贴，一片点缀着细碎闪光的纯白占满了任佳全部的视线，随着任佳拎起长裙，泛着光泽的绸缎绑带亦从她腕上缓缓滑过，薄而丝滑，犹如蝉的羽翼。

长裙被彻底拿出纸袋时，桌上那张轻飘飘的画在夜风里蜷起了一角。

直到这时，任佳才注意到，这幅画其实是有名字的。

只是由于右下角的字迹又小又轻，她才没能第一时间看清楚。

再一次，任佳怔怔拿起了陈岩的画。

charming。

标题是一个英文单词。

窗外，镀着银辉的樟树叶在风里窸窣作响，桌上的画纸亦随夜风轻轻颤着，在月光的照耀下，温柔而浪漫，美得有些虚幻。

"嘀嗒"一声，桌上的秒针行过了零点。

而直到这时，画上的女孩才终于敢百分之百地笃定，对于陈岩而言，她从来璀璨，从来迷人，而他亦惶惶于黑暗中，无可救药地为她着迷多时。

九月下旬，秋风萧瑟，漫天急雨时不时从天而降，将地面上的银杏叶浇得湿漉漉的，给圆梦湖一并笼上了一层朦胧的面纱。

不知不觉间，前海一中一下就安宁了起来，在湖水与凉亭的点缀下，竟多出了几分江南烟雨的韵味。

与和风细雨的景象有所不同，学校各处，高三学生们仿佛约好了似的，吃饭的时间越缩越短，走路的速度越来越快，每个人都如同前线战场上的士兵一般，面上满是浓厚的紧迫感。

周三晚自习前，任佳撑着一把伞从排名榜前匆匆路过，一眼就扫到了"张海生"这三个字。

一开始，任佳只觉这名字有些熟悉，并未将其过多放在心上，然而，刚走出两步，回想起了张海生究竟是谁后，她立即迈大步向后折返而去，分外惊讶地停下了步伐。

张海生，十七班后黑板英雄榜的"排头兵"、姜悦笔下进步空间最大的人，这一次居然破天荒地摆脱了年级倒数第一……

任佳不由得想起了姜悦一笔一画在后黑板上写着学生姓名的执拗模样，打从心底为她感到开心。

正想着，一阵夸张的嬉闹声从任佳身后徐徐传来，意识到来人中有徐锋和黄正奇后，任佳不动声色地将伞柄向后偏了偏，用宽大的伞布挡住了大半个身体。

最近这段时间，黄正奇和徐锋一行人每天都混在一起，每天中午在食堂里吃饭时，他们都占山为王似的占满了一个长桌，半是嬉笑半是命令地强迫不同的人帮他们前往各个窗口打饭。

黄正奇，438名。

这个数字实在有些让人预料不到，毕竟，黄正奇是从九班去到普通班的人。

半晌，任佳收回凝望着黄正奇名次的视线，猜想那群人已经回到了教室，表情冷漠地转过了身体，而就在她转身的刹那，肩上的伞柄忽然一重，霎时，她心脏急速一跳，紧拧着眉头朝后望去，却不想，竟看见了一个伫立于一把黑伞之下、眉眼如墨的陈岩。

陈岩眼眸垂了垂，再抬起眼时，面上竟晃过一丝明晃晃的委屈："好凶。"

说完，他手腕又是一抬，手里那把长伞小鸡啄米似的与任佳伞沿短促一碰，刹那之间，丝丝雨柱沿着伞骨急速滑落，在二人之间滚落成线。

雨幕之下，陈岩的面孔模糊了几分，那似控诉般的两个字亦像是含进了几滴沁凉的雨珠一般，带着少年人独有的清冽，悠悠晃进了任佳耳畔。

任佳有些不好意思，本想朝他打个招呼，一个"陈"字递至唇边，突然想起陈岩分外用心的生日礼物，神情竟一下有些不自然了。

陈岩却已朝她迈近了一步，安静等着她的后话。

任佳立刻站直了些许，像是为了掩饰什么似的，整个人忽然就正经了不少："陈岩，我给你的例题看完了吗？记得抓紧时……"

一句话还没说完，她又一下敛去了声音，捏着伞柄的手不自觉用了几分力气。

怎么会这样？

任佳不由得在心底盘问起了自己，不是要问陈岩寄宿生活还习不习惯吗？怎么一开口就是"抓紧时间"，简直比姜悦还更像人家的班主任。

这下好了，彻底坐实了某人口中那个不讲道理的"凶"字……

一想到此，任佳一下有些尴尬，只想赶紧离开，而与此同时，陈岩竟倏然俯下了身体。

熟悉的气息急速靠近，伞下那一方空间顿时逼仄了起来，任佳呼吸一滞，陈岩好看的眉眼里已经溢出了几丝比秋雨还绵长的笑意：

"小佳老师还有什么指教？"

话音一落，陈岩便迅速站直了身体，在清清雨丝下笑望着任佳。

此时还是晚饭时间，致远楼前行人不少。

吃完晚饭的学生三三两两地从花坛前路过，看见陈岩后，步伐无一例外都慢了下来，任佳顿时更觉脸热。

"你稍微正常一点！"

任佳忍无可忍地小声咕哝一句，随后转身向楼梯口转去，逃也似的离开了身后人所在的那一方领域。

出乎任佳意料的是,准备拐上二楼时,她看见了站定在一楼楼梯口的裴书意。

不知为何,一开始,裴书意眼里没有任何情绪,看任佳的神情像看一个从未认识过的陌生人,可渐渐地,又沾上了几分任佳说不清道不明的复杂意味,看得任佳一瞬间有些失神。

快走到裴书意身前时,任佳下意识朝后望去,瞥见一直跟在她身后的陈岩,心情才莫名安定了几许。

她不再犹豫,加快步伐拐上了二楼。

教室后方的倒计时又撕过了好几页,不知不觉,时间来到了周五。周五的大扫除结束后,九班教室外的走廊上,学生们排起了长队。

这是高三年级第一次调换座位,规则没变,仍旧是按照月考排名来自主选座,裴书意正好站在任佳前方。

和裴书意近距离站在一起时,任佳忍不住想起童念念即将出国的消息传来后,他让众人惊讶的退步幅度,又想起童念念写在天台上那几个歪歪扭扭的大字,心情仍不免有些复杂,不动声色地往后退了半步。

又十分钟过去,就轮到了裴书意选座位。

裴书意一进教室,前排的几个学生就朝他挥了挥手,似是仍希望和他坐在一起,而裴书意径直掠过了他们。

裴书意鲜如此不近人情,教室里响起了一阵不低的唏嘘声,看清裴书意落座的位置后,众人更是一脸不可置信地向前门看去,视线纷纷落在了任佳身上。

裴书意选定的是任佳坐了一个多学期的座位,徐原丽敲了敲桌子,示意众人安静,神情却一下复杂了起来,只有任佳,自始至终都低着头,没朝裴书意多看一眼。

一进教室,任佳就走向了最后一列。

339

在最后一列靠窗的位置上放下试卷后,任佳返身走向了之前的座位,快速收拾起了自己的书。

"要帮忙吗?"裴书意问。

任佳抱起一部分书:"谢谢,不用了。"

而裴书意已经拿出了她课桌里的一部分书。

见状,任佳伸手就要拦住裴书意,却还是迟了一步——裴书意的神情已然变得有些微妙,显然是看见了陈岩给她的那封信。

"别动我的东西!"任佳一把拿出了信。

将信封飞速夹进书页后,任佳抱起了全部的书,快步走向了新座位。

"任佳,好巧啊!"

又过了几分钟,冯远的声音从前方传来,任佳惊讶地抬起头来,只见他抱着一摞书,笑得见眉不见眼。

"你不是说要坐前排?"

任佳一问完,瞥见与他仅仅相隔一道走廊的姜馨,又想起他对陈岩不明不白的敌意,隐隐明白了什么,于是低下头继续看书,不再过多言语,而与此同时,徐原丽见缝插针地做起了高三的思想工作。

不知为何,这一次,徐原丽委婉地提了一句,同学之间要好好相处,有矛盾一定要及时找老师,任佳握笔的动作一顿,抬头看向了讲台。

在她身前,冯远亦偏过了头,朝周围几个人神秘兮兮道:"你们猜,是不是二中那事儿闹大了?"

闻言,任佳眉心一拧,莫名想起了许久不见的杨瑜,还想听徐原丽多讲几句,徐原丽却很快跳过了话题,再次强调起了高三需要争分夺秒。

徐原丽一说起这个就停不下来,任佳只好低下头继续看书。

直到下课铃终于响起,任佳依稀听见了"住宿"二字,才重新抬起了头。

讲台上,徐原丽晃了晃手中的住宿申请表,表示虽然申请寄宿的最终时间已过,但宿舍楼多出了几个床位,高三同学可以优先申请,有寄宿意愿的同学记得抓紧时间找她填表。

听着听着，任佳不自觉在草稿纸上写下了两个字：房租。

徐原丽这番话让任佳想起了那日在胡雨芝账本上看见的几行字——在密密麻麻的支出记录中，母女俩南巷的租房费用无疑占了大头。

寄宿费比起房租要低上不少，住在学校更是能节约出往返的时间用来学习，任佳想，如果她能住在学校，妈妈大可以一身轻松地回到桃江岛去，不用在超市里忙碌，更不用闲暇时间还在夜市里辛苦摆摊。

一想到此，她就有些蠢蠢欲动了。

然而，这个想法才冒出来的第一秒，任佳就强行逼自己打消了念头——胡雨芝的租房陪读已经进行了大半年，任佳不敢想象，假若她在这个时候突然提出寄宿，妈妈会是什么样的反应。

任佳一边想着，徐原丽已经风风火火地离开了教室，九班众人亦开始起身往外走。

冯远起身的那一秒，任佳却像是想起了什么一般，一下丢下了手里的笔，伸手拦住了他："冯远，你之前说，二中的事情闹大了，这是什么意思？"

冯远言简意赅："听说有人被霸凌了，但他们学校没人指证，事情最后不了了之了。"

"霸凌"两个字一出，任佳陡然垂下了手，没再继续拦他。

而冯远一打开话闸子就停不下来了，压低了声音道："知道徐锋最近为什么那么嚣张吗？就是因为搭上了二中那伙人，告诉你，二中可比咱学校乱一百倍。"

说着，冯远见任佳神情明显有些不对劲，伸手在她面前挥了挥，狐疑道："怎么了？你不去吃饭吗？"

闻言，任佳反应了几秒后，才缓缓站了起来，继而转身，有些机械地走出了教室。

第十三章
三点一线

"好了,充好电了。" ♪

下晚自习时,雨已经停了。

昏黄的路灯之下,任佳大步流星地向前走着,心底莫名有些不安,直到回到南巷,她飘忽的心绪才终于安定了下来。

和以往一样,还没推开门,任佳就闻到了一阵诱人的香味。

"回来啦?"

胡雨芝老早就听见了任佳的动静,隔着一扇门就喊了起来。

任佳连忙进屋,只见厨房里飘起了一片朦胧的白气,而被那缭绕的热气包围着的胡雨芝,嘴角几乎就要咧到了耳根。

"佳佳,我炖了排骨汤!"胡雨芝朝任佳笑道,"还加了莲子、玉米和花生!"

任佳颇有些哭笑不得。她知道,煲汤是最费时间的,要讲搭配,还得小火慢熬,然而近日里,胡雨芝不管工作多累,只要一到了家,就开始雷打不动地给她煲汤,每天还都变着花样来。

"愣着干吗?"胡雨芝又道,"你先进屋,妈妈一会儿给你送进去。"

任佳知道拗不过她,便没再多说什么,点了点头后,径直回了房。

南巷的月夜很是澄澈。

任佳坐在桌前,推开了一截小窗,看着月光下那扇许久不曾亮起的窗户,安静感受了一会儿夜风后,缓缓拿出了一张草稿纸。

近段时间,任佳没再像以往一样在睡前密集做题,只是简单地查漏补缺。

一支笔,一张纸,再加上便利贴上的一行课表,就能占据她全部的心绪。

神思凝于笔尖,深吸一口气后,任佳开始回忆起了这一天所学。

"佳佳。"

最后一笔写完,"吱呀"一声,胡雨芝端着一碗汤进了门,任佳并未回过头去,目光和神思都专注在了纸上。

晚间的回忆并不容易,任佳早发现了,记忆与遗忘本身就是一体两面,即使她白日里上课时再认真,也难以在一天之内将所有的知识点篆刻于脑海之中。

一张空白的草稿纸已经变得密密麻麻,任佳直到这时才翻开课本,对照着课堂笔记加深印象,力求化模糊为准确。

胡雨芝在身后欣慰地看了任佳几秒,放下碗,叮嘱了一句趁热喝后,就转过了身体,然而胡雨芝刚一转身,任佳就发现了异样,猛地抓起了她的手腕。

"你的手怎么了?"

余光里的匆匆一瞥,让任佳看见了胡雨芝虎口处一串突起的水泡。

那几个水泡面积不小,其上的皮肤已然坏死,泛着毫无血色的白,看得任佳心惊肉跳。

"是煲汤的时候烫伤的吗?"任佳心疼不已,"以后我晚上不喝汤了。"

"干吗不喝?"胡雨芝连忙摆了摆手,"煲个汤多简单呀!你还不知道你妈妈干活有多利索吗?成天瞎担心!"

说着,胡雨芝又补充了一句:"今天这是特殊情况,正赶上超市大进货,我帮忙搬箱时扭到了手,这才导致晚上没拿稳锅盖,被水蒸气呲了一下,不过你放心,以后我注意一点儿就成。"

而任佳一言不发。

"看把你吓得。"胡雨芝急忙抽回了手,"快喝汤吧,别凉了。"

任佳这才抬起头来,心事重重地望着胡雨芝,嘴唇快抿成了一条线。

"怎么了?"胡雨芝笑着揉了揉任佳的脑袋。

"妈妈。"与胡雨芝对视几秒后,任佳喉咙滚了滚,语气一下子艰难了起来,"要不我寄宿吧?"

"寄宿?"胡雨芝不可思议地重复了一遍,脸色一下黑了下去,"想什么呢?你长这么大都没一个人住过,我怎么可能放心你去寄宿?"

"当然不是一个人。"任佳解释,"住在宿舍自然会有舍友,而且如果我住在学校,就能省去每天在路上花掉的时间,你也可以不用每天那么辛苦地去超……"

"你怎么突然要寄宿?"胡雨芝根本不听,一下打断了任佳,"我每天帮你做饭帮你煲汤,这样的日子你还不满意?"

"我不是这个意思!"任佳顿觉心力交瘁,心底明白胡雨芝一着起急来就容易钻牛角尖,只好放慢语速,认真道,"我只是看你辛苦,你为什么不相信我一个人也可以照顾好自己呢?"

闻言,胡雨芝一怔,好半天没再说话。

任佳以为妈妈听进去了,正想继续往下说,胡雨芝却一把端起了桌上那碗还没喝完的汤。

"我就知道,你长大了,翅膀硬了!不需要你妈了!"说着,还不等任佳做出反应,她就怒气冲冲地转过身去,迈大步离开了房间,"砰"一下关上了门。

房间门被甩上的瞬间,任佳心一跳,几乎就要被后悔所包裹。

她低下头继续看书,看着看着,心里又升腾起了几丝难以抑制的烦躁。

她搞不明白，为什么每一次她好声好气想和妈妈认真沟通，妈妈却非要扯到八竿子打不着的地方去？

夜风仿佛一下冷了不少，任佳关上窗，只觉一颗心再也难以沉静下去。

又十分钟过去，任佳明白再坐在书桌前也是无用功，便干脆合上了书，拿上了睡衣准备去洗漱。

然而，推开房门的那一瞬间，眼前的景象却让任佳一下子失了神。

妈妈竟然哭了。

空荡荡的餐桌旁，胡雨芝守着半碗冷掉的汤，眼睛通红，看见任佳的那一秒，她腾地站了起来，随手抹了把脸，不发一言地回到了自己的房间。

门被关上之时，任佳仍处于震惊之中。

记忆里，从来要强的妈妈在她面前红过几次眼眶？

根本一只手数得过来……

愧疚、后悔、自责……各种情绪夹杂在一起，任佳攥紧了手里的睡衣，步伐僵硬地走进了卫生间。

洗完澡，任佳扎着一头湿发走出门时，餐桌上的空碗已经被收拾走了。

她心事重重地路过厨房，发现厨房亦被打扫了一遍，灶台复又变得干净整齐，没有一丁点儿油污。

朝那逼仄的厨房看了许久后，任佳在昏暗的客厅里发起了呆。

犹豫几分钟后，她终于还是走到了胡雨芝门前，抬手敲了敲门。

"嗡嗡"的热风里，任佳与胡雨芝面对面坐着。

胡雨芝冷着脸，单手拿着吹风机在任佳头顶乱吹一气，任佳则用棉签蘸着烫伤膏，小心翼翼地在她手上涂着药。

"自己不会吹吗？"胡雨芝冷哼一声，"有手有脚的，你还用得着我？"

任佳无奈极了，说："你明明知道我不是那个意思，我就是觉得你没必要太辛……"

后半句话她觉得有些肉麻，因而似是嗫嚅一般，说出口的声音极小，一遇上空气就融进了"嗡嗡"作响的热风里。

胡雨芝不知道有没有听见，拿着吹风机的手一顿，紧接着又在任佳脑袋上胡乱揉了起来。

空气沉默了半晌，最终，还是胡雨芝率先开了口："我后来去查了，你想去的学校离我们这儿有九百多公里。"

任佳听明白了妈妈的意思，心里泛起了一片酸楚。

"等你考上大学……"胡雨芝又道，"咱母女俩再见面的日子就数得过来了。"

"胡说什么？"任佳笑着反驳，"现在的交通很方便的，再说了，我还不一定考得上呢……"

"你才胡说！"胡雨芝一个栗子敲在了任佳脑门上，"怎么考不上？别人能你就能！我闺女不比任何人差！"

这话胡雨芝说得坚决无比，任佳定定看着她，没能立刻发出声音。

胡雨芝却似是不耐烦一般，一下甩掉了手里的吹风机："头发总共也没多长，再吹要吹成金毛狮王了！走吧走吧，早点去睡觉！"

周六这日，学校里只有高三的学生还在上课，任佳走进前海一中的大门时，四周围明显要比平日里安静不少。

上午三四节课是物理课，最后一节课还剩十分钟时，钟清布置了题目，开始进行随堂测验——由于九班基础较好，钟清的随堂测验多为自主命题，题目难度也比普通的课后练习题高出不少，能在规定时间内完成的从来只有一小撮人。

任佳做完题目，便开始按部就班进行检查。

前排，冯远烦躁地放下了笔，一回头，见任佳仍拿着笔兀自演算着，心情才莫名放松了不少，而下一秒，他又一下绷紧了身体，分外警觉地望向了前方的周昊。

周昊是这学期才进入九班的学生，也是徐原丽口中一匹当之无愧的黑马。

任佳曾听说过，周昊高二上学期时一直排在五百名开外，成天迟到和睡觉，心思从没放在学习上。然而，高二下学期，他突然打算好好学习，就轻轻松松稳在了年级前五十……

最终，他不但成功进入了九班，更是在九班的第一次月考中就冲进了班级前二十名，将一批九班"原居民"甩在了身后。

不过周昊的问题也很明显，过于粗心，题目一简单就没法发挥优势，遇上难题反而能考出令众人眼前一亮的分数。

讲台上，钟清已经在黑板上写下了最终答案，果不其然，周昊只朝黑板看了一眼就扔下了手里的笔，见状，冯远颓然向后仰去，压住了任佳桌上一截练习册。

任佳将练习册往里抽了抽，见冯远毫无反应，只得提醒道："冯远。"

冯远这才反应过来，回头朝任佳抱歉一笑。与此同时，下课铃声准时响起，周昊正好从二人桌前走过，眯着眼伸了个懒腰。

"真是羡慕不来。"周昊走后，冯远仍然望着后门方向，发出了一声悠悠的长叹，"再努力又有什么用？永远都赶不上这种天赋异禀的人。"

他话音刚落，任佳拿笔的动作一顿，见状，冯远反应过来他这话正是当着班里最努力的人说出口的，立刻摆了摆手："任佳，我不是说你努力没用……不不不，我压根就没说你！"

而任佳已经再度垂下了视线，继续回顾起了自己的思路。

"任佳，刚刚真没说你啊。"半晌，冯远仍在懊悔于自己说错了话，紧张解释了起来，"你和周昊，一个是学霸，一个是学神，我反正是怎么都比不上的。"

"原来我是学霸？"半晌，任佳难得接茬。

"废话！你不是谁是？"冯远忙道，"你刚来我们班时才三十九名，现在已经是第十五名了，这速度，简直像坐了火箭！"

"所以周昊是学神？"任佳于写字的间歇瞥了他一眼，"可是你好像都没管表书意叫过学神。"

论成绩，周昊明显是比不上任佳，更别提裴书意。

冯远一下有些窘，像是自己也没想明白为什么，任佳却已干脆利落地替他给出了回答："是不是因为裴书意和我一样，也足够努力，而周昊则看上去满不在乎、游刃有余？"

冯远一愣，一句"不是"明显说得底气不足，任佳于是不再多说什么，翻过了一页密密麻麻的草稿纸，而直到这时，冯远才终于看见任佳草稿纸背面和标准答案近乎一模一样的解题步骤。

半响，任佳看出冯远有话想问，抬起头等了一会儿，却见眼前人突然没了动静，便低下头继续整理起了思路。

冯远仍看着她桌上的草稿纸，一下陷入到了回忆里："任佳，上次那道压轴题我看见你用极限法求解了，你是不是也做对了？"

然而还不等任佳回答，他就似自言自语般感慨了一句："怎么做到的？你真的进步太快了……"

任佳笑了笑，以为冯远只是客气感慨几句，然而一抬头，瞥见眼前人难得认真的表情，神情便也跟着认真了几分："专注，争分夺秒。"

冯远这才回神，用力点了点头，面上的神情却很好理解，脚踏实地，争分夺秒，任佳说的道理他都知道，无非就是些老生常谈。

而就在他预备起身的一刹那，任佳却忽然昂起了头，笑了笑道："还有，我一直在告诉自己，永远别怕不够优雅。"

"优雅？"闻言，冯远不理解地挑了挑眉，"这是哪儿跟哪儿？"

任佳却放下了手里的笔，想起那日他形容陈岩时所提及的"自不量力"四字，说话的语气一下子认真了不少：

"其实我知道，在很多人心里，竭尽全力一直是优雅的反义词，因为努力是有风险的，如果努力还止步不前，人就会显得狼狈又笨拙，就算努力后取得了不错的成绩，但只要和那些姿态轻松的人一相比，也统统只是'不过如此'，总之，无论何时，人们最羡慕天生优雅，但我永远做不到天生优雅。"

说到此，任佳无所谓一笑，诚恳道："所以我只好告诉自己，永远别怕姿态难看。"

闻言,冯远的脸竟"唰"地红了不少,还想再说点儿什么,徐原丽已不知何时走到了二人面前。

"还不去吃饭吗?"徐原丽笑看着冯远和任佳,看上去心情不错。

"高一高二的学生不在,食堂排队的人少。"冯远不好意思一笑,"徐老师,我们晚一点儿去也没事的。"说完,他回过身去,对照着钟清的解题步骤,开始认认真真整理起了错题。徐原丽欣慰一笑,这才转头看向任佳,在她课桌上放下了一张A4大小的表格。

看清"寄宿申请表"几个大字时,任佳不可置信地抬起了头。

"徐老师,我没有提出寄宿申请……"

"我知道,但是任佳,我刚刚接到了你妈妈的电话。"

"我妈妈?"任佳眉头一下咬紧了嘴唇,分外仓皇。

"别紧张别紧张。"徐原丽连忙开始解释,"你妈妈只是问我学校里还有没有多余的床位,她主动和我说,觉得你每天走读上学太累了,希望你能在学校寄宿。"

"我妈妈希望我寄宿……"半晌,任佳怔怔发问,仍是一脸不可置信,"徐老师,我能借一下您的手机,给我妈妈打个电话吗?"

"别急。"徐原丽指了指桌上的寄宿申请表,"床位已经定下来了,你先把表填完,我得留个存档。"

已经定下来了?

任佳皱着眉头拿起了笔,她没有想到会这么快,仅仅一个晚上过去,胡雨芝竟然就改变了想法,主动找到班主任要送她寄宿?

徐原丽看出了任佳的犹豫,进一步解释:"是这样的,现在这个时间,住宿名额已经很紧张了,因此你妈妈和我一说,我立刻就找年级组长锁定了一个名额,我把这事儿反馈给你妈妈,她答应得很快,还说,下午就要来学校帮你收拾收拾。"

火急火燎的，确实是胡雨芝的作风……

闻言，任佳有些不好意思，没再多说什么，低下头安静填表。

下午第二节课结束，任佳看了眼墙上的时钟，意识到胡雨芝来宿舍的时间已经到了，立刻跑出了教室。

女生宿舍楼在食堂东边，离致远楼不远。

任佳走进陌生的大楼，东看看西看看，没能第一时间看见胡雨芝的身影，走到宿舍门边后，拿着徐原丽给的钥匙开了门。

打开宿舍门的刹那，任佳的思维仿佛滞住了。

在她眼前，熟悉的小花床单宛如一张平整的A4纸，被牵拉得一丝褶皱都没有，走近了还能闻见淡淡的肥皂香，枕边，一个小小的平安符赫然在目，其上的刺绣已经褪去了颜色，泛着陈旧的白。

"妈妈？"

任佳环顾四周，试探着叫了一声，然而宿舍里安静极了，就连回音都没有。

愣了几秒后，任佳转身推开了床尾的衣柜，衣柜之中，各类衣物已分门别类地叠放整齐，柜子底部还被细心地铺上了数层报纸。

而柜子最里边的小塑料袋则装满了各种常备药，感冒灵、板蓝根、胃药等一应俱全。

任佳怔神之际，走廊上传来了一阵脚步声，她立刻回过神来，飞速朝门外走去。

来人却不是胡雨芝，而是刚刚在一楼见到的宿管阿姨，想了想后，任佳走至她身前，犹豫着问起了胡雨芝。

"你是说那个拎着大包小包、浑身是汗的人啊？"宿管阿姨朝任佳笑了笑，"你来之前她就走了。"

闻言，任佳难掩失望，心情复杂地回到了教室。

高三的周六和高一高二学生的周五一样，课只上到下午第八节，白日里的课一结束就能自由活动。

第八节课下课时，教室里仍有一半的人没有离开，任佳却快速收拾起了书包。

"回宿舍啊？"冯远回头问任佳。

冯远也是住宿生，自上午听闻任佳突然打算住宿，心底便一直有些好奇，任佳却没回答，皱着眉将桌上最后一沓习题册塞进包里后，神色匆匆地走出了教室。

任佳的目的地仍是南巷。

下了车，她快速跑进小巷打开家门，听见浴室里传来了汩汩水声，悬着的心才终于放了下去。

胡雨芝洗完澡，披着湿漉漉的头发走出门，看见任佳一反常态地坐在客厅里看书，分外惊讶。

"这么早就回来了？"她连头发都没吹就走进了厨房，"没吃晚饭吧佳佳，晚上想吃什么？"

"不吃。"任佳开门见山，"你还在生气吗？"

这话一出，厨房里一下没了动静，又过了几分钟，胡雨芝一脸严肃地走向了任佳。

看见胡雨芝手里忽然多出的一沓便利贴时，任佳明显有些错愕，这些都是她随手贴在桌上、记录着每日学习任务的便利贴——随着时间一天一天往前，任佳桌上的便利贴已经堆起了老高，原本，她是想找个时间扔掉的，却不承想，胡雨芝不但帮她重新收好了，还一张又一张、规规整整地粘成了一摞……

胡雨芝快速翻起了手里的便利贴。

6:00，5:30，5:00，4:30……

纸上记录的时间越来越早，任佳当即明白了胡雨芝要说什么，瞬间不好意思了起来。

"我没事和你个小孩子赌什么气？"翻完，胡雨芝颇有些无奈，"今天徐老师在电话里告诉我，你是班里最认真的学生，日复一日，争分夺秒地看书做题，就连吃饭都是用跑的……"

任佳一愣，微微睁大了眼睛。

胡雨芝继续："所以佳佳，后来我又想了想，你说得确实有道理，我在这儿的超市上班，工资也只是刚好覆盖房租和生活费，我要是回家干老本行，每个月还能存点钱儿，你也是，你要是住学校，没准每天还能多睡会儿。"

任佳听得恍惚，已经不知道该说什么了。

胡雨芝又笑着摸了摸任佳的头发："但我也没那么快回去，转租还得花上一段时间，所以我准备工作到月底，拿满一个月工资……不过你们学校床位有限，还是得赶紧住进去，佳佳，你看这样行吗？东西妈妈都帮你收拾好了，你从明天开始正式住宿，你住进去时妈妈还在南巷，要是不习惯，你还能随时回来。"

"好……"任佳过了好半天才点了点头，只觉自己有千言万语想说，递到唇边又全然没了声响。

又过了半晌，她定定看向胡雨芝，像是撒娇似的，瓮声瓮气道："我晚上可不可以吃红烧排骨？"

任佳没有想到，红烧排骨一出桌，胡雨芝只扒拉了几口饭就要走。

"要去夜市吗？"任抬起了头，"今天可是周六。"

"就是周六才得去。"胡雨芝一边系着围裙一边答话，"佳佳，最近妈妈找到了一个好地方，人流量大，生意特好！"

胡雨芝说这话时一脸兴奋，任佳却一点儿也高兴不起来，她很想劝妈妈别太辛苦，又知道自个儿铁定拗不过妈妈，只好点了点头。

"哪个地方生意那么好？"任佳换了个话题。

"说了你也不知道。"胡雨芝答，"一条夜市街，离前海市一所学校没多远。"

"哪所学校？"任佳难免有些好奇。

"二中。"说完,胡雨芝走进了小院,干脆利落地带上了门。

二中?

任佳无声咂摸着这两个字,心底隐约有些不安,但转瞬之间,她又觉得自己的思维实在有些过于发散了——就算真如冯远所言,二中内部混乱无比,可那归根结底还是学生之间的事,又怎么会扯上与其八竿子打不着的胡雨芝?

想着,任佳在碗里夹进了一块排骨,思绪又飘回到了寄宿这件事上。

明天她就要搬进宿舍了……

事情发生得实在太过突然,今天,竟然就是她在南巷的最后一晚了。

胡雨芝回家时,就连月亮都隐匿在了云层之中,窗外只剩下了黑魆魆的一片。

任佳在床上翻了个身,思绪仍然清明。

又半个小时过去,洗漱的声音消失,客厅彻底安静了下来,任佳再度翻了个身,后知后觉才意识到,她好像失眠了。

一片漆黑之中,她看不清小闹钟上的时间,因而摸黑走到了书桌前,拿起了抽屉里的手机。

凌晨一点半。

任佳仰面躺倒在床上,为这许久不曾经历的失眠感到分外烦躁。

又过了许久,任佳再度看了一眼手机屏幕,时间已经行至两点,她仍然睡意全无。

是因为明天要住宿了吗?

想了想,任佳干脆爬起来,就着桌上的台灯开始看文言文。

默读文言文果然卓有成效,没过多久,几丝疲惫悠悠荡进了任佳脑海,一捕捉到这来之不易的困倦,她立即合上书钻进了被窝里。

然而,关灯合眼的那一刹那,像是与任佳作对一般,那几丝好不容易生出的困倦烟消云散,白日里的画面竟犹如走马灯一般,开始在她脑海中不断闪回。

她想起了寄宿申请表上一笔一画写下的名字、想起了宿舍柜子里叠得整整齐齐的衣物，还想起了宿管阿姨形容胡雨芝的话。

——那个拎着大包小包、满身是汗的女人。

像是亲眼见过一般，刹那之间，胡雨芝闷头铺床的身影渐渐清晰，可铺着铺着，她整个人又像是被笼上了一层厚厚的灰，脊背渐渐塌了下去，面容亦变得陈旧而模糊，到最后，竟小成了记忆里一道快要抓不住的佝偻背影。

任佳闭着眼，眉头皱得越来越紧，只觉一阵难以名状的巨大恐惧倏然来袭。

猛地睁开眼时，手机屏幕上的时间已经指向了三点半。

紧接着，几乎是出于本能一般，任佳一下攥紧了手机。

三下五除二解除了某人的黑名单后，任佳毫不犹豫地拨了个语音电话过去。

但她的冲动并未持续太久，嘟声响起的那一秒，任佳怔怔挂掉了电话。

凌晨三点半，陈岩怎么可能这个时候还没睡？

意识到自己的荒唐后，任佳无力地闭上了眼，难过地缩进了被子里。

然而，就在她按灭手机屏幕的那一秒，黑掉的屏幕竟又倏然亮起，那个再清晰不过的大字猛地一闪，一下就跳到了屏幕正中间——岩。

"任佳？"

四周静谧非常，陈岩的声音隔着手机徐徐传至任佳耳畔，竟平添了几分不同寻常的陌生感，让任佳一时有些紧张。

任佳不知该说些什么，又听见手机里传来纸笔摩挲的沙沙声，忙问："你还在看书吗？"

"睡不着，起来看会儿书。"陈岩浑不在意。

闻言，任佳愣了一会儿，她记得纪行迟断断续续提起过的，在她还未转来前海一中时，陈岩常常三更半夜在老街的那条荒无人烟的公路上飙车，所以，他的失眠是从很早之前就开始了吗？

过了几秒，任佳好奇问道："你在哪儿呀？"

"老街。"陈岩轻声解释，"这儿有个画室，我来这儿拿点换季的衣服。"

看来，陈岩还不知道她已经去过老街那间画室了……

"你经常失眠吗？"任佳又问。

"还行。"陈岩想了想，"算不上经常，一星期一两次，已经比以前好多了，倒是你，以往从不会超过十二点睡觉，今天做噩梦了吗？"

电话里，陈岩的声音越发轻柔，任佳听着那比夜风还温柔的少年音，不知不觉就变得无比坦诚，小声咕哝道："做了个很可怕的梦。"

陈岩似乎换到了窗边："有多可怕？"

任佳刚想解释，又微微睁大了眼睛："你怎么知道我每天十二点前睡觉？"

"我以前在南巷啊。"陈岩笑了笑，"你什么事我不知道？"

他这话回得坦荡极了，说话时，一字一句像砂纸般轻轻刮过了任佳头皮。任佳听得认真，耳后不免有些发麻，没过一会儿就不好意思了起来——原来，陈岩还在南巷的那些日子，每晚都会隔着院子里那片窸窸窣窣的樟树叶，长久而无言地凝望着她的窗户吗？

"还没说呢。"陈岩又问，"你梦到什么了？"

"梦见妈妈了。"任佳放轻了声音，在黑暗里裹了裹身上的被子，"梦见妈妈变得很远很远，我想抓住她，可是怎么都抓不住，而且她一下子就变老了，整个人都老得面目模糊，比我想象中要快好多。"

话音刚落，任佳就觉得自己好像有一点小题大做，可尽管意识到了这一点，她却由着自己在陈岩面前漫无边际地说了下去，她缓缓翻了个身，提到了寄宿的事情，还提到了宿舍枕头下那个小小的护身符，说是胡雨芝许多年前特意求给她的，用到如今，连颜色都斑驳了不少。

她说得断断续续，因为困倦来袭，话与话之间常常有着突兀的大段留白，陈岩却时不时就会"嗯"上一声，以示自己一直在认真听。

又过了许久，许是她的声音昏沉得像个醉鬼，陈岩轻轻笑了一声，问："睡了？"

"没有。"任佳闭着眼咕哝了起来，"陈岩，再告诉你一件事，我还有一个和童话故事里一模一样的阁楼，三角形的，从窗户里能看见一望无际的海，爸爸给我做的。"

陈岩听出了她声音里的倦意："困了直接睡就行，不用挂。"

任佳却蓦然没了声音，过了半响，她嘴唇轻轻一翕，似是难过极了一般，小声抱怨了起来："陈岩，我什么都愿意告诉你，你什么都不愿意告诉我……"

电话那边沉默了下来。

而在这忽如其来的静谧之中，任佳后知后觉，意识到了自己似乎有些残忍。

妈妈的平安符，爸爸的阁楼……她依稀感觉到，好像不该和陈岩说这些的，于是，她再度放低了声音，难过地说了一句对不起。

"别说这种傻话。"陈岩仍是淡淡的，"真想害我整晚睡不着？"

"才没有……"任佳低低呢喃，"你还没回答我上一个问题。"

"想知道什么？"陈岩于是一副悉听尊便的模样，随她问。

"你……"任佳却忽然哑了火。

她想问，陈岩为什么会那么讨厌陈元忠，可即使困得睁不开眼睛，却依然本能地觉得，一旦把那个人的名字说出口，就会破坏掉这个来之不易的夜晚里、某些更加来之不易的东西。

而电话那头，忽然多出了几丝幽幽的风声，听那声音，陈岩似乎已经移步至了阳台上。

"怎么不说话了？"陈岩又问。

"我只是……"任佳吃瘪，置气般嘟囔了一句，"我只是不想欺负你。"

耳畔便只剩下了风声。

"是八年前的一场火灾。"良久，陈岩像是知道任佳在想什么一般，一开口就直入正题。

于是，这么多年来，这还是第一次，他把在心底肆意疯燃的可怖场景悉数拿出，毫无保留地说给了一个人听。

夜风摇曳，陈岩提到了很多很多……

酒柜倒塌的重量、鱼缸炸裂的轰响、陈元忠赤红如饿狗的眼睛，以及孟桢那看似瘦小却在摇晃中将他牢牢撑起的身体……

也是这时，陈岩才惊觉，原来这么多年过去，他记得的还是比忘记的多。

他记得浓烟侵占鼻息的窒息感，记得从卧室到大门的路仿佛长得永无尽头，甚至记得地板之上满是碎玻璃，碎玻璃中还趴伏着三条肚皮一起一伏的金鱼，孟桢倒下之际，火舌照亮了金鱼用力鼓起的白色眼珠，像极了濒死之人的绝望眼睛……

而电话那边，任佳像是敛去了呼吸，听见"孟桢"两个字时，沉默了很久很久。

又过了许久，她才轻声说了句"知道了"。

知道了……

很简单的一句应答，不太像她，又太像她。

陈岩无可奈何地笑了笑，觉得仅仅因为是她，这简简单单的三个字一传至耳畔，心里便有什么东西被重拿轻放，就此松动了一隅，而没过多久，任佳又再一次开了口，小声说了句："别怕。"

"打住。"陈岩无可奈何，心想，他怕什么？半夜做噩梦后怕得睡不着的可不是他。

而在沉默之中，他听见了她又急又细的呼吸声，像是努力在压抑着什么似的，克制非常。

"不怕了。"听着听着，陈岩忽然就又笑了，"睡吧，我守着你。"

话毕，他随意倚在栏前，微一昂头，就看见了晃荡在树梢的清白月影，将亮未亮，时有时无。

夜色里，指针又快要指向"12"了，任佳紧紧握着耳畔的手机，听见电话那头,再次传来了书页翻动的声音。

而陈岩亦是像知道任佳还未睡着一般,再次重复了一句:"睡吧,我来挂就好。"

睡吧,睡吧……

分明,她一点都不想睡的,可陈岩短短两句话,却像是有魔力一般,让她不可避免地觉得眼皮好沉好沉。

时间已经太晚太晚,晚到连月光都已经淡了,淡成了天尽头的一片朦胧虚影。

黑夜里,南巷的樟树叶随风慢响,被层叠枝叶掩盖着的那扇小窗里,唯余女孩的呼吸声一起一伏,像是一只餍足的小动物般,沉沉坠进了梦乡里。

而女孩耳后,被枕头遮住了一半的屏幕仍然透着微弱的光,似是无垠海面上一枚泛着月光的贝壳,将她的发丝勾出了几丝梦幻的轮廓。

"任佳?"

过了许久,陈岩珍重得近乎虔诚的两个字轻声响起,而女孩一无所觉。

于是他敛去了呼吸,小心翼翼地将声音放得更加轻柔。

"晚安。"

翌日,任佳起了个大早,虽然睡的时间短,人却精神异常,收拾完毕后,她便赶往前海一中,提前踏进了宿舍楼。

由于提交住宿的申请较迟,她所分到的是学校里为数不多的混寝,舍友来自各个班级,并不是她所熟识的同班女生。

到达宿舍,站定在307宿舍门前时,任佳整个人都有些尴尬——好巧不巧,门内的几个女生正热络地聊着天,所谈论的对象正是门外的她。

"任佳你不认识吗?上学期文艺晚会和陈岩一起领唱的女生。"

"这谁不知道?颜值被眼镜封印的那个,那天她唱歌时摘下了眼镜,和平时的模样好不一样。"

"但是她为什么这时候才寄宿啊?宿舍里突然多出个人,怪不适应的。"

闻言,任佳飞速往后退了两步,心想,这个时候绝对不能推门入内,不然可就太尴尬了,只是……学校宿舍门的隔音效果显然不太理想,尽管任佳一退再退,门内的谈话还是无比清晰地传至了她耳畔。

"我听九班认识的人说起过,任佳平时很高冷的,不知道好不好相处?"

"别担心啦!可能只是性格比较内向。"

这最后的声音有些熟悉,任佳一时没想起来是谁。

正想着,屋内安静了下来,任佳刚从包里拿出钥匙,"吱呀"一声,宿舍门被一下子打开了。

"我的妈呀!"看见来人是谁后,开门的女生惊呼出声,手里拎着的垃圾袋也掉在了地上。与此同时,屋内的女生们也齐刷刷看向了任佳,脸色皆有些不自在。

"你好。"半响,还是开门的女生率先开了口,她看着任佳,不好意思地笑了笑,"我叫许茹。"

任佳立刻想起了她是谁,那一日站在走廊上凝望着彩虹,望着望着就红了眼眶的女生。

任佳于是也朝许茹笑了笑,侧身让出了地方。

走进宿舍后,几个舍友皆有些沉默,而任佳一收拾完毕,也匆匆回到了九班,没和众人过多寒暄。

这一天里,任佳按部就班地看书复习,把时间填得满满当当,直到快要熄灯时她才重新回到宿舍。

前海一中的熄灯时间是 22:40,比任佳平时入睡的时间要早上不少。

任佳昨日里睡得实在太晚,今日一洗漱完毕,就早早躺上了床。

幸好,她担心的失眠并不存在——躺在干燥柔软、散发着淡淡皂香的被子里,她很快就感到了几丝沉沉的困意。

陌生的环境、陌生的人……

黑魆魆的一方空间中,任佳想到白日里的情景和她刚转来时有几分相像,但不同的是,她似乎已不再惴惴不安,亦不再担心自己过于像个外来者,举手投足都自然了不少。

快速适应住宿生活后,任佳生活的路径较之以往便更加固定了,无非是在致远楼、食堂和宿舍楼见三点一线地循环往复。

期间,徐原丽特意来 307 查过几次寝,见任佳状态良好,悬着的一颗心才终于放了下来。

开始住宿后,时间变过得更快了,不知不觉间,南巷的红墙绿树仿佛已变得分外遥远,胡雨芝的唠叨也开始变得有些模糊。

至于陈岩那通迷离又缱绻的通话,则像是海边的潮水一般,不断涌起又不断寂灭,在任佳的回忆里逐渐变得不真实了起来。

不过,也是在住进学校后的这段日子里,任佳才从一个十七班的室友口中得知,陈岩比她想象中还要认真得多。

他不但是每晚最后一个离开致远楼的人,也是每个清晨第一个坐至课桌旁的人,自从开学以来便日日如此,从未间断过。

高三的生活就在这样一日又一日的重复中飞速往前。

将走读的时间节省下来后,任佳就像是一块永不餍足的海绵一般,把所有能够利用的时间都牢牢攥在了手里,紧接着,又分外小心地分配进了各门科目之间。

而与之有些矛盾的是,她对时间的感受却仿佛迟钝了不少,不再常常回过头去留意高考倒计时,唯一放在心底的就是胡雨芝准备离开南巷的日子。

又过了几日,这特殊的一天便如期来临了。

这一天正好是周日,任佳回到家里时,胡雨芝已经将行李打包完毕,任佳与她齐心协力打扫干净卫生后,二人住过大半年的房子一下空旷了不少。

最终检查了一圈后,母女二人走出了门。

任佳走在前面,听见房屋落锁的声音时,没忍住又回过了头——在她身后,高大的樟树青翠如初,石板凳旁的水仙花虽已进入休眠,周围却开出了许多任佳叫不出的名字的杂乱小花。

而碧绿的伞盖之下,相向伫立的两扇大门都已挂上了沉沉大锁,一派寂寥。

二人沉默着向巷外走着,任佳的步伐越来越滞重。

胡雨芝看上去却心情不错,走到巷子口后,她回头看向了任佳,笑意盈盈道:"有什么好送的?我这一路坐车回去,都用不着走几步路。"

任佳早已习惯了妈妈的逞强,沉默着攥紧了手里的行李。

等车之际,任佳再次回头朝南巷望了一眼。

或许是气氛有些沉重,胡雨芝从包里掏出一瓶水递给任佳,继而和她东拉西扯地聊了起来。

"这地方风景还是不错的。"胡雨芝总结道。

任佳没应,喝了口水后,又从胡雨芝手里分担走了一袋衣物。

"佳佳。"走出巷子口,胡雨芝又问,"你还记得向奶奶吗?向奶奶可是一直很关心你呢。"

胡雨芝一边说着,一边从口袋里摸出了手机,示意任佳看看。

任佳狐疑接过胡雨芝的手机,一眼就瞥见了屏幕上满屏的文章转发记录。

△高三学生一周食谱……

△高三学生必备营养汤……

△高三学生……

任佳一脸不可思议,压根没想到妈妈居然还和向奶奶加上了好友。

"老太太隔三岔五就给我转发个文章,教我怎么给你煲汤。"解释完,胡雨芝又笑着补充了一句,"我看她对高三这事儿比我还紧张呢。"

这话一出,任佳动作一顿,似是想到了什么,朝屏幕上的文章多看了几秒。

看着看着,她还是没忍住心里的好奇:"好久没见过向奶奶和陈爷爷了,他们又搬走了吗?"

胡雨芝点了点头:"早搬了,这回是彻底搬过去了,之前好像也就回来拿点儿衣物,听说他们搬过去的那房子在市中心,寸土寸金。"

闻言，任佳默默还回了手机，没再多说什么。

由于胡雨芝行李太多，她提早一天就叫好了一辆去车站的小面包车，不一会儿，车就到了。

后备厢一打开，任佳就帮着胡雨芝把袋袋行李搬了上去，搬完，刚准备上车，却被一只横出来的手直愣愣挡在了车门前。

"真没啥好送！"胡雨芝大大咧咧道，"这儿距车站不近，来回一趟耽误你时间，你要是回学校太晚，妈妈还得担心。"

任佳执拗地摇了摇头，看也不看就要上车，胡雨芝无奈叹了口气，手一缩，不小心碰到车门时，嘴角蓦然一嘶，面上疼得一抽。

"你怎么了？"任佳连忙停了下来。

"没怎么。"胡雨芝立刻挤出了一个笑。

任佳敏锐地感到了不对头，伸手就要去撩胡雨芝的袖子，胡雨芝终究闪避不及，手肘暴露在了空气里。

"摔到了？"任佳看清胡雨芝胳膊上的一片淤青，语气一下就严肃了起来，"什么时候的事？"

"就前天。"胡雨芝支吾道，"去二中小吃街的路上摔了一跤，手肘撑了一下。"

任佳看得皱起了眉："好端端怎么会摔得这么严重？"

"不严重。"胡雨芝却似是一句也不想多说，触电般缩回手后，匆匆上了车。

车窗外，株株行道树飞速向后退去，胡雨芝面上仍带着无所谓的笑，看上去一点儿也没把手上的伤当回事儿。

"摔就摔了，你瞒着我干吗？"说话时，任佳一张小脸俨然皱成了苦瓜，心想，妈妈一定是又拿她当小孩了。

胡雨芝偏头望了眼任佳，瞧见她一副正襟危坐的大人模样，"扑哧"一下就笑了。

任佳一看那笑就知道胡雨芝在想什么，不满道："我已经不是小孩了。"

"我知道。"胡雨芝仍是笑，只是笑着笑着，声音蓦地有些感怀，"高考完就是大人了。"

说完，她也认真坐直了身体："佳佳，等寒假一到，你就能回岛上放松放松了。对了，你好像有挺久没见到陶芙了吧？"

闻言，任佳一怔，不知该怎么回答这个问题。

清明节回桃江岛之时，她找到方阿姨要到了陶芙的联系方式，然而直到现在，陶芙都没有同意她的好友申请，她还记得陶芙的头像，蓝底黑西装，那样的端庄沉稳，和以前那个和她疯玩在一起的小女孩根本截然不同了。

而在陶芙头像底部，则清晰地写着"看房无忧"四个大字……

胡雨芝显然没有注意到任佳的走神，继续道："那时你们两个小丫头，天天一下课就手牵着手去喝甜汤，像是黏在了一起似的，怎么都玩不腻……"

任佳仍是一言步伐，胡雨芝于是又伸手揉了揉她的头发："趁寒假有时间，可以多去找陶芙玩玩，闲了喝喝甜汤，以后等你出去念书了，还能玩在一起的时间就不多了。"

任佳含糊地"嗯"了一声，心想，看来妈妈并不知道，陶芙早已离开桃江岛，独自一人外出闯荡了，而那个小小的甜汤铺子，也彻底关上了门。

如胡雨芝所说，这一路距离不近，然而时间却比任佳想的要快上不少，转瞬之间，落日早于地平线深处急坠而下，一晃眼过去，天色就昏暗了起来。

又过了一会儿，面包车稳稳当当地停在了车站旁。

一下了车，任佳便不发一言地拎起了大包小包，迈着步子飞速向前走去，把胡雨芝远远落在了身后。

胡雨芝慢慢吞吞地跟上，站定在任佳身旁后，接过了她手里的行李："回学校给我发个消息，手机记得交给老师保管。"

"知道。"任佳指了指胡雨住的手肘，"你当心手。"

"行。"胡雨芝爽朗一笑，"你自己好好的啊。"

363

"当然。"任佳笑了笑,只觉自己有许多话想说,临到唇边,却只简单点了点头。

于是,胡雨芝没再多说什么,转身向人流而去了。

车站里人来人往,不一会儿,那个拎着大包小包的女人,就被行色匆匆的行人们裹挟着向前,彻底消失在了任佳视线之中。

致远楼花坛前,硕大的月考排名榜已被撤走,转眼,沁凉的夜风沾上了些许寒意,时间已行进至了十二月初。

期中考试又已近至眼前,考试对于高三学生而言已如家常便饭,当广播中的"考生须知事项"缓缓响起时,学生们有条不紊地穿行在了各个楼层之中。

这一次,任佳的考场竟然被划分在了十七班。

早自习下课铃声打响时,任佳正拿着考试工具袋往二楼走着,当最后一声铃声响完,她距离楼梯平台已只剩最后一级台阶,却陡然停下了步伐。

紧接着,任佳微微定了定神,才向前迈出了最后一步。

就在她站定在楼梯口的那一刹那,十七班走廊上一个长身而立的少年抬起了头。

看见任佳后,陈岩立刻合上了手里的书,迈大步向她而去,而与此同时,任佳怔了怔,也朝着陈岩相向而行。

到达十七班后门处,二人默契地停下了步伐。

"最近睡得还好吗?"陈岩率先开了口。

任佳微微昂起头,看见眼前人再熟悉不过的眉眼,猛然意识到,过去的大半个月里,她和陈岩像是被淹没进了名为"高三"的洪流之中,即使同在一栋教学楼,也鲜少能见上一面,而上一次与陈岩这般近距离相对,已是一个月之前的事情了。

"还不错。"任佳的声音莫名有些飘忽,"你呢?"

陈岩眼里多了点儿似笑非笑的意味。

任佳立刻反应过来,这人大概率是想起了夜里的那通电话,一时间只觉分外不自在，要知道，那夜她可是昏沉得像个酒鬼，倒豆子般给陈岩倒出了一大堆鸡毛蒜皮的家常事……

而陈岩明显看出了她的紧张，却不依不饶地紧跟着上前一步，微微俯低了身体。

"干什么？"任佳声音飘忽，几丝低低的笑意已如细羽般刮过了耳膜，一片麻。

"陈岩……"

任佳正想让他正常点，陈岩却已迅速站直身体，一脸正经地眨了眨眼睛："考试加油。"

他说话时，监考老师已经出现在了走廊尽头，因而，一说完，陈岩便自觉让开了一步，朝任佳笑道："去吧。"

最后一门科目考完正是周五，按照老规矩，高三的学生尚不能离校，还得继续上课。

考完当天的晚自习自然是用来讲解试卷，讲台上，科任老师每报出一道题的答案，台下总是能传来几声苦兮兮的惨叫。

两节课过去，任佳注意到，冯远整个人都蔫儿了不少。

"任佳，你估分了吗？"下课铃响起后，冯远转身看向了任佳，问，"你这次考得怎么样？"

任佳想了想，直接跳过了他前一个问题，小声道："正常发挥。"

闻言，冯远不再多问，一脸郁闷地转了回去。

而任佳的心则突突狂跳了起来。

这一次，她确实没有刻意估分，只因她根本就不需要，在讲解完的这张试卷里，她还没有发现一道错题。

第二日依旧是讲解试卷，整整一天的讲解结束后，休息时间终于到来。

过去几日连着考试与订正错题，高三学生们皆是身心俱疲，因而，下课铃声一响起，学生们便一窝蜂跑出了教室，一阵风般没了影。

任佳也打算休息片刻，走出教室后，她第一时间找到徐原丽拿回了手机。

走在圆梦湖畔的林荫小道上，任佳想也不想就打给了远在桃江岛的胡雨芝。

电话接通的那一秒，任佳听见了轰轰的海风声。

而电话那头，胡雨芝的声音分外神秘，任佳连着好几次问她在干什么，她都支吾着转移了话题。到最后，任佳干脆不再多问，聊了几句近况，表示自己一切都好后，依依不舍地结束了通话。

海风的声音让任佳想起了桃江岛的黄昏。

一想起桃江岛，她的思绪不知不觉就慢了下来，路过小路尽头的公告栏时，任佳怔怔回身，望向了致远楼二楼的十七班教室。

与此同时，一阵尖锐的哨声在任佳身后陡然响起，任佳应声望去，只见一道抛弧线自空中稳稳划过，尖叫声中，篮球准确无误地落进了篮筐里。

"是陈岩！"

几个女生从任佳身旁匆匆路过，激动地跑向了篮球场。

任佳心一跳，立刻踮着脚尖朝篮球场眺望了起来，只一眼，她就望见了那个熟悉的身影。

看上去，对方似乎在陈岩进球后叫了个暂停，而陈岩看也不看，返身走至场边拧开了一瓶水。

"真的是陈岩？"

"不是吧？他这一学期都没打过球了。"

"不信你自己去看！"

又有几个人向球场跑去，没过多久，聚拢的人群就几乎站成了一堵墙，严严实实挡住了任佳的视线。

安静的操场一下就热闹了起来，不知为何，忽然之间，任佳感到了一阵淡淡的落寞，犹豫片刻后，她返身，迈大步朝致远楼走去，兜里的手机却忽然传来了几声嗡响。

任佳反应几秒后才拿出手机，只见屏幕之上，一个"岩"字赫然在目。

她一愣，指尖随之轻轻一颤，一行再简单不过的小字跳了出来：任佳，我刚刚投进了一个三分。

朝那短信看了一会儿后，任佳终于没忍住，嘴角一勾。

紧接着，她利落转身，毫不犹豫地朝球场走去，一边走着，一边利落打字：刚刚离得太远，没看清楚。

发完，她一抬眸，只见不远处，喝水的少年猛地一呛，手里半瓶水掉在了地上。

十七班男生显然有些莫名其妙，其中一个走上前去，拍了拍陈岩的肩膀，然而陈岩一动不动，目光黏在了手机屏幕上。

暂停时间已到，裁判抬手示意比赛即将继续，陈岩却仍像是还没回神一般，直直杵在了原地。

任佳只好继续打字：再来一个？

不远处，陈岩再一次在场上跑动了起来。

运球、跳跃、投篮……

他一系列动作形如流水，轻轻松松就吸引了全场的目光，而每投进一个球，陈岩都会朝球场东南边望上一眼，眼里带着几丝若有若无的笑意。

可尽管如此，他手上动作却压根没留一点儿情面，杀伐决断、火力全开，不一会儿，双方比分就被拉得很大了。

任佳看着看着，嘴角的弧度越发明显，忽然就觉有些不可思议。

究竟是从什么时候开始的呢？昔日里令她感到分外不安的"陈岩"二字，在不知不觉中，竟像是携上了几丝尘埃落定的意味一般，每每一闯进脑海，都能给予她几分无言的安定感。

"进了！"

又是一个干净利落的进球。

一阵高昂的喝彩之中，比分再次被翻过两页，陈岩又朝任佳望了一眼。

任佳一愣，只觉陈岩那目光实在太过难挨，尽管只有匆匆一瞥，却一眼更比一眼热烈，让人无端有些紧张。

高三，能够慢下来的时间总是分外短暂，一场球赛结束后，天色很快就黑了下来。

尽管周日的晚间仍属于放假时间，九班大部分学生却已自觉回到了教室，开始继续订正试卷。

约莫九点时，任佳写完一页习题，看见徐原丽从走廊经过，刚站起身预备找她去交手机，又下意识点开某人的消息界面多看了一眼。

最后一条未读消息是陈岩半个小时前发来的，如同汇报一般，他告诉任佳说，自己准备把手机交给姜悦了。

而再往前一个小时，他则莫名其妙来了一句，今天发挥得也就一般。

任佳不由得失笑，将以往拍照发给童念念的几页笔记悉数转发给他，紧接着便关了机，径直去向了徐原丽的办公室。

周一如期而至。

时间再度在重复中缓缓向前，九班学生们的生活又开始变得波澜不惊。

然而，三日过后，张贴在教室后方的期中考试排名就像一块巨石，打破了九班的平静。

裴书意重新回到了年级第一，任佳则以数学满分的成绩，一举冲到了年级前七。

任佳粗略浏览完各科小分，重新坐回到座位上时，前排不少人都回过了头，用仿若看怪物一般的眼神看着她，与之相反的是，从来咋咋呼呼的冯远却表现得分外淡定，仿佛早已默认，那才是任佳本该去到的位置。

任佳面上同样很平静，她发觉，尽管都是前十，尖子生之间的差距却在渐渐拉近，她与前后都只相差了几分。

所以，到了如今这个阶段，任佳告诉自己，一定不能再急于求成，当务之急是稳中求进。

离上课还有七分钟时，任佳匆匆跑至了致远楼一楼。

挤进人群之中后，她很快就找到了陈岩的排名。

153 名。

与上一次相比，陈岩的排名竟然直接缩小了一半!

任佳看着看着，仿若雨后初霁一般，一下就笑了起来——她曾在凌晨三点多听见陈岩电话那头的翻书声，因而知道他写在信里的那些话从来都不是假的，可纵使如此，她还是觉得好不可思议。

路过二楼楼梯口时，任佳特意绕了个远路，准备打十七班走廊经过，她也不知道自己为何如此，只是心血来潮，突然就想看看陈岩在做什么。

陈岩应当会很高兴吧？

她一边想着，一边蹑手蹑脚地走到十七班窗边。

玻璃内侧，陈岩似是累极了一般，额头沉沉抵在了桌上，只露出了下半边脸的轮廓。

而在他桌上，是任佳给他的那个笔记本，被摊开到了第一页，他的手则紧紧攥着笔记本一角，正好攥住了任佳写于其上的名字。

见他睡得沉，任佳正要离开，可刚退后一步，陈岩垂在课桌下的另一只手却骤然抬起，一下推开了窗。

"别走，再待一会儿。"

说话间，那双手晃了晃，有些颓然地扯住了任佳的校服衣袖。

任佳一窘："什么时候看见我的？"

问完，她刚想走，又觉得陈岩声音有些喑哑，鬼使神差停了下来。

进步这么大他不开心吗？

而陈岩已不再说话，骨节分明的手用了几分力气，将任佳那截轻飘飘的衣袖拽得更紧了。

"好了。"又过了十几秒，他轻轻笑了笑，"充好电了。"

陈岩的声音轻飘飘传至耳畔的那一秒，任佳被他攥在手里的那一小截衣袖布料仿若一瞬间粗糙了不少。

369

触电般缩回手时，几丝热与麻从任佳腕边摩挲而过，她心头一颤，一下甩回了陈岩的手，飞速拉上了眼前的窗户玻璃。

"砰"一声，任佳关窗的动静不小，陈岩抬起头来时，眼底竟晃过了几丝不易察觉的逗弄意味。

任佳被他看得分外不自在，正欲离开，却见陈岩忽然转过身体，两手自然而然抓住了窗沿，又俯下身来，将下巴轻轻枕在了窗台上，昂起头望她。

任佳脚步一顿："你怎么了？"

陈岩却摇了摇头，只望着她，不说话。

走廊上已经有人开始看向二人，任佳下意识朝后退了一步，小声道："我先回教室了。"

陈岩点了点头："好。"

回到九班时，班里的气氛比往日里要低沉不少。

任佳路过张贴在教室后方的排名榜，驻足细看一番后才注意到，原来九班整体发挥得并不理想，退步的人要比进步的人多。

教室里，学生们默契十足地凝望着讲台上的徐原丽，徐原丽则自顾自翻看着手里的成绩单，面色明显不大好看。

任佳安静地回到了自己的座位上，被这肃穆的氛围所感染，心情也不自觉沉了下去。

但出乎众人意料的是，上课铃声响起后，徐原丽并没多说什么，一打开化学课本，她便自然而然地接着上节课的内容讲了下去，临下课，也只简单布置了一番作业，一布置完，更是头也不回地走出了教室。

班主任居然闭口不提学习成绩？这和她平日里的风格实在相差太远。

一时间，九班学生们你望着我我望着你，深感诧异。

但徐原丽的不同寻常还远不至此，打期中考试之后，她忽然就亲切了不少，每到大课间，都会准时出现在班里，一边踱着圈，一边和不同的学生聊上几句，关怀备至。

而与此同时，下晚自习后留在教室里看书的人亦每天都在增多，任佳偶尔抬起头来，总能看见前方几个人回过了头，一脸无力地望向了教室后方的高考倒计时。

偶尔，任佳也会感到深厚的疲惫，每每此时，她都会放下笔，去走廊上倚靠片刻，放空般盯着致远楼前的圆梦湖。

波光粼粼、绿树掩映，任佳发现，湖面无论何时看上去都分外平静，仿佛能给予人一股平和的力量。看着看着，任佳不自觉就想到了在湖边写生的美术生们，转而，思绪轻轻一荡，又想起一幅尘封已久的钢笔画，心头像是被人扯着向下坠了坠似的，又麻又痒。

第二日，恰逢周四。

上午第二节课刚过，冯远就哼着歌儿回过了头，想要找任佳借一本练习册看。

任佳拿出练习册递给他后，冯远突兀地转了个话题："任佳，你一会儿去商店买苹果吗？"

说这话时，他飞速朝姜馨瞥了一眼，然而姜馨没什么反应。

任佳深感奇怪："我突然去商店买什么苹果？"

她话音刚落，冯远一窘，一脸"你怎么能明知故问"的控诉神情，看得任佳更加莫名其妙。

不明就里之际，上课铃声响了起来，一听见铃声，任佳便快速收回了思绪，定了定神后，将目光重新投向了前方的黑板。

周四的下午有一节体育课。

体育课上，任佳绕着操场跑了几圈，跑完就回到教室里继续看书，而教室之中，人比起平时要少了不少。

任佳隐隐感到今日似乎有些不同寻常，但也没多想，一坐回到座位上，便自顾自看起了上午没看完的那张英语试卷。

下课铃打响时，任佳起身出门接水，旁胜正好搬着一整箱苹果与她擦肩而过。

见状,任佳想起冯远那莫名其妙的一番话,步伐顿了一下,而在她身后,旁胜一走进教室,就咋咋呼呼地提起了陈岩:"陈岩球技退步太多了!"

闻言,任佳彻底停下了步伐,转头看向了旁胜。

教室里,旁胜一边拿着书给自个儿扇起了风,一边一句接一句地提起了他在球场上的英勇表现。

"我真没骗你们!陈岩球技是真的退步太多了,今天还是他主动找我1V1的呢!结果呢?一个内线球都没投进!"

"行吧,就知道你们不信,反正好几个班的人都看见了,还有这箱苹果为证!上场前他和我说好了,输了球就请对方一整个班的人吃苹果,总之你们今天是沾了我的光……"

"客气什么?记得以后管我叫前海一中最强路人王就好。"

闻言,任佳嘴角抽了两抽,心想,整个九班,乃至整个前海一中,要论起中二这回事来,旁胜敢称第二,就没人敢称第一了,不过……他口中的陈岩倒是让任佳感到了几分新鲜。她一边想着,一边笑笑转身,朝前走出几步,步伐又突然一滞。

12月24日。

任佳这才意识到,原来,今天是平安夜。

窗外,夜幕已变得昏昏沉沉。

李主任在这一晚格外紧张,像是笃定学生们会有什么花里胡哨的"大动作"似的,光是一个短短的晚自习课间,就在走廊上来来回回地巡视了好几次,而九班俨然成了他的重点监控与重点保护对象。

走廊上,常常有不同班级的学生跑上前来,一见了他,又若无其事地停下了步伐。

原本,任佳对不能放假的节日都没有太大的兴趣,然而,在其余人跃跃欲试的雀跃氛围里,心底也不知不觉生出了几丝澎湃。

她想，在高三，节日的意味或许不在其本身，而只是在于"特别"两个字而已。

正因为沉闷的生活重复太久了，因此，只要一抓住稍有不同的日子，学生们便会尽情释放内心对于"变化"的渴求，大张旗鼓地动作起来。

就以今晚而言，尽管李主任如此严肃，手里收缴了数不清的"战利品"，学生们的兴致却一丝不减。

一时间，除了行动受限的九班，其余半个年级的学生都宛如接头的线人一般，用各种办法互相交换起了贺卡和苹果，神情里透着隐秘的欣喜。

而任佳看着面前那个以意想不到的原因出现在桌上的大红苹果，不由得失笑。

陈岩明明不是爱凑热闹的人，可似乎，又很怕她沾不上周遭的热闹。

说起来，加上好友的那一日，任佳仔细浏览过陈岩一眼就能望到头的主页动态。

即使是在国外的那几年，他也没在平安夜或是圣诞节发过哪怕一条图文，唯一与仪式感沾得上边的，亦只有每年春节一行再简短不过的文字——新年盼好。

她一边想着，视线再次聚焦到了桌上分外朴素的大红苹果上。

看着看着，她"扑哧"一下就笑出了声。

平安，盼好……

半晌，任佳趴在桌上闭上眼，在心里轻声默念了一遍这两个词，继而，睫毛一颤，倏然伸出一根食指，在苹果上画了一个隐形的笑脸。

第十四章
海边烟花

"任佳，一直好好的。" 🎵

转眼，一月已至，天黑的时间越来越快，寒风一瞬间凶猛了起来。

学生们的校服外套里又开始塞上了里三层外三层的保暖衣物，一时间，放眼望去，到处都是鼓囊囊的"蓝白企鹅"。

日子一下子难挨了许多，宿舍里的水温时高时低，阴晴不定的阵雨也时不时下上几天，天空开始变得灰蒙蒙的，已有许久不曾放晴。

而教室里，徐原丽的叮嘱再次密集了起来，而其中要属提及次数最多的，无疑是期末的十二校联考。

十二校联考。

任佳曾从许多人口中听过这几个字，早已明白它是平日里大大小小考试之中，含金量最高的一门，甚至，前海一中历来都有这种说法，只要十二校联考分数够高，高考亦不会低到哪里去。

考试的日子一天天逼近，任佳常常能感觉到，比起刚开学时，九班众人的状态已经截然不同了——有许多人脑海里都像是绷紧了一根弦似的，只要轻轻一触碰，就随时可能面临断裂的危险。

前一天，仅仅因为拿错了练习本，前排两个男生就爆发了激烈的争吵，假若不是旁胜等人拦着，几乎就要搬起课桌大打出手。

而就在昨晚，物理老师钟清像往日一样布置了一道难度不低的随堂测验，他布置完刚一离开，谢晓曼就猛地撕掉了测验本，一脸崩溃地趴在了桌子上。

任佳的生活则一如既往。

她依然严格按照计划完成每天的任务，从不将事情留至第二天。

回顾过去数月的学习情况后，任佳发现，她在几门理科的学习中已经越来有把握了，只要确保足够细心，基础分就能够一分不丢，因而，她重新分配了复习时间，针对比较基础的题目，不再多做新题，只时不时翻出经典的旧题多多回顾，保持一定的做题手感就好。

而针对可能出难题与压轴题的知识点，任佳则有针对性地进行起了密集训练，开始深挖例题，常做新题，力求能在考试中拿到高分。

不知不觉，在一片焦灼之中，离十二校联考已只剩一周了。

周四下午的第三节课，正是这学期的最后一节体育课。

去往操场后，任佳与以往一样，跟着队伍跑了几圈，便准备回教室继续看书，却不想，队伍解散之际，她一眼就看见了不远处正朝她大步而来的陈岩。

二人四目相对之际，任佳察觉到陈岩似乎不太对劲。

"你来打球吗？"任佳问陈岩。

"不是。"陈岩开门见山，"找你。"

而陈岩话音刚落，不远处，不知何时出现的旁胜一个箭步出现在了任佳视线里。

旁胜站至二人身旁的刹那，陈岩眉头一拧，一下子散发出了一股生人勿近的气场，可他刚要开口说话，任佳便朝他不动声色地走近一步，轻轻咳了两咳。

只一瞬间，陈岩眼底就多出了几丝无奈。

紧接着，陈岩转身，朝旁胜道："今天没空，寒假去体育馆打球成吗？到时候我叫你。"

"啥？"

旁胜只以为自己听错了，还不等自个儿开口，陈岩就早早约起了时间，甚至……还这么客气地用了商量式的询问语气，搞得他一下有些不适应。

"行。"半晌，旁胜迟疑着点了点头，略带疑惑地盯起了陈岩。

又过了几秒，终于，陈岩忍无可忍，转头就要发作，然而刚要开口，又生生忍下了喉中的话，低头看向了任佳。

同一时间，任佳悄无声息地收回了扯住陈岩校服下摆的手，转身朝旁胜打了个招呼。

她和风细雨地打完招呼，陈岩递到唇边的逐客令便像是漏了气的气球似的，彻底瘪了下去，再抬起眼时，他眉眼里的烦躁已被堪堪敛去几分，朝旁胜绽出了一个同样和风细雨的笑："还有什么事？"

旁胜一见陈岩那笑，只觉一股诡异到极点的凉风悠悠钻进了身体，刹那之间，他胳膊上一连起了好几层鸡皮疙瘩，一个转身就奔向了篮球场。

旁胜一走，操场入口便只剩下了任佳和陈岩。

朝陈岩看了一眼后，任佳飞速收回视线，紧接着，又隔了一段距离与他朝教学楼走着，气氛竟一时有些怪异。

任佳也不知自己为何如此，只是，每每隔上一段时间与陈岩见面，她都宛如初见一般，心情难免有些紧张。

"一考完就立刻回家吗？"陈岩终于步入正题。

任佳点了点头："妈妈在家等着我。"

陈岩轻轻嗯了一声，只是走了两步，却又一下停下步伐，转头朝任佳看了起来。

他的目光太过认真，像是要把她一次性看个够似的，任佳忍着耳后一片燥热，生硬地换了个话题："你知道桃江岛吗？"

陈岩低头一笑："只是听说过。"

"桃江岛是个小海岛。"任佳于是缓缓解释了起来,"我小时候喜欢看海,也喜欢在海边捡贝壳,有好几次,我一个人在海边捡贝壳,捡着捡着一抬起头,时间就到了晚上。"

说话间,二人不知不觉靠近了几步,陈岩听得很是认真。

"有一次,妈妈做完晚饭找不着我,急得到处去找,结果怎么都找不到,还发动了左邻右舍的叔叔阿姨,可其实……妈妈前脚刚一出门,我后脚就回家了,只是我没钥匙进不了家门,所以就蹲在家门口等,等着等着,见妈妈怎么都不回家,干脆就兜着怀里的一大堆贝壳,在门口就地睡起了觉。"

说到此,任佳忽然笑了笑,转身看向陈岩:"忘了说,谢谢你的紫贝壳,我从来都没有捡到过紫色的贝壳,很好看。"

陈岩低低嗯了一声:"那就好,几个晚上没白捡。"

"原来是你自己捡的?"闻言,任佳微微睁大了眼睛,"你最近去过海边吗?"

她话音刚落,陈岩一下移开了视线,含糊道:"没有,挺久之前捡到的。"

又过了一会儿,两人走到了二楼楼梯口。

站定在十七班门口时,陈岩故作自然地开了口:"考试结束送你去车站?"

闻言,任佳脸微微一红,很想说,其实不用麻烦,又见陈岩神情全不似他那语气一般无谓自然,意识到他来找自己就是为了这事儿,鬼使神差就答应了下来。

十二校联考的第一天早晨,任佳起床之时,307宿舍所有的人都已先她一步起来了。

这样的情况还是第一次发生,任佳穿戴完毕,见洗漱池旁早已人满为患,便安静等在了一旁,倚着门框放空自己。

洗漱室内,"哗哗"的流水声不绝于耳,众人的行动比以往要快了不少。

几个女生洗漱完出门,与面色蒙眬的任佳擦肩而过时,眼里皆涌出了几丝惊讶。

身后，走廊上的关门声开始一声声响起，任佳走至洗漱池旁，拧开凉水扑了把脸，后知后觉才意识到，她似乎表现得过于淡定了。

一想到此，任佳低下头，回忆起初来前海一中的自己，不禁觉得好笑。

那时，她仅仅因为一次周考就紧张得不成样子，而如今，就算是全校师生最为紧张的十二校联考，她的心绪也如汇入平原的河流一般，平静得不再腾起丝毫波澜。

走进一楼考场时，教室里已经坐上了一半的人。

任佳的位置是在窗边，自一坐下，她就转头凝望起了不远处的风景。

过去一个月都是阴天，今天终于赶上放晴，可尽管金日灿烂，一月的风仍然透着寒凉。

窗边，一阵阵穿堂风不断涌至任佳颊边，吹得她额角的碎发飞了起来。

头发似乎又在不知不觉间长长了不少，任佳重新将发丝挽至耳后，挽好后，手刚一触上窗沿，两个意想不到的身影就出现在了她眼前。

走廊上，抱着试卷密封袋的姜悦与拿着考试工具袋的陈岩正从不远处缓缓而来，二人几乎同时瞧见了任佳。

一见到任佳，姜悦就大声说了句加油，而陈岩只是笑了笑，身形逼近之时，顺手将她身侧的玻璃窗关小了些许。

两人很快走远，讲台上，监考老师在黑板上写下了考试时间。

任佳看着黑板上的考试时间，将常用的几支笔放在了桌上。

又过了几分钟，撕拉一声，试卷封条被监考老师拉开，他认真展示起了手中的试卷，示意密封完好。

任佳用力闭了闭眼，微微挺直了脊背。

铃声打响之际，她一秒钟进入了状态。

联考试卷整体偏难，自考试一开始，整个致远楼都是一派肃穆。

随着开考铃声不间断响起，时间终于行进至第二日下午，直到这时，严肃了整整两天的考场才多出了几丝躁动。

秒针嘀嗒作响，距离最后一门考试结束还剩二十分钟时，任佳完成了第一轮检查。

而在她周围，来回翻动试卷的声音逐渐增多，早有学生合上了笔，明显是在犹豫要不要提前交卷。

第一个交卷的学生是个看上去分外斯文的纤瘦男生，然而一走出教室，他整个人就原地弹起了老高，宛如疯了一般握紧双拳，挥动着两手跑离了考场。

监考老师立刻黑着脸呵斥了一声："集中注意力！"

立刻有几颗脑袋"唰唰"转了回来。

当结束铃声终于响起时，学生们还来不及做出太夸张的反应，监考老师就已经憋不住笑了，满脸都洋溢着短暂解脱的喜悦："交卷了交卷了！"

如释重负的喟叹声中，任佳完成了第三轮检查，轻轻盖上笔盖，缓步走出了考场。

任佳回到九班教室里时，同学们已经东拉西扯地聊开了。

她坐下后，听见九班一部分人兴高采烈地聊起了寒假安排，表示一回家就要先睡上三天三夜，而另一部分人则惴惴不安地对起了几道难题的答案，每对上一个答案都激动得握紧了双手……

不一会儿，徐原丽走进了教室示意众人安静，紧接着，在学生们齐刷刷变得无比期待的眼神中，她开始例行归还起了手机。

"寒假别成天想着玩儿，再过几个月，等到暑假到了，你们玩疯了都没人管。"

讲台下，学生们不约而同地连声应是，声音夸张得宛若狮吼，听得徐原丽哭笑不得。

"没和你们开玩笑。"徐原丽咳了两咳，众人于是没再插科打诨，认真接受起了班主任的思想动员。

任佳则对照着黑板上的各科作业检查起了书包，不知为何，此时此刻，

379

她一颗心跳得越来越快，整个人都有些不在状态。

徐原丽还没说完时，任佳手机振动了两下。

飞速点开消息后，一条简单的消息映入眼帘，陈岩告诉她，他已经在校门口等着她了。

放假这天无疑是前海一中一学期里最为热闹的一天。

大门再度对外开放，不少等着接孩子回家的家长都涌进了学校，一时间，形形色色的人来来去去，任佳听见周遭有人提起"年货"一词，一下子感到了年关临近的新春气氛，脚步越发轻盈。

一迈出校门，任佳就看见了陈岩。

今日里陈岩脱去了校服外套，换上了一件深黑色的廓形外套，整个人显得修长而冷峻，此时此刻，他正低头看着自己的手机屏幕，不知道看到了什么，眉头拧得很紧。

任佳朝前走了几步，正要喊陈岩，又瞥见周围几道时不时投向他的目光，步速不自在地放慢了些许。

而陈岩似是能感受到她的视线一般，一抬起头看见任佳，便迈大步朝她走了过去。

而与此同时，任佳亦向前走出一步，由着陈岩摘下了自己肩上沉甸甸的书包。

下一秒，任佳肩上一轻，身后亦传来了一声短促的低笑。

那笑声像是自带热气，还透着几分漫不经心的哑，任佳耳根顿时一热，这才意识到自个儿这甩手掌柜的行径似乎自然得似乎有些过了头。

她忍不住转头，朝陈岩不好意思地一笑，而同一时间，一片温热蓦然来袭，分外柔软的触感自后而前攀上了任佳颈边皮肤，一下就裹住了她半个下巴。

任佳愣愣低下了头。

视线之中，一条烟灰色的围巾赫然在目，而陈岩两只手仍然认真拽着围巾，足足定了好几秒才缩回去。

"海风大。"半响,他正了正任佳的衣领,"戴回去,别被吹感冒了。"

这个点,学校周围的人流量实在不小。

任佳每朝前走出几步,总能对上几道陌生的好奇视线,因而她刻意放缓了步调,与陈岩之间拉开了一点儿距离。

两人转了个弯,走到开阔处后,陈岩伸手拦了个车,见任佳没立即跟上,便拉开了车门,安静等着她上前。任佳一愣,刚朝前跑出两步,听到几声熟悉的笑,眉头一瞬间就拧了起来。

她循声望去,只见身旁一条岔开的小巷里,徐锋和黄正奇并肩向前走着,徐锋面上分明是一副称兄道弟的模样,笑里却透出了几抹居高临下的傲慢。

"任佳。"与此同时,陈岩开口叫了任佳一声。

任佳回过神来,立刻加快了步伐,却见黄正奇蓦然抬起了头,看见她的第一秒似是有些紧张,然而一瞥见胡雨芝买给她的新鞋,却又像是想起了什么似的,嘴角缓慢一勾,就勾出了一抹胜利者的笑。

任佳懵懂而恍惚,只觉得隐隐有些不对劲,而陈岩已经迈步朝她而来。

"怎么了?"陈岩问,边问边朝后不放心地看了一眼。

"没事。"任佳连忙回神,几步迎了上去。

车载音响中放着一首很有年代感的抒情歌,在这曲调之中,前海一中与其周围的景象正飞速向后,任佳竭力忽视着身旁人过于直接的视线,偏头看向了窗外不断变化的风景。

她依稀记得,这似乎不是自己第一次和陈岩共乘一车。

第一次,是陈岩分外不耐地将她拽出家门打疫苗。

那一次他坐在副驾驶上,全程冷着脸,去往医院的路上一句话都没和她多说,眉间的不耐烦连藏都懒得藏,任佳因而从没想过,之后还会和他有交集。

而第二次,则是陈岩带着她远离徐锋那群人所在的小巷。

那一回比起前一回还来得更加狼狈,陈岩照旧是一上车就直奔副驾驶而去,任佳则独自一人倚靠在了后座的窗户边,紧紧攥着陈岩给她的校服外套,不但披头散发，眼眶还不争气地红了个彻底。

一想到此，任佳靠在椅背上，不动声色道："以前不是都坐副驾吗？"

短短一句话，却明显带上了几分揶揄，而陈岩答得不假思索："以前怎么能和现在比？"

这话陈岩说得极其自然，任佳眼皮一抬，便与一双浓黑深邃的眉眼倏然对上，顷刻之间，只觉除了那双眼睛，周遭的一切都不甚清晰。

而陈岩已经收回了视线重新看向前方，淡淡道："以前没想过要抓住点儿什么。"

闻言，任佳神思微怔。

一阵欢快的铃声乍然响起，一下子打破了车里的宁静。

是童念念。

出乎任佳意料的是，童念念直接打了一个视频电话过来。

手忙脚乱地接起童念念的视频电话后，任佳一眼就瞥见了她身后极具异国情调的建筑。

"念念？"任佳惊讶不已，"你已经不在国内了吗？"

"算是寒假游学吧。"童念念兴奋地点了点头，"爸爸想趁着假期有空，带我提前感受感受这边的氛围。"

她一边说着，一边将手里的镜头朝一旁偏了偏，大声道："任佳快看！那边有一个帅哥！"

"你小声点儿！"任佳连忙提醒。

"怕什么？"童念念咕哝，"他们又听不懂中文！"

说着，童念念声音更大了："任佳你看见了吗？穿着蓝色卫衣，站在喷泉旁边的那个，不止脸好看，身材比例好像也很不错呢！"

她话音刚落，陈岩朝手机屏幕面无表情地瞥了一眼，稍稍坐直了身体。

任佳的视线则始终停留在了童念念的笑容上，她发现，与最后一次见面时不同，念念似乎精神了不少，看样子……应该忘记裴书意了吧？

而童念念却倏然没了声响，面上亦多出了几分审视。

"怎么了？"

任佳疑惑地问了一句，紧接着，似是意识到了什么一般，心虚地将手机挪了一个角度。

陈岩的身体却再度朝她侧了几分，半边侧脸在镜头前一晃而过。

童念念当即惊呼出声："真是陈岩？"

陈岩没立即应声，亦没看向手机屏幕，只是盯起了一瞬间变得有些局促的任佳，嘴角噙了点儿若隐若现的笑。

任佳大脑空白了一瞬，与此同时，童念念连珠炮似的发问已经炸响在了她耳畔。

"任佳，你为什么和陈岩在一起？等等……你们好像坐在车里？不是刚放寒假吗？你们这是要去哪儿？"

任佳想也不想便脱口而出："顺路！"

童念念明显不信，压低了声音，用气声道："你们在一起了？"

童念念的话一出，任佳像是被雷劈中了一般，一下提高了声音："不是！"

说着，她下意识瞥了眼陈岩，而陈岩早已回过头去，好心情地看起了窗外的风景。

童念念那边很吵，他应当没有听到吧？

而电话那头，童念念拉长语调"哦"了一声，紧接着，话锋一转，突兀地问起了她上学期送给任佳的电影光盘。

"南巷的家里没有 DVD 机。"任佳解释，"我已经带着了，准备回桃江岛去看看。"

"要不你等等？"童念念狡黠一笑，"毕业后和陈岩一起看？"

任佳莫名其妙，刚想问为什么，又想起这人送的光盘上一点儿多余的包装也没有，顿时警铃大作："到底是什么电影？"

"记……记录片吧！"童念念一阵支吾，明显不愿多说，没过一会儿，她话锋一转，继续讲起了过去几日里她在国外的见闻。

一通电话结束，车内再次安静了下来。

因为童念念那大咧咧的一句话，任佳的心脏仍然跳得很快，故作自然地将目光投向了窗外，可没过几秒，像是偏不让她如意一般，陈岩的手出现在了任佳视线里。

与此同时，伴随着两声清脆的"哒哒"声，陈岩屈起的食指有节奏地晃了晃，宛若敲门一般，在她紧紧攥着的手机屏幕上轻轻叩了两下。

任佳视线不由得往下，一眼就看见了她和童念念的聊天界面。

屏幕还亮着，除开方才那通通话，屏幕上满是她数月前拍照发给童念念的例题笔记。

而就在一个月前，她本着"物尽其用"的原则，把那些图片一股脑转发给了陈岩，一句话都没多说。

看清楚后，任佳飞速按灭了手机屏幕，而与此同时，陈岩整个人倾身向前，只一瞬间，任佳便感到了几丝颇具压迫感的冷冽气息。

任佳下意识往后躲了躲，陈岩却并没有继续靠近的打算。

恰如其分地定在空中后，他眼眸缓缓垂下，复又更加缓慢地抬了起来。

"明白了。"半晌，陈岩短促一点头，"原来是随手转发的，我就是顺带的那一个。"

任佳刚想解释，一抬眼，瞥见陈岩眼底一晃而过的笑意，立刻反应过来他根本是在逗自己，一下拉高了脖子上的围巾，忍无可忍地遮住了自己半边脸。

下车时，一阵冷风吹来，任佳即刻感受到了冬天的威力。

走在她身旁的陈岩明显穿得有些单薄，然而，尽管只披了件简单的外套，他却像是不怕冷似的，步子迈得很有力量。

正往前走着，手机又响了一声，任佳点开消息，瞧见妈妈发来了一张图片，图片上是一大桌子的好菜。

任佳心下一暖，缓缓放大了图片，瞧见摆在桌面正中间的，正是一锅百合莲子乌鸡汤。

刹那间,她想起了向奶奶发给妈妈的那一条条营养指南,转头看向了陈岩,欲言又止。

向奶奶如此在乎高三学生的营养搭配,归根结底,还是因为惦念陈岩吧?眼看就要到春节了,陈岩会回家吗?

虽然在那通电话里,陈岩只提起了年代久远的那场火灾,并没提及起南巷二老的搬家缘由,但任佳不难猜到,事情发生时,他们并未和陈岩站在一边。

本能地,她不想让陈岩委屈自己,但也不想他在万家灯火时孤单一人。

不远处的车站大厅越来越近,任佳不自觉放慢了步伐。

而陈岩似是察觉到了她有话想说,转头看着她:"怎么了?"

任佳摇了摇头。

陈岩于是没再追问,然而走出几步后,他竟偏过头来,率先问出了任佳原本想问的问题:"春节打算怎么过?"

"和往年一样。"任佳认真回想,"家里的亲戚们虽然大多搬去了内陆城市,但每年春节的时候,都会来桃江岛吃一顿年夜饭,挺热闹的。"

她说话时,又一阵风吹来,陈岩即刻伸出手拢紧了她颈上的围巾,笑道:"热闹就好。"

"那你呢?"任佳含糊发问。

"和你差不多吧。"陈岩答得很快,"老太太老头子老早就叫我回家了,每年去看他俩的亲戚不少,到处都是小孩,乱糟糟的,更别提今年还搬了家,地方更大,那群小屁孩更好发挥了。"

到处都是小孩?

任佳试着想了想陈岩被一群熊孩子围堵的样子,一下就笑了。

陈岩则仍旧慢条斯理地替任佳拢着围巾,拢完,退后一步,神情忽然认真了几分:"任佳,再过几个月,我想试着去参加一所学校的校考。"

说着,他报出了国内一所顶尖美术院校的名字,饶是任佳对艺术类大学并不了解,也对其有过耳闻。

"校考？"

任佳怔怔重复了一遍，分外惊讶，毕竟过去一个学期，陈岩从未提起过这方面的打算。

陈岩于是问："很突然是吗？"

说着，还不等任佳回答，他就自顾自说了下去："那所学校的建筑系不错，所以我打算去试试。"

"怎么连专业都想好了？"

任佳惊呼出声，只觉自己好像一下就被陈岩比了下去——要知道，她还完全没想好自己以后要做什么呢！

问完，她又依稀记起，陈岩方才提到的学校与她想去的那所同在一市，距离似乎并不遥远。

陈岩则随手划过了任佳侧脸的碎发："以后你就知道了。"

说起"以后"两个字时，他像是想到了某个不可思议的可能性一般，轻轻在任佳额上敲了两敲，眼里涌动着温柔的希翼。

身后，轮渡的轰鸣逐渐远去，任佳裹紧了围巾，在呼呼的风声里轻车熟路地向前走着，没走出几步，就看见了等在不远处的胡雨芝。

此时此刻，胡雨芝胸前还挂着围裙，脚上则踩着一双绒布拖鞋，分明是一副再随意不过的居家打扮，却看得任佳一阵激动。

"佳佳！"

看见任佳后，胡雨芝立刻迈大步向前，笑着揽过了她的肩膀。

于是，只一瞬间，任佳便被一阵再熟悉不过的、专属于"妈妈"的气息所笼罩。

面粉、汤、厨房里的调料，还有夜夜与任佳相伴而眠的被子上、那淡淡的洗衣粉香……这种种气息与咸湿的海风夹杂在一起，似乎带上了几许陈旧的意味，让任佳情不自禁抬起头来，朝胡雨芝多望了几眼。

"发什么呆？"胡雨芝一把接过了任佳肩上的书包，和她并肩朝前而去。

任佳这才回神，胃里即刻涌进了一股莫大的空虚感，肚子不争气地叫了出来。

"饿了吧？"胡雨芝大笑出声，"走，带咱闺女回家吃好吃的！"

到家时，桌上的菜已经有些凉了，胡雨芝一进屋，就返身走进厨房重新热起了菜。

厨房里，抽油烟机的轰声又响了起来，任佳坐在桌旁，发现汤仍是温热的，便拿起碗盛了点儿汤，小口小口抿了起来。

她一边抿着汤，一边昂头环视了一圈，发现新春的气氛已经很浓厚了——电视后的墙面上贴上了一个大大的"福"字，窗玻璃上则多出了几个红彤彤的中国结，而就在茶几上，一袋未拆封的红纸静静躺于其上，应当是胡雨芝买来准备写对联的……

"佳佳。"厨房里，胡雨芝朝任佳喊起了话，"今年的对联你来写吧？我买了空的对联纸回来。"

任佳爽快地点了点头，转回脑袋时，一眼就瞥见了电视柜最下方那个很有些年头的 DVD 播放机。

热好菜后，胡雨芝一坐下，就问起了任佳过去数月的寄宿生活。

从起床和就寝的作息时间，到学校食堂周一到周五的各色菜式，再到各个室友的性格分别如何……凡是能想起来的，她几乎都问了个遍，让任佳颇有些哭笑不得。

"你先吃饭。"回答间歇，任佳提醒了一句，胡雨芝这才端起了碗。

然而，才刚扒拉完一口饭，胡雨芝又迫不及待地把餐盘往任佳身前挪了挪，问："鱼怎么样？好吃吗？"

任佳边吃边点了点头，她一点头，胡雨芝嘴角一下就咧了起来，心满意足道："那你多吃点儿。"

而胡雨芝话音刚落，兜里的手机就响了起来。

铃声一响，胡雨芝便飞速瞥了眼任佳。

"不接吗？"任佳狐疑发问。

387

胡雨芝这才掏出了手机,然而只看了屏幕一眼就挂掉了电话。

"不认识,奇奇怪怪的号码。"挂完电话,胡雨芝朝任佳浑不在意地笑了笑,"一看就是广告,不用理。"

窗外,点点繁星明明灭灭,放眼看去,海边的夜幕比起前海市要低垂不少。

吃完晚饭,又洗漱完毕,任佳躺在胡雨芝重新浆洗过的软被里,昂头看着窗外的夜景,切切实实地感受到了假期带给人的惬意。

在她回家之前,胡雨芝已经提前在家里备好了各类干果,过不了几天,舅舅和姨妈们就要回来了,而等到年后,按照惯例,几个伯伯也会特意来家里一趟,专程来看看她。

翻了个身后,任佳拿出手机,看见陈岩一个小时前发来了一只圆滚滚的小狗照片,其后紧跟着的文字消息是:跟着纪行迟没少吃苦,瘦了整整一圈。

任佳于是放大照片,认真看了半晌,然而,她无论如何都没办法把照片上这只可以用球来形容的圆润生物和"瘦"这个字儿挂上等号……

任佳眉头忽然一拧,视线缓缓朝上而去了。

而等到她第一次看清纪行迟的名字具体是哪三个字后,"嗡"一声,犹如过电一般,整个人一瞬间变得呆若木鸡。

念念难忘,行却迟迟……

任佳深吸一口气,明白过来这话里的真正含义后,哭笑不得地仰倒在了被子里。

而出乎任佳意料的是,就在她心情复杂地回了一个表情包过去后,屏幕顶端就突然跳出了一串文字,提示对方正在输入中……

这动作实在太快了,陈岩难不成一直在等着她回消息?

任佳呼吸一乱,却见那行字只闪了一秒就没了影。

是她看错了吗?

任佳迅速拿近了手机屏幕,"正在输入"几个字又猛地跳了出来。

接下来，如同窗外忽明忽灭的繁星一般，那几个字出现一会儿后又蓦地消失，消失几秒后又再度出现，看得任佳心跳越来越快。

然而，一分钟过后，伴随着一声消息提示音响起，屏幕上最终只跳出了再简单不过的一行字：任佳，送你的裙子合身吗？

夜色愈深，海浪在窗外缓慢涌动，呼啸的海风隔着细长的玻璃缝传至任佳颊边，却没能吹散她面上的几丝热气。

朝陈岩发来的消息看了几秒后，任佳放下手机，蹑手蹑脚地走至了书包旁。

将包里的书分门别类地摆在了桌上后，任佳深吸一口气，从鼓鼓囊囊的书包夹层里掏出了一个牛皮纸袋。

紧接着，她返身关紧了窗户，"唰"一下拉上了窗边的窗帘。

窗帘被拉上的瞬间，阁楼一下子坠进了深不见底的幽夜之中。

任佳心跳一快，下意识想要打开顶灯，然而手心刚一触上一截柔顺的布料，却又蓦地止住了动作。

莫名其妙地，她觉得很不好意思。

想了想后，任佳从书包里找出了一只小小的刺猬夜灯，又摸黑返回床边，把它郑重其事地放在了床沿。

床沿即刻多出了一片昏黄的微光，任佳的身形亦不再模糊，在墙面上投射出了一片虚幻的轮廓。

怔愣片刻后，任佳脱掉了宽大的T恤，继而轻轻提起裙摆，小心翼翼地钻进了一片沁凉的柔软之中。

刹那之间，墙上那片轮廓清晰了不少，一下子具有了纤细柔和的线条，任佳的身体却绷得更紧了，分外不自然。

过了几分钟，她返身，重新拿起了手机。

而屏幕之上，最近的一条消息早已不见踪影，唯余一行灰色的小字赫然在目：陈岩撤回了一条消息。

看见这条消息的刹那，像是感受到了几丝欲盖弥彰的复杂意味似的，任佳呼吸一滞，面上越发滚烫。

将手机丢至一旁后，任佳抿紧了嘴唇，用枕头凶巴巴地捂住了角落里那个小小的刺猬夜灯，继而三下五除二脱下了长裙，利落换回了自己的 T 恤。

一番折腾，任佳重新坐至书桌旁，终于感到了几丝困意。

吹了会儿风后，任佳从桌子里拿出一张纸，简单折成一个三角形后，试着将其立在了桌面一角。

确定能立住后，任佳重新拿出一支铅笔，在纸上"唰唰"写下了一行字：**高考倒计时**。

写完，她回忆起今天的日期，在心里飞速算出了一个数字，一百四十九天，一算完，她便将其一笔一画地写在了纸上。

今日里她风尘仆仆，考试，坐车，转乘轮渡……因而容许自己短暂离开书本，但是从明日开始，复习就得按部就班地开始进行了。

她一边想着，重新躺回到床上，盯起了眼前的景象。圆窗之外，一轮梦幻的弯月仿若触手可及，照亮了那个有些简陋的倒计时日历牌。

看了一会儿，任佳困意越发深重，拿出枕头下那只表情严肃的小刺猬，朝它认认真真地咕哝了一句晚安后，沉沉合上了双眼。

从回桃江岛的第二日起，任佳每日早起晨读，勤勤恳恳地看书和做题，生活又仿佛回到了还在南巷时一般，简单而规律。

偶尔，她提前完成当天的学习任务，便会伸个懒腰放下书本，骑着胡雨芝那辆古董般的老式大二八，在一眼望不到头的海湾边肆意飞驰。

骑累了的时候，她则随意停在路旁，拿出手机和耳机，一边听着试卷配套的听力录音，一边发呆般望着前方的渔港。

渔港之上，渔民们的动作整齐划一，手臂扬起又落下，宛若扎根一般，让手中的渔网猛地扎进了水里。

当太阳彻底坠入到海平面之下，渔民们缓缓散去，任佳便也会跟着起身，在晚风中慢慢悠悠地推着自行车往家里走。

转眼，距离除夕只剩三日，屋子已经被胡雨芝里里外外打扫了一番，就连电视机都是锃光瓦亮的，纤尘不染。

而与此同时，家里亦多了不少绿植，一派生机，吃完晚饭后，任佳找来水壶，给摆在玄关旁的兰花浇了水，忽然发觉，在花瓶后方的角落里，胡雨芝放了几瓶酒。

刹那之间，任佳眉头一拧，几乎以为自己看花了眼，要知道，让任峰离开母女二人的那场交通事故根源于酒驾，而自那件事情发生后，胡雨芝对酒深恶痛绝。

而今天以前，任佳从没在家里见过哪怕一瓶酒……

"妈妈，家里今年怎么买了酒？"任佳感到疑惑，问起了眼前几瓶酒的来历。

胡雨芝应声回头："我见超市打折打得厉害，顺手就拿了几瓶。"

这话一出，任佳不可置信地放下了手里的浇花水壶，更感诧异，而胡雨芝已经重新低下了头，自顾自整理起了客厅里的杂物。

任佳刚准备再问，胡雨芝兜里的手机又响了起来。

吵哄哄的铃声之中，胡雨芝朝欲言又止的任佳摆了摆手，笑容满面地接起了电话。

任佳安静等在一侧，只见胡雨芝大部分时候都在听，没怎么说话，而听着听着，她的神情变得越来越凝重，等到挂掉电话时，看上去甚至已有些恍惚。

"是谁呀？"一通电话结束，任佳连忙走向了胡雨芝。

胡雨芝叹了口气："舅舅和姨妈们今年不来咱家了，舅舅外出旅游，今年在外地过年。姨妈胃不太好，最近动了个手术。"

"手术？"任佳一下紧张了起来，"严重吗？"

"别太担心。"胡雨芝朝任佳安慰一笑，"去医院检查过，说是没什么大事儿。"

说着，她转身走进厨房，从冰箱里拿出了成摞的饺子皮："包了这么多，咱俩可得多吃点。"

分明,接起电话前和挂断电话后,家里一直都是两个人,可此时此刻,任佳却觉得屋子里空旷极了,整个客厅都寂寥了起来。

她一边想着,缓缓抬起了头,却见眼前的胡雨芝像是一点儿都没受到影响似的,乐呵乐呵地包起了饺子。

"我老早就和他们说过了的。"胡雨芝一边包一边感慨,"哪用得着每年都回来啊,多麻烦……"

任佳忍不住打断了胡雨芝:"可他们就是喜欢在岛上过年的,说这儿的风景好……"

"这你就不懂了吧?"胡雨芝睨了任佳一眼,"和岛上的风景根本就没啥关系!你姥姥姥爷走得早,他们每年跑这一趟,归根结底不还是放心不下咱们。"

闻言,任佳手上失了几分力气,而胡雨芝已经笑着看向了她:"佳佳,但咱们不是一直都挺好的吗?"

与任佳不同,尽管今年已注定不似往年那般热闹,胡雨芝对于春节的热情依旧没有一丝一毫的消减,一连好几天,她如陀螺一般在屋子里来来去去,包饺子、买菜、备年货……根本停不下来。

任佳还发现,胡雨芝的状态也在肉眼可见地变得更好,有好几次,她迷迷糊糊起床洗漱,总能看见妈妈在阳台上一边晾着腊货,一边心情大好地哼着小曲儿。

而随着时间一天天过去,短暂的失落过后,任佳的心情也恢复到了原本波澜不惊的状态——每日里,她按部就班地看书做题背英语,一天中的大部分时间都是在阁楼上度过的。

至于学习之余的休闲活动,任佳则照旧是骑着胡雨芝那辆老式大二八在环海路上漫无目的地闲逛。

闲逛的过程中,任佳发现,环海路上多出了不少正在装修的商铺,大排档、冷饮店、烧烤店……各种各样的餐饮店宛如雨后春笋一般冒了出来,看得任佳目不暇接。

而最让任佳感到意外的，还得数和大小店铺一起冒出来的路牌——桃江岛分明不大，近日里却设立了不少路牌，有不少路牌还是中英文双语的，简直和其原生态的景象格格不入。

这样的景象让任佳心底隐隐有了一个猜测，而这猜测很快就被证明确有其事。

落日时分，她在一家小店里吃着腌蟹，听见几个人兴高采烈地聊着天才知道，原来，就在她不在桃江岛的过去半年里，有一部电影专门在他们这一小岛上取过景，来拍电影的还是著名的导演。

难怪会这样……

任佳心情分外复杂，她不敢想象，一部电影，会给她从小长到大的地方带来怎样的改变？

转眼，时间就到了大年二十九。

这天早上，胡雨芝预备出门买点儿饮料，任佳也跟了上去，然而，两人刚出了门，任佳瞥见胡雨芝把自行车推了出来，不禁又停下了脚步。

"怎么了？"胡雨芝狐疑地看着任佳，"你最近怎么神秘兮兮的？"

任佳心中腹诽，神秘兮兮的分明是你。她一边想着，站在屋子周围环顾了一圈，终于想通了是哪儿不对劲——妈妈那辆电瓶车没了踪影，家门口只剩下了一辆老式自行车，而仔细回想起来，她似乎自回家起就没见过那辆电瓶车了。

"你的电瓶车呢？"任佳于是问。

胡雨芝明显一噎，愣了两秒才尴尬笑道："卖了……"

卖了？

任佳不可思议，那可是胡雨芝专门改造过，昔日里风里来雨里去，成天骑着去卖饼的谋生家伙啊。

想了想，任佳一脸凝重："妈妈，你说实话，我们家到底缺钱到哪种地

393

步了?"

这话一出,胡雨芝大笑出声,"丁零丁零"按起了自行车的铃铛:"想什么呢!走走走!妈妈载你去超市买年货!"

蔚蓝澄澈的天、一望无际的海、缓缓起伏的浪花……

任佳已经记不清,自己有多久没像现在这样,在妈妈的单车后座上安静坐上一路了。

周遭的风景从任佳眼前快速掠过,整个世界仿佛都安静了下来,认真感受了一会儿海风后,任佳想起陈岩送给她的紫贝壳,又记起他说自己有许久没来过海边,便小心翼翼地拿出手机,拍了一段海岸线的视频,犹豫着要不要发给他。

"我家佳佳终于要长大了。"不知过了多久,胡雨芝没头没脑地来了这么一句,吓得任佳一不留神就按下了发送键。

而与此同时,一声长长的车胎摩挲音乍然响起,自行车已经稳稳停在了路边。

"在看什么?"胡雨芝下了车问。

任佳连忙收回了思绪:"不是说去超市采买年货吗?这是哪儿?"

胡雨芝却只笑,一脸神秘。

任佳于是认认真真端详起了周围的环境,发现这地方一整条街都是商铺,而她和胡雨芝面前的商铺尤其小,不到两米宽,与周围的几家铺子一对比,实在是小得可怜。

锁好车后,胡雨芝径直走上前揽过了任佳:"佳佳,我想着再过不了多久,你就要去念大学了,我也终于能做点儿一直想做的事了。"

"什么?"任佳不满地拧起了眉,"我什么时候拦着你做自己想做的事情了?"

她这话说得飞快,猛一听似是带了些气性,然而一句话说到尾,却又像底气不足一般,声音一下瘪了下去。

胡雨芝浑却不在意，仍只望着那店面傻笑。

任佳于是看得更仔细了，她发现，商铺的卷闸门似乎是新安装的，悠悠反着银色的光，铺子上的招牌则看不大清楚，其上蒙了块防水的塑料布。

"开餐馆？这就是你一直想做的吗？"

看了半晌，任佳终于开了口，说话时就连自己都没意识到，声音里已不自觉带上了几丝颤音。

"是啊……"胡雨芝喃喃，"妈妈这么多年的积蓄都在这儿了，就指着它给你挣学费了。"说完，似是不想任佳担心，即刻又大咧咧扬起了嘴角，"佳佳看那儿！招牌上的布就由你来揭吧，你能给妈妈带来好运气！"

"真迷信啊……"

任佳笑着嘟囔了一句，边说边迅速往前一步，小心翼翼地扯住了塑料布一角。

"我数三二一。"胡雨芝一下绷紧了身体，略微清了清沙哑的嗓子，"准备好了吗？"

准备好了吗？

任佳"扑哧"一下笑了出来，心想，妈妈这样子实在太郑重了，似是要当着千万人剪彩一般，居然连声音都是飘着的——可此时年关将近，整条大街都空落落的，哪有其余的人影呢？

"三，二……"

胡雨芝已经认真数了起来。

任佳于是微微踮起了脚尖，微微拧着眉抬起头去，认真望起了头顶那个小小的招牌。

只是，胡雨芝数到"一"时，她却没任何动作，反而怔愣着回过头，哭笑不得道："妈妈，原来你一直在捣鼓的是这件事，我差点以为我要有后爸了……"

"啥？"这话一出，胡雨芝立刻从严肃的情绪里抽离，毫不客气地揉了揉任佳的脑袋，而她话音刚落，"哗啦"一声，塑料布被任佳猛地扯了下来，

395

下一秒，两个板正无比的大字出现在了二人眼前。

——佳味。

"能换个名字吗妈妈？"

这一回，哭笑不得的人换成了任佳。

"这名字怎么不好了？"见任佳并不似预想中那般激动，胡雨芝极其不满，"这名字可是你妈妈绞尽脑汁才想出来的！"

"倒也没有不好……"任佳想到什么说什么，"只是感觉要把我吃掉……"

闻言，胡雨芝嘴角一抽，一下没了脾气。

"那你想一个。"胡雨芝于是拿胳膊肘撞了撞任佳，"看看你能想出什么好名字。"

任佳还真一本正经地想了起来，半响，她试探道："家味行吗？"

胡雨芝一脸疑惑："有什么区别吗？"

任佳立刻伸出手来，先是指了指自己，又换了个方向指了指胡雨芝。

"当然不一样。"指完，她笑着解释了起来，"你和我的家，家人的家。"

卷闸门被打开之时，任佳终于看见了店内的景象。

四面白墙被重新装修过，其中一面还贴上了一满墙的菜目明细，桌椅则规规矩矩地摆放完毕，看着已经有模有样了。

厨房则是半开放的，紧靠铺面的那面墙是一大块玻璃，备菜的一举一动都能被监督到，而在半人高的位置，胡雨芝还特意开出了一个台面，想是专门用来传递菜品的。

妈妈考虑得很周到，应当费了不少心思，任佳一边想着，一边往里走了几步，轻轻推开了厨房的门。

厨房门被打开的刹那，一尊金红相间的长胡子铜像猝不及防地出现在了任佳眼前，任佳始料未及，被吓得呼吸一滞，面无血色地往后退了一步。

"你这孩子！"胡雨芝不满地喊了起来，"这是我专门买来的财神爷！你看见财神爷躲什么躲嘛，还不上来拜拜！"

说着,胡雨芝已经匆匆掠过了任佳,手一扬,就不知从哪儿变出了两根红烛,朝那佛像虔诚地拜了两拜。

任佳一脸惊诧,好半天才回过神来,心想,太奇怪了,她从没见过谁家的财神爷是被摆在灶台上的……

再说了,拜财神的日子不是大年初五吗?

这样想着,她心里的疑问便也脱口而出。胡雨芝却是头也不回,一放下红烛,又从一侧的柜子里拎出了半瓶酒,往灶上的空杯子里小心翼翼地倒起了酒。

家里的几瓶酒原来是这么来的,任佳简直哭笑不得……

而倒完满满当当的一杯酒,胡雨芝已经神情肃穆地看向了任佳:"多拜几回总不会错的,你放心吧,我专门买了个架子用来放财神爷,等架子到了,我得在这厨房里找个风水最好的地方,把财神爷供起来。"

任佳听得一愣一愣的,重重点了点头。

胡雨芝于是满意地"嗯"了一声,又放下了手里的酒,拿起了一个小茶壶。

"左边的杯子里倒酒,右边的杯子里倒茶。"胡雨芝一边倒着茶,一边声音洪亮地开始补充解释,"有茶有酒,财神爷才能感受到咱们的诚心。"

说完,她回头看向了任佳,认真道:"记住了吗?最要紧的是心诚。"

任佳被胡雨芝这一脸凛然的严肃架势所感染,一颗脑袋点得更快了,连忙双手抱拳拜了几拜。只是没过几秒,她眉头又轻轻一拧,小声道:"只有茶和酒吗?财神爷爱喝果汁怎么办?"

她话音刚落,胡雨芝倒茶的手一颤,险些打翻了灶上的杯子。

等到胡雨芝拜完财神爷,二人离开店里,又转了个方向奔向了超市。

纵使桃江岛地方不大,三个地方折腾一番,时间也已近黄昏,买完大包小包的年货一回到家,胡雨芝就兴致冲冲地跑去厨房研究起了菜式,任佳则回到阁楼上,重新坐至了书桌旁。

推开窗后,任佳立刻拿出手机,轻车熟路地点进了和陈岩的聊天界面,而陈岩压根没有回她。

又等了半晌，任佳盯着数日前那行提示撤回的小字看了一会儿，只觉自己实在有些夸张，忍无可忍地把手机设成了静音。

不过，短短一个上午，童念念倒是发来了不少照片。

任佳一一划过屏幕上的照片，发现她认识了许多新朋友，也和朋友们去打卡了许多她耳熟能详的著名景点，这趟旅程想是过得很充实。

回完童念念的消息后，任佳重新退至消息界面，看见和陈岩一成不变的聊天界面，心里隐隐又浮出了几丝失望，但转念一想，陈岩既要忙着准备校考，又要巩固专业课，更别提家里还有一帮亲戚领着小孩前去拜年……

这个节骨眼，他忙到没时间看手机实在是太正常不过了。

这样想着，任佳心情立刻放松了不少，一放下手机，便将视线重新投在了试卷上，集中精神做起了题。

试卷完成之际，胡雨芝的饭菜也上桌了。

听见吆喝声，任佳匆匆跑下阁楼，闻见空气里分外浓郁的饭香，越发觉得妈妈的小餐馆一定能开得红红火火，不愁没有生意。

不过，现在凡事都要讲噱头，妈妈的小餐馆似乎有些太朴素了……

于是，任佳又忍不住想，等到高考结束后，没准她能帮帮忙，想想怎么帮妈妈打打广告，好好包装包装"家味"。

冬季的夜晚向来天黑得早，一顿饭吃完，天幕已黑，一轮弯月旁已坠上了点点繁星。

吃完饭，任佳拿出墨水写好了对联，写完，将对联规规矩矩地贴在门外后，环视一周，发现家家户户都贴上了崭新的对联。

年味愈浓，走进门时，胡雨芝包的饺子已经堆满了整张餐桌。

任佳回阁楼时，看见桌上大咧咧摊着两个人得吃上好一阵才能吃完的饺子，又瞧见胡雨芝一脸乐呵地往饺子里塞着硬币，不由得失笑——塞硬币的饺子被她特意做了标记。任佳亲眼目睹这一切，全当没看见，蹑手蹑脚地上了楼。

不一会儿,阁楼门被关上,小小的房间再次安静了下来。

任佳坐至桌边,将下巴枕在手臂上,昂头看起了窗外的夜幕,夜空之中,一轮皓月清亮如水,在海面上勾出了几丝梦幻的银辉。

看了一会儿后,任佳忽然觉得有些冷清,于是推开窗,让风灌了进来。

一边吹着风,任佳拿出了抽屉里的手机,看清屏幕上的几个未接来电后,一下坐直了身体。

就在她下楼贴对联的时间里,陈岩居然打来过好几通电话……

不只是电话,陈岩还发来了消息,任佳连忙点开消息提示,瞧见陈岩在一个小时之前,曾发来了一张被遮住了一大半的画。

至于画的是什么,她则看了半晌还没看出个所以然来——只因画面的一大半都被遮住了,一眼望去黑漆漆的,意识流十足。

只是看着看着,任佳猛然想到了另一件事……

陈岩回老街的画室了吗?

他不是说,年前会回到二老所在的房子里去、招呼一帮前来拜年的小不点儿吗?

犹豫片刻后,任佳斟酌着编辑起了消息,然而才刚打出一个"你"字,手机就倏然一响,陈岩竟然直接打了个电话过来。

出乎任佳意料,接起电话后,第一时间传至她耳畔的,竟是猎猎作响的风声。

那风声很大,动静甚至快赶上了窗外的海风,任佳连忙关上了窗户,提高了声音道:"陈岩,你在外面吗?"

"在家。"陈岩边解释边换了个地方,"刚刚在阳台上,今天前海市下了暴雨,风很大。"

任佳于是又听见了电话那头吵嚷嚷的人声,心想,她好像总是容易想太多。

"听说海边的烟花很漂亮?"陈岩率先起了个话题。

"当然。"任佳转身,戳了戳刺猬小夜灯的肚皮,"只是时间太短,总是看不够。"

电话那头于是传来了一声低笑,陈岩漫不经心地嗯了一声,问:"多久才能看够?"

或许是由于拿近了听筒,他的声音忽然清晰了不少,任佳听得耳后一麻,稍稍拿远了手机。

怔了几秒后,她才继续:"其实,'爆竹声中一岁除',烟花虽然好看,但大家都更爱放鞭炮,不过岛上倒是有个放烟花的好地方——我家不远处有一个小渔港,渔港南面有一个旧灯塔,那个地方地势高,只要在那儿放烟花,岛上的人都能看见,总之……假如哪一户人家过年时心血来潮想放烟花,就会特意去灯塔那边放,好让全岛的人都能看见。"

说到此,任佳不好意思地笑了笑:"但每年放的人都不多,时间也很短,其实我猜,是因为烟花比鞭炮贵太多了……"

说着,楼下正好传来了胡雨芝的声音,招呼任佳和她一起包饺子。

任佳连忙加快了语速:"我得去包饺子了,明天拍烟花给你看!"

"去吧。"

不知为何,电话那头轰隆声渐甚,陈岩的声音即刻又弱去了几分,似是重新走进了冷风里。

第二日,任佳睁开眼时,枕边已经摆上了胡雨芝给的压岁钱。

摸到红包的触感后,任佳当即生出了一点儿除旧迎新的雀跃,几乎一秒清醒,紧接着,便飞速穿戴完毕,"噔噔噔"跑下了楼。

果真是新年新气象,到达客厅,眼前的景象又吓了她一大跳——像是瞬移似的,那位金红相间的长胡子财神爷赫然出现在了客厅茶几之上,铜像旁则摆上了各色水果和大小不一的糕点。

与此同时,胡雨芝穿了身喜气十足的红棉袄,正在勤勤恳恳地"招呼"财神爷喝酒吃茶。

"妈妈！"任佳惊呼出声，"你怎么把人家给搬回家里了？"

"你这么一惊一乍干什么？"胡雨芝提高了音量，"搬回家怎么了？正月间怎么能不拜财神？总不能天天往店里跑吧，别啰唆了，听我的！你赶紧也过来拜拜！"

任佳只得走上前，恭恭敬敬地拿起了红烛。

任佳一边鞠着躬，一边暗自腹诽，别人家的财神爷只要站着不动等人上贡就好，她家这位还得南来北往到处跑，实在辛苦。这样想着，任佳动作都不禁到位了几分，一个鞠躬达到了标准的九十度。

拜完财神爷，锅里的饺子正好出了锅。

一碗热气腾腾的大白水饺被端上了桌，胡雨芝状若随意，给任佳盛了满满一大碗。

饺香四溢，任佳一连吃到了好几个包着硬币的饺子，即刻想起了胡雨芝鬼鬼祟祟在饺子上做标记的模样，心下觉得好笑，很是配合地没有点破。

胡雨芝却在她面前充分发挥起了演技，连连说她运气好，笃定今年必定会是红红火火的一年，笑得见眉不见眼。

吃完饺子，任佳本想去帮胡雨芝打个下手，胡雨芝却说什么都不肯，表示自己要独立研究菜式，不许旁人打扰。

任佳因此感到很是无聊，有心回阁楼上看书，胡雨芝却又直说她这人没劲透了，反问她有几个十七八岁的小孩大过年还闷在卧室里看书的？

任佳被这话问得一噎，想了想，又觉得妈妈的话不无道理，于是把书拿到了客厅里看。

门外，噼里啪啦的鞭炮声不断响起，任佳的手机亦开始"嗡嗡"响个不停，比以往任何时候都更加热闹。

陈岩的消息早被她设成了特别提示，知道发来消息的人不是陈岩，任佳便没第一时间理会，直到回顾完一个章节的知识点，她才拿起了手机开始浏览消息。

401

班群里，各种大红大紫的表情包已然刷起了屏，放眼望去，满屏的吉祥话能把人晃花眼睛。

任佳长指打字，发了个简简单单的新年快乐，而她刚一发送成功，陈岩竟就紧跟其后，也发了这一模一样的四个字。

万年不露面的陈岩一出现，群里立刻就更热闹了，甚至，对于这位的"大驾光临"，有人还用上了"稀奇"这样的字眼。

调侃了好一阵后，男生们终于回归正题，纷纷问起了陈岩这会儿在干什么，年后要不要一起打球一起玩，陈岩只挑着半截问题回了个好，就又消失不见了。

到傍晚时，鞭炮的声音已经密集了起来，饭桌上则摆上了一桌子好菜。

胡雨芝打开了电视，一边把联欢晚会当背景音，一边开始用各种角度给桌上的丰盛菜肴拍照。

拍完照，胡雨芝一边看着手机，一边"啧"个不停："佳佳你看，向奶奶家吃得也挺不错呢！"

任佳连忙把脑袋凑了过去，只见向奶奶家的年夜饭占满了一整个圆桌，光是碗筷就有十来双。

看着看着，任佳心里最后几丝不安一扫而空，心想，于她而言，今年的春节比往常要冷清许多，但幸好，陈岩周围还有着切切实实的热闹。

吃完年夜饭，任佳和胡雨芝坐在沙发上，安静地看起了电视。

看着看着，任佳肩上一重，一偏头，才发现胡雨芝已经睡着了，刹那之间，她心里泛起了一阵难以言喻的复杂滋味。

过去几个月，妈妈一边忙着店面装修，一边筹备着过年，不知道有多辛苦。

想着，任佳摸到了沙发边缘的薄毯，刚想给胡雨芝盖上，然而她一动，胡雨芝又猛然抬起了头。

"困了吗佳佳？"胡雨芝迷迷糊糊地嘟囔，"困了你先洗，洗完早点去睡吧。"

"我不困。"任佳摇了摇头,"我一会儿还要看烟花呢。"

"那有什么好看的?"胡雨芝揉了揉眼睛,"总共也没几分钟。"说完,便摇摇晃晃地站起身来,大步走向了浴室。

而她身后,任佳只低着头笑了笑,并不答话。

电视里,各个台都播起了热热闹闹的小品,任佳随意摁着遥控器,看得并不走心,大部分时间都只听了个响。

离新年倒计时还有十分钟时,她连电视都没关就跑回到了阁楼之上,微微喘着气将窗户完完全全地推开,托着下巴望起了窗外的夜幕。

夜已经深了,此时此刻,如萤的群星交相闪烁,在起伏的海浪上投下了一颤一颤的倒影,格外梦幻。

这一刻的安静仿佛没有尽头,任佳伸出手感受着风,闭上眼,让自己的身体也随之舒展开来。

又几分钟过去,终于,尚未关闭的电视中传来了声声倒数,任佳猛然睁眼坐直身体,有史以来第一次,如此期待烟花的到来。

十,九……

楼下的电视里仍在播着晚会,晚会主持人高声倒数之时,任佳微微伸长了脖子,看向了夜幕之中,那根时隐时现的旧灯塔。

八,七……

群里再次热闹了起来,桌上的手机又开始嗡嗡作响,任佳退出群聊界面,转而点进了和陈岩的聊天界面,一眼就看见了"正在输入中"的提示。

六——

五——

四——

电视机里隐隐约约传来一阵狂热的欢呼,任佳屏住了呼吸,紧接着,墙上的秒针终于指向零点,一点亮光腾空而起,任佳立即举起了手机,与此同时,陈岩的消息跳进了屏幕之中。

"轰隆"一声,海岸线边的天幕被升腾至最高点的烟花彻底点亮,书桌

403

上的刺猬夜灯亦被披上了一层华彩,而就在这一秒,任佳彻底看清了陈岩的消息,竟是再简单不过的七个字:任佳,一直好好的。

半边侧脸被火红的天幕所照亮之时,任佳"咔嚓"一下按下了拍摄键,一拍完就干脆利落地发给了陈岩。

然而,手机里的景象比她亲眼所见要慢了半秒,尽管只有半秒之差,呈现出来的效果却已截然不同。

一时之间,任佳懊恼极了,想不明白这么关键的时候,自己的手怎么会笨成这样,手忙脚乱之际,她干脆给陈岩拨了个视频过去。

电话里,机械的嘟声徐徐传来,许是在忙着和家人一起跨年,陈岩没有接起视频通话,但尽管如此,任佳仍然不死心地等到了最后一声嘟声响完……

低下头,屏幕上已经多出了一通未接电话,任佳心情复杂地点开照片,发现自己并非没有拍到烟花盛开的照片,只是频频错过了最完美的那个点——然而,她想发给陈岩看的,就是漫天光华升腾而起时,就连一望无际的海面都被彻底点亮的、那个最为盛大的瞬间。

而在她眼前,绚烂的时刻总是出人意料的短暂,转瞬之间,烟花已尽,桃江岛又再次陷入到了寂静之中,最终,几声断断续续的鞭炮一响完,海与浪的呼吸便再次占据了感官的主宰,整个世界都隐入了星夜里。

任佳愣愣发了会儿呆,只觉烟花燃尽之后,窗外的夜幕忽然变得空落落的,就连月亮都有些孤单。

同一时间,楼下的电视机已经没了动静,胡雨芝想是洗完了澡,关上电视回了房间。

这个点,她似乎也该洗漱睡觉了。任佳缓缓转过了身体,然而,就在下一秒,像是有一枚太阳升起一般,她眼前的白墙忽然变得亮堂堂无比,连带着整个屋子都仿若坠入了白昼。

轰隆声中,任佳回头望去,只见漫天星火如华盖一般,点亮了整个桃江岛的夜幕。

重新寂静下来的桃江岛又被这涌动的光华所包裹了起来。

而那烟火犹如绵延不停的流星雨一般，一颗接一颗不断升起，将任佳的瞳孔都映衬得流光溢彩，到后来，任佳已经数不清烟花燃放了多久，只记得自己给陈岩发去了一段又一段的视频。

等到天幕再度归入寂静之时，任佳看了一眼时间，发现这场前所未有的烟花盛宴竟然持续了整整一个小时，有如一场冬日的奇迹。

紧接着，"嗡"一声，陈岩发来了一条消息，任佳怔怔点开，终于看清了几日前那张图片的全貌——是海上的烟花，火树银花，五光十色，迷离得像是一个不真实的梦一般，太温柔。

屏幕上的"正在输入"四字则再次跳动了起来，几秒过后，陈岩发来了更简单的两个字：晚安。

晚安……

任佳"扑哧"一笑，一下就想起了胡雨芝今早还说，她吃到了许多带硬币的饺子，今年一定好运非常。

她真的好幸运。

是拜财神爷拜得够心诚的缘故吗？怎么连天上的神仙都显了灵？

一想着，任佳忍不住躺倒在床上，可劲滚了两圈，紧接着，又觉得自己太过喜形于色，咳了咳后，一脸正经地跑进了浴室，快速洗了个澡。

回房间时，那只刺猬小夜灯仍然亮着，任佳蹑手蹑脚钻进柔软的棉被中，与它大眼瞪小眼片刻，再一次，"啪"一下拍了拍它的"额头"，轻声说了句晚安。

第十五章
不断靠近

"陈岩早就有在意的人了,就在九班。" ♪

　　除夕夜的漫天烟花过后,时间仿佛都比平常快了不少,不知不觉,寒假天数寥寥无几,开学的日子已经近在眼前。
　　离岛前一天,任佳不死心地倒腾起了家里的老古董DVD,无奈零部件早已年久失修,竟连成功开机都是痴心妄想。
　　胡雨芝从电视旁路过时,见任佳一脸沮丧,对她手里的光盘产生了莫大的兴趣,凑近后瞅了又瞅。
　　"还能播出来吗?"半晌,胡雨芝问,"这光盘里头是啥?"
　　任佳一个激灵,被突然出现的胡雨芝吓得不轻:"你走路怎么没声音?"
　　霎时,胡雨芝更感疑惑,刚要再问,任佳却只含糊地说了声她也不知道,一说完,便匆匆跑上了阁楼。
　　关上门,任佳把手里的光盘原复原样地放回了书包,只觉童念念那三言两语实在是颇具威力,不但让她好奇更甚,还搅得她越来越心虚……
　　没准是恐怖片……

知道她胆子不大，才坏心眼地让她和陈岩一起看。

这个想法一冒出来，任佳顿觉自己勘破了玄机，立刻兴致冲冲地拿出手机，给童念念发了一个跳舞小人的表情包，紧接着，她又轻车熟路地点进了和陈岩的聊天界面，习惯性地点开了陈岩发来的照片。

过去的一整个寒假里，陈岩表现得一如既往的克制，和任佳发消息的次数其实屈指可数，不过，他倒是会常常发来几张毫无规律可言的照片——散乱的颜料、用尽的笔芯、打着盹儿的小狗、绽出花苞的水仙花……有时，还有一只弹吉他的手。

任佳慢吞吞放大了照片，只见画面之中，那只手漫不经心地按住了吉他琴弦，屈起的四指分外修长，好看得有些犯了规。

几秒过后，视线从手机屏幕上缓缓收回，而眼前，照旧是那个不肯显灵的老古董……

任佳无奈，长长叹了口气后，将光盘小心收了起来。

三天后，离岛的日子如期来临，一片不间断的轰鸣声中，偌大的轮渡再次出现在了任佳的视线之中。

这一次，胡雨芝也买了票，非要把任佳送到对面的码头去转车才肯罢休。任佳心知拗不过她，只得和妈妈一起上了轮渡。

船开起来后，海风越发猛烈，胡雨芝开始扯着嗓子和任佳说话，叮嘱她吃好喝好睡好，在外的日子一定记得照顾好自己，学习千万别太拼命。

早在离家前，她这番话就已翻来覆去地说了无数次，任佳因而听得耳朵都起了一层茧子。

听着听，她又想起妈妈刚到前海市之时，成天都是那副叉着腰冷着脸、生怕她不努力学习的班主任模样，不禁觉得十分奇妙。

下了船等车的间隙，轮渡的轰鸣渐渐远去，胡雨芝却不再说话了，这突如其来的沉默让任佳有些不习惯，她跑去就近的小卖部买了两瓶水，和妈妈坐在车站外的长板凳上，守着大包小包的行李，有一搭没一搭地聊了起来。

407

"妈妈，咱们家的小店什么时候正式开业呢？"

"别急，等彻底装修完，好好挑个黄道吉日再开业。佳佳我跟你说，开业的日子可是顶顶重要的，马虎不得！"

一说到店，胡雨芝面上的沉重一扫而空。

"等到一开业，妈妈就得忙起来了，说不定比你准备高考还忙哩！"说着，胡雨芝一把揽住了任佳的肩膀，"佳佳你信不信？这店妈妈一定能开起来，等你毕业，大可以带同学们来家里玩，我一定给你们做一桌子大菜。"

胡雨芝一边说着，一边还拿出了手机，给许久未去过店里的任佳仔仔细细地看起了店面如今的模样。

任佳接过手机，发现财神爷铜像的架子已经到家了，被胡雨芝规规矩矩地摆在了餐馆一角，招牌也已经重新装好了，偌大的"家"字旁还多了一颗爱心……

任佳看得认真，心头不自觉有些发热，看完，正准备把手机还给胡雨芝时，又似想到了什么一般，踌躇着问起了向奶奶一家的近况。

"向奶奶？"胡雨芝却没当回事儿，"怎么突然问起了她？人家老太太不是一直挺好的吗？正月里还聚齐了一大帮好友，我猜正高兴着呢。"

一大帮好友？

闻言，任佳心头微微一颤，只觉自己某根向来柔软的神经被一根无形的细针一下挑了起来，紧接着，她几乎是依靠本能做出了反应，拿着手机的右手猛然缩回，想也不想就点进了向奶奶的头像。

和所有上了年纪的老太太一样，向奶奶的朋友圈内容寥寥，除开转发的各类养生文章，便是一些用书面语发出的、分外郑重的佳节问候，不过最近一条倒是有些特殊，是和十来个年龄相仿的老头子老太太相聚过年的一组大合照，看那照片，画面里有山有水，还有篆刻着景区地名的硕大石碑，压根就不在前海市了……

"怎么了？"胡雨芝伸出手在任佳眼前挥了挥。

"没事。"车就快到了,任佳动作机械地挤出一个笑,怔怔地将手机还给了胡雨芝。

已是初春,比起一月之前,前海市已然暖和了不少。

放好行李之后,任佳在对话框里删删打打,最终,却一个字也没发给陈岩,到后来,还是陈岩率先发来了消息,准点询问她有没有上车。

任佳第一时间就看见了消息,然而,不但没回,还面无表情地按灭了手机屏幕。

从桃江岛到前海市,窗外的景色变化很大,可不论是疾驰的车还是单调的路,都统统晃不进任佳的眼睛。

后知后觉,任佳才意识到,她好像有点儿生陈岩的气了。

那张热热闹闹的照片始终在她脑海里挥之不去,她搞不懂,陈岩分明独自一人在画室里度过了万千灯火的除夕,为什么却非要装作若无其事的样子?又为什么可以那么执拗地对她只字不提?

任佳心情越发沉重,到站下车后,望见不远处那张标致得过了头的脸,她的内心里不觉雀跃,却反倒更加胸闷气短了。

骗子,浑蛋……

在车上时,任佳曾想过无数次,等到下车后见了陈岩,要怎么拆穿他才比较有气势,然而,等到陈岩真正走向她时,她气焰却一下弱了下去,嘴唇一抿,上下牙关恶狠狠地碰了两碰,最终却只碰出了个干巴巴的:"你来了?"

闻言,陈岩挑了挑眉,旋即便停下了步伐,隔了点儿距离笑看着她道:"我不能来吗?"

笑这么好看,一定是故意的……

任佳昂起头,装模作样地扮出了一副好整以暇的模样,瞧着眼前人大步上前,又瞧着他嘴角笑意愈深,自然而然地裹紧了她戴了整整一个寒假的灰色围巾,心底满不在乎地哼了一声,颈上却没出息地一片酥麻。

"这么看着我干什么?"

409

话音刚落,陈岩指骨上那点儿薄茧有意无意般从她耳后刮擦而过,任佳于是再次笃定,他就是故意的。

"我脸上有东西吗?"陈岩轻声问。

"没看你……"任佳微不可闻地咕哝了一声,扭脸看向了别处。

头顶于是响起了一声短促的低笑,紧接着,陈岩自然垂手,顺手拎过了她手里的包。

她包里的书绝对不轻,然而陈岩单手拎过,全程都是一副气定神闲的模样,致使任佳没忍住好奇,又偏头朝他多望了一眼。

这一眼,没再撞进身旁人悠悠晃荡的视线,却让任佳生出了几丝许久不见的陌生感——寒假里用不着穿校服,陈岩便恢复了那副万年黑的打扮,他肩上的长大衣质地硬挺,将人衬出了些许的冷寂,而脚下的短靴尽管样式普通,却生生被他踩出了军靴一般的凌厉气质。

好像有什么不太一样了,是又长高了?抑或是什么别的?

任佳忽然有些词穷,仿佛这并不只是寻常的一眼,也仿佛从这短短一瞥之中,她得以窥见了眼前人数年之后的模样……

于是,一时之间,任佳更加难以想象了,那个夜晚,看上去这么不近人情的一个人,仅仅因为她随口提及的那句看不够,就一笔一画勾出了成千上百道、永远不会坠落的火树银花吗?

"怎么不开心?"忽然,陈岩停了下来,转头仔细端详起了任佳。

至此,任佳步伐微微一顿,只觉心底那些纷杂的感受似已如流水般彻底远去,唯一萦绕在心头的,便只剩下了一点经久不灭的心疼。

"没有不开心。"半晌,任佳摇了摇头,"陈岩,毕业后你想去桃江岛看看吗?"

这句话她问得实在有些突兀,陈岩明显有些讶异。

"我知道,桃江岛只是一个平平无奇的小岛。"任佳已经低下了头,"虽然……虽然肯定比不上你以前去过的旅游区有意思,但今年有导演在我们那儿拍了一部电影，听说还是很著名的导演，说不定等到我们一毕业，那座小岛就焕然一新了。"

说到此，任佳抬起眼皮，小心翼翼地扫了一眼眼前人，却见他要笑不笑地看着自己，顿觉自己方才的冲动实在是傻透了。

"你别这么看我。"

话音刚落，任佳半是赌气半是羞赧地加快了步伐，似是急于将陈岩甩在身后。

而陈岩长腿一迈就跟了上去："没说不感兴趣。"

闻言，任佳步伐一顿，刚一偏头，就瞧见陈岩嘴角仍然噙了点儿意味不明的笑，压根正经不到哪里去。

"不准你这么看我！"任佳忍无可忍。

"好。"陈岩很配合地低下了头，可尽管如此，嘴角勾起的弧度依旧清晰可见，藏都藏不住。

见状，任佳拧了拧眉，正想倾身发作，猛然间又意识到，眼前人这反应，根本就是极其乐意被她凶嘛……

这想法一冒出来，任佳立刻扭脸看向了前方，忍不住想，什么毛病？

过了几秒，陈岩拿胳膊戳了戳任佳，见任佳根本不理他，又轻轻扯了扯任佳的衣袖。

任佳还是不理，陈岩无奈，伸手拦下一辆出租，提前替她拉开了车门："确实很久没去过海边了，不过我人生地不熟的，到时候劳烦你当导游？"

下车后，只有三三两两的住宿生陆陆续续往学校走着，距离正式开学还有一天，前海一中仍算不上有多热闹。

倒是致远楼前，数条大型红幅从楼顶四方倾泻而下，而红幅之上，无一例外是慷慨激昂的高考激励语，格外引人注目。

看着看着，任佳心情不由得肃穆了几分，心想，陈岩校考的时间是在三月份，等到正式开考，距离高考的天数便就只剩两位数了，而校考似乎要提前一段时间准备，不知道等到那时，陈岩还在不在学校，来不来得及参加前海一中的百日宣誓？

任佳向前缓缓走着，心底已经飞速盘算起了时间，而走着走着，陈岩忽然停下了步伐，视线落在了任佳后方。任佳不明所以，还来不及回头，肩膀就被人猛然拍了一下，霎时，她心脏突地一跳，想也不想便向陈岩身后闪去，下意识攥紧了陈岩的手腕。

同一时间，何思凝分外兴奋的声音从任佳身后传来，任佳这才松了口气，返身朝何思凝打了个招呼。

"恭喜你啊任佳！好久不见！"何思凝上前一步，一瞥见陈岩的神情，立刻好奇地睁大了双眼，"陈岩你……你这是傻了？"

她话音刚落，任佳疑惑地顺着何思凝的视线向一旁望去，只见如何思凝所说，此时此刻，陈岩低头盯着自己的手腕，像是被定住了。

任佳连忙伸出手在他面前挥了挥："陈岩？"

陈岩这才回过神来，深吸一口气后，半是无奈半是嗔怪地瞥了眼任佳，紧接着，便有气无力地和何思凝打了个招呼。

何思凝若有所思地眨了眨眼，视线在二人间睃了一圈。

陈岩的手机已经振动了起来，看了眼手机屏幕后，他朝二人道："姜悦让我回学校后去综合楼找她一趟，你们先聊？"

说这话时，他抬眸看向了任佳，任佳微一点头，他便如收到命令一般，长腿一迈，转身朝着综合楼快步而去了。

陈岩走后，任佳才想起何思凝的那句"恭喜"，正要再问，何思凝已经朝任佳咧嘴一笑，指了指不远处的排名榜，任佳于是顺着她的手指朝前望去，一眼就望见了自己的名字。

十二校联考，这是徐原丽口中重要程度仅次于高考的一次考试，也是高考最具权威的试金石，而在这一次的十二校联考中，任佳的前面只剩下了一个人，裴书意。

宛如风去雨散，翻滚的巨浪重新归于大海，朝自己的名字看了几秒后，任佳飙升的心跳缓缓平息了下来。确认自己的排名后，任佳视线没有过多停留，飞速搜寻起了陈岩的名字。一看清陈岩的名次，她的嘴角就不可抑制地勾了起来，比起上次，陈岩又进步了三十来名！年级排名已经很亮眼了！

看了半晌后，她转过头来，朝何思凝粲然一笑："谢谢你，我们走吧。"

由于还未正式开学，这一晚，参加晚自习的学生寥寥无几，更别提科任老师和班主任。因而，踏上五楼的最后一级台阶，一转弯，一眼就看见八班门口的李屹良时，任佳不免有些惊讶。

何思凝压低了声音："李主任好像在训人……"

她话音刚落，李主任骤然高喝了一声："你还敢撒谎！"

听清李主任的那句呵斥时，任佳一瞬间站定在原地，像是被一双手生生按住了一般，动弹不得。

足足过了好几秒，任佳才终于回过神来，转头看向何思凝，勉强挤出了一个笑："我还有点儿事，你先进去吧。"

此时此刻，李屹良脸色非常不好，而在他身前，站着一个肩膀小幅度抖动着的女生，窘得脑袋都抬不起来。

任佳吸了口气，尽量目不斜视地朝前走去，却在离二人一步远时，不发一言地停下了脚步。

挨训的女生不是旁人，正是任佳的室友许茹，那日站在走廊上看到彩虹便忍不住热泪盈眶的女孩。

而对于李主任喋喋不休的训斥，任佳同样记忆犹新，他正一字一句地教导许茹，作为一个女孩子，还是要学会自爱才好……

瞧见李屹良望向许茹的目光时，任佳只觉他那审视的两眼像是两根坚硬的钢钉，像是要把人钉穿一般，毫不留情，可纵使这样，任佳任然直愣愣往前迈出了一步，背在身后的那只手亦似是安慰一般，悄悄伸出一根食指，钩了钩许茹垂在身侧的小拇指。

刹那之间，许茹一脸难堪地抬起了头，双眼通红地望向了任佳。

"是任佳啊？"瞥见任佳后，李屹良神情竟一下缓和了不少，笑眯眯道，"任佳，你这次十二校联考考得不错啊，徐老师还特意在我跟前几次三番地表扬过你，说你学习习惯特别好。"

闻言，任佳点了点头，许茹的脑袋则又缓缓垂了下去，似是一点儿也不想让任佳看见自己此刻的狼狈模样。

表扬完任佳，李屹良已经重新看向了许茹："许茹，你和任佳不是室友吗？你怎么不和她学学，多花点儿心思在学习上？"

他句话显然是说给许茹听的，可任佳听见那再熟悉不过的语气，却只觉自己喉间一滞，像是被一把烧红了的铁钳猛地揪牢了喉咙一般，烫得几乎就要喘不过气来。

过了几十秒，见任佳还未走，李主任后知后觉意识到了几丝不对劲："任佳，你找我有什么事吗？"

"找许茹。"任佳声音不高，语气却异常平静，"李主任，我有几道英语题想问问许茹，和她约好了今晚一起看。"

"你问她？"李屹良不解，"你找她问功课？"

一句话还未说完，李主任瞥见任佳分外冰冷的目光，眉头一拧，似是想起了什么不愉快的回忆一般，神情一下有些复杂。

李屹良一步三回头地消失在楼梯口之时，任佳没朝他多看一眼，转身递给了许茹一张纸巾。

许茹怔怔接过了纸巾，仍是那副不敢相信的神情，嘴唇嗫嚅了好半天都没能说出一句话来。

一时间，任佳也有些不知该说什么，毕竟，在过去的大半年里，她始终过着一洗漱完毕便倒头就睡的生活，和307宿舍里的各个室友都没有太多的交集。

"谢谢。"好半天，许茹终于憋出了这两个字。

"没关系。"任佳摇摇头，转身向九班走去，走到后门处时，回头看了眼许茹，发现她紧紧抿着唇，一副欲言又止的神情，便再度停下了步伐，认真道，"你要是不介意的话可以和我说说。"

"其实，我和一个男生关系不错……"许茹开口时，嗓音无比委屈。

任佳点了点头，发现九班教室里，有个人似乎时不时朝她和许茹看上一眼，一副做了亏心事的表情，目光明显有些局促。

许茹继续："之前我和他一个班时，他就经常和我说，遇见不懂的数学题可以问他……寒假里，我正好遇见了几道连题干都看不懂的数学题，实在没忍住，就跑去问了他，一开始，他只是和我讲题目，可是后来，他开始每天和我说晚安，我就没敢多回复了……总之，这事儿后来被他妈妈发现了，他妈妈第一时间找到了李主任，李主任很紧张这件事，因为他成绩很好，尤其是理科，随便学学都能考到高分……"

说到此，许茹顿了顿，小心翼翼地留意起了任佳的表情。

任佳面上没什么表情，波澜不惊道："是周昊吗？他来我们班之前和你一个班？"

她话音刚落，许茹几乎倒吸了一口凉气："你怎么知道？"

任佳却没有过多解释："下次你遇见不懂的题目，可以来问我。"

"可以来问你……"许茹似是没反应过来一般，跟着小声重复了一句。

"对，我数学也不差。"说着，任佳瞥了眼教室里故作自然的周昊，无所谓道，"不只是数学，随便一门都比他好。"

一个晚自习过去，窗外的夜幕已经变得分外幽暗，任佳踏着最后一声铃声走出教室时，许茹正等在楼梯口。

许茹低着头，看上去很是踌躇，完全不像是有题目要问。任佳朝她走近几步，还没开口，许茹便一下抬起了头，含糊道："任佳，我们顺路，要一起回宿舍吗？"

许茹这话说得紧张极了，任佳点了点头，心下有些奇怪，不明白许茹为何总是一副很怵她的模样。

想着,任佳往前踏出了几步,回头朝许茹道:"走吗?"

许茹立刻跟了上去。

二人并肩往前走出几步后,许茹似是觉得气氛有些尴尬,便和任佳有一搭没一搭地聊了起来。

"任佳,其实我之前就想过,下晚自习后要不要等你一起回宿舍,毕竟我俩教室是挨着的,特别近,可我看你一直都习惯一个人,回宿舍后也不怎么说话,就想着,还是不要打扰你了……"她一边说着,一边飞速瞥了眼任佳的神情。

任佳笑了笑,说:"谈不上打扰,只是我回宿舍回得挺晚的,你不用刻意等我。"

说着,二人离二楼平台只有几级台阶了。

而就在这时,任佳突然放慢了步调,步伐缓慢地经过了十七班,又再度恢复如常。

站至307宿舍门前时,任佳能清楚感觉到,许茹似乎不太自在。

她一边旋着钥匙,偏头朝许茹看了一眼,只见许茹微不可见地往一旁挪开了一小步,刻意没去看她。见状,任佳没多说什么,低下头继续开门。

"吱呀"一声,宿舍门被推开的瞬间,原本热闹的宿舍变得鸦雀无声,几颗脑袋齐刷刷看向了许茹,想说的话几乎写在了脸上——你怎么和任佳一起回来了?

许茹连忙咳了两咳,压低了声音朝任佳道:"俞灵和郑蓉蓉应该只是有点儿诧异,没什么别的意思。"

任佳点了点头示意没关系,紧接着,她走向胡雨芝替她提前打包好的那一袋行李,拿出了里面包装得严严实实的罐装海产:"我家住在海边,春节的时候,妈妈常常会做点儿小鱼干,还挺好吃的。"

说着,任佳一一分发了起来,众人忙不迭接过了任佳手里的小鱼干,连连说了好几声谢谢,一个比一个客气。

分完桃江岛的特产，宿舍便再度陷入了沉默，谁也没先开口说话。

在原地无所适从地站了几秒后，任佳重新走至柜子边，默默收拾起了行李，一收拾完，她便径直走向了洗漱间。

今日里去往教学楼自习的人不多，其余人想是早已洗漱完毕，任佳一走进洗漱间，一墙之外的宿舍里便再次传来了阵阵嬉笑，发了会儿呆后，任佳缓缓弯下腰，掬了捧冷水扑到了脸上。

走出洗漱间时，任佳刻意没看任何人，然而她走至床边，刚一掀开被子，就看见了被子里被堆得满当当的各类零食。

下一秒，"啪嗒"一声，宿舍楼陷入了一片黑暗，几个女生立刻探出了脑袋，朝任佳叽叽喳喳地介绍起了自己平日里爱吃的零食。

"任佳，那包虾片是我的私藏，超好吃的！"

"任佳，我的薯片更不错！学校商店没有的泰式香叶烤鸡味！"

"她们吃得太重口了，任佳，你还是试试我的曲奇吧，奶味特香，一点儿也不腻……"

俞灵话还没说完，宛如平地里倏然炸开的鞭炮一般，一句极其威严的吼声在走廊上空响了起来："大半夜吃什么曲奇！熄灯了，赶紧睡觉！"

宿管阿姨走远后，307宿舍众人再也忍不住，不约而同爆发出了一阵低笑。

俞灵心有余悸："许阿姨耳朵太灵了，说是千里耳都不为过。"

郑蓉蓉笑着附和："你可别说，等我以后毕业了，就算把同班同学都忘干净了，都不会忘记许阿姨的河东狮吼。"

众人你一言我一句，压低声音调侃起了宿管阿姨的大嗓门。

聊着聊着，俞灵小声叫了句许茹的名字，好奇道："许茹，你今天怎么和任佳一起回来的呀？"

许茹委屈地解释了一遍事情的原委，她一说完，众人皆是义愤填膺："他就是个尿包！"

女生们的话题极具跳跃性，从讨厌的男生到变态的联考题，又从新来的实习老师到迟迟不退休的老校长……

短短十分钟内，任佳连老校长是个妻管严这回事儿都已经摸得一清二楚。

说到老校长年轻时也是个俊俏美男子时，上铺的郑蓉蓉忽然喊了声任佳，好奇道："任佳，我们班班长以前在九班是什么样的呀？"

郑蓉蓉是十七班的学生，她口中的班长，当然就是陈岩。

第一回参与宿舍夜谈就被问起陈岩，任佳顿时有些不自在。

"他在九班时成天神龙不见首尾的，我知道得不是特别清楚……"

短短一句话，任佳说得心虚极了，幸而307众人都是刻意压着嗓子说话，她那有些飘忽的语气才算不上太突兀。

"蓉蓉，你突然问起陈岩干什么？"任佳说完，许茹跟着咕哝了一句。

"好奇呗。"郑蓉蓉十分坦诚，"这种级别的帅哥，从来都没和学校里哪个女生传过绯闻，难道你们不好奇？其实我老早就想问任佳了，只是之前一直没找到机会罢了。"

"你别一杆子打死一船人。"俞灵大动作翻了个身，"我就不怎么好奇这事，再说了，根本就没什么好好奇的，陈岩早就有在意的人了，就在九班。"

她话音刚落，任佳猛地攥紧了手中的被子，许茹和郑蓉蓉则异口同声："是谁？"

"是一个被你们忽视了很久很久的人。"俞灵神秘一笑，"你们绝对想不到！"

郑蓉蓉连忙道："你别卖关子！"

任佳几乎倒吸了一口凉气，悄无声息地将自己罩在了被子里。

而同一时间，俞灵却不再说话了，似乎是犯了难。

"别卖关子！"许茹也催促了起来，"今晚可是任佳第一次参与咱们的夜聊，你快点儿，重磅八卦就别藏着掖着了！"

任佳呆滞了。

"行吧……那你们可别告诉别人啊。"俞灵似是被说动了，紧张兮兮地叹了口气，再开口时，语气竟莫名其妙结巴了起来，"虽然是小道消息，但是有证据！"

说到此，俞灵沉默一瞬，旋即便像是豁出去了一般，骤然加快了语速："也就上学期的事儿，陈岩和一个男生打球，不但全程让着人家，还特意加了个赌注，在平安夜当晚给人送了一大箱苹果！别提多暧昧……让我想想，那男生名字叫什么来着？对了！旁胜！"

"旁胜"两个字一落地，任佳硬生生被一团空气给呛得不轻，猛地咳嗽了起来，苦挨了一阵后，她终于再也憋不住笑，转身，把自己彻底深埋在被子里，朝着冰冷的墙面，剧烈抖动起了肩膀。

正式开学的日子终于来临，任佳坐回到窗明几净的九班，再次看见了一月未见的九班众人。

一个春节过去，班里有不少同学都吃胖了不少，好几个男生还剃了寸头，看得任佳差点儿没认出来。

"偶像，好久不见啊！"冯远便是那几个寸头之一，一放下书包，他就返身和任佳毕恭毕敬地打起了招呼。

任佳莫名其妙："偶像？"

"是的！"冯远夸张抱拳，"任佳同学，近十年间前海一中无出其右的大黑马，从此以后，您就是我唯一的偶像！"

任佳一时语塞，盯着他的大脑门看了几秒后，忍住了自己想要敲上一敲的冲动，低下头开始默默看书。

高中最后一学期的第一天，各科老师精神百倍，即使是平日里相对斯文的几位老师，嗓门都扯得老大，堂堂课都上得激情澎湃。

像是满血复活了一般，教室里的学生们也很是配合，每有老师抛出一个问题，讲台下都会传来喊号子般整齐划一的回答，惹得几位年轻老师哭笑不得。

直到下午最后一节课,这亢奋得过了头的状况才有所好转。

徐原丽走进教室时,任佳抬起头瞅了眼新课表,才发现今天正好是周一,赶上了新学期第一节班会课——回顾十二校联考和展望高考无疑是班会的两大主题,还没上课,教室里的气氛便已肃穆了不少。

离上课还有五分钟时,任佳忽觉有些口渴,起身想去接杯水,然而刚一站起来,就看见了教室门外一对面色肃穆的陌生夫妇。

那男人看着有些面熟,任佳走到后黑板旁,才猛然想起,他正是黄正奇的父亲,那日在大庭广众下朝黄正奇挥过巴掌的男人……

一时之间,任佳心情有些复杂,定了定神才走出后门,而走出后门后,毫不意外的,她一眼就看见了楼梯旁面如死灰的黄正奇。

打完水回到教室时,走廊外爆发了一阵激烈的争吵。

喧哗渐大,任佳自顾自喝了口水,就连头都没抬一下,而在她眼前,冯远已经一个箭步凑了过去看热闹,教室里不少人亦紧随其后。

上课铃打响时,窗外已经再度安静了下来,见原本准备开班会的徐原丽迟迟未来,任佳才终于往外看了一眼。

不知为何,徐原丽人已经到九班门口了,却没有第一时间走进教室,站在前门处朝着众人喝了句安静后,便匆匆离开了走廊。

随着徐原丽一走,教室里的气氛便如炸开了锅一般,热火朝天地聊了起来。

"真是的!"冯远叹了口长长的气,"这世上真是什么样的家长都有!"

任佳前方,冯远描述得绘声绘色,她想不听见都难。

照冯远所言,十二校联考出成绩后,许是黄正奇考得实在糟糕,黄正奇父母便找到了李屹良,希望能让他以插班生的身份回到九班,李主任表明分班需要按学校规章办事,拒绝之后,他们竟带着他直接冲到了九班门外,一边不停歇地骂着他不成器,一边当着徐原丽的面给了他一巴掌。

这番描述让任佳感到窒息不已,可尽管如此,她手上的笔仍是一秒没停。

"对了偶像。"说着,冯远忽然回过了头,"黄正奇的妈妈还当着他的面提到了你。"

任佳反应了两秒："我？"

冯远点了点头："你是不知道，就咱们班的成绩，他妈妈记得比谁都清楚，你刚转进九班时还是垫底的成绩，可现在呢，已经把黄正奇甩得老远了，所以他妈妈刚刚在走廊上才那么生气，说他连个转学生都考不过，更别提她今天气势汹汹地跑到九班，还看见了你写在黑板上的那所目标院校……"

这描述简直令人匪夷所思，刹那间，任佳心底飘过千头万绪，然而刚浮出一点飘忽的同情，又猛地想起了自己被黄正奇弄得一片狼藉的课本，更想起了上学期她路过那条小巷时，黄正奇那直直盯着她看的阴森神情。

那样的轻蔑而鄙夷，像是想到了什么格外令人爽快的事情一般，目光有如冰冷黏腻的鱼鳞……

最终，任佳还是没多说什么，只朝冯远点了点头示意自己知道了，就又低下头去，继续翻起了桌上的练习册。

高中的最后一个学期，课业压力前所未有的繁重，随着日子一天天往前，教室里一颗颗脑袋在书里扎得越来越深，班会那日和黄正奇有关的插曲很快就被众人忘在了脑后。

彼时，时间已至二月下旬，冬末初春之际，圆梦湖旁的柳条抽出了新芽，致远楼楼下的花坛里，迎春花也渐渐绽开了花苞，远远看去，宛如一个个金灿灿的小喇叭一样，分外鲜活。

不知不觉，前海一中又变成了一年之前，任佳第一眼见到的模样。

周三这天，小红亭忽然热闹了不少，任佳路过圆梦湖畔时，一眼就看见了亭子里脊背挺得笔直、嘴里正念念有词的低年级学生。

那几个男孩女孩不知在说些什么，停顿的节奏整齐划一，面上无一例外带着笑模样……

看着看着，任佳便想起了去年此时，九班学生们准备登台合唱的景象，心头浮出了几丝切切实实的暖意。

致远楼一楼，昔日里空荡荡的多媒体教室也热闹了起来，经过三三两两的人群时，任佳刻意放慢了步调，听见周围人有一句没一句的闲聊，才终于意识到，原来，新学年的文艺晚会就要开始了。

只可惜，这热闹与高三学生关系不大，与去年一样，文艺晚会特意选在了百日宣誓这天举行，如此十万火急的日子里，高三生们忙着全面复习，早已无暇其他，更别提在文艺晚会正式开始之前，他们还有一次月考要应对……

任佳回到九班教室时，徐原丽正伏在讲台上批改周考的试卷。

教室里，或长或短的咳嗽声此起彼伏，徐原丽手上动作不停，眉心却已然拧出了一片沟壑——初春时节，与回转的气温一起到来的，除了柳树的新芽，还有二月份频发的换季感冒，短短一周过去，九班有不少人都中了招，课桌上除了书本，便是一盒盒东倒西歪的感冒冲剂。

幸而，十七八岁的少男少女身体普遍很好，这场感冒来得急也去得快。

不过几天，大部分学生已经恢复如常，徐原丽脸上也才终于带了点儿笑模样。

却不想，九班的感冒刚过，307宿舍又折腾了起来。

月考前夕，俞灵开始躲在被子里打着手电看习题，熬夜熬得整个人都有些精神萎靡，凉风一吹，便频繁打起了喷嚏，而她一开了个头，整个307宿舍便自此呈现出了空前的团结，一个人都没再落下。

任佳咳得虽不如其余三人惊天动地，额头却隐隐有些发热，嗓子也开始干得厉害。

第二日，察觉到自己越发难受后，任佳趁着晚自习前跑去医务室买了点儿退烧药，一回到九班，便自觉把座位搬到了大后方的角落里，离众人离得远远的，生怕把感冒传染给其他人。

"任佳，你怎么坐那儿去了？"

任佳一走，她前座的冯远颇不习惯，扯着嗓子问起了她的情况。

不知是不是吃了退烧药的缘故，此时此刻，任佳困意深重，垂下的眼皮怎么抬都抬不起来,声音低得自己都快听不见:"感冒了,离我远点。"

"你说啥?"又有人问,"怎么坐那么远?跟座孤岛似的,看着怪可怜的……"

任佳没再答话,心想,趁着最后一节晚自习还没开始,她可以抓紧时间趴一会儿。

放下笔、趴在桌上的那一瞬间,周围又有人喊起了任佳的名字。

那声声呼喊似乎有些迷离,每个字都拖着又长又缓的调子,像是被卷进了漩涡一般,时而低沉,时而尖细,听得任佳太阳穴一突一突地跳了起来。

分外难受之际,任佳不禁怀疑,她是不是还处在梦里?

如果不是,她为什么会觉得自己突然回到了桃江岛?又为什么会觉得自己坠进了无穷无尽的海水里?

身体像是早已被水流与真实世界隔离开来,任佳枕着自己的胳膊,无力地抬了抬眼皮,只觉眼前的一切都是雾蒙蒙的,连轮廓都不甚分明。

我就睡一会儿……

这样想着,任佳沉沉合上了双眼,在心底不断提醒起了自己,只趴几分钟就好,等到上课铃响起,一定要记得爬起来……

然而她的眼皮实在太沉太沉,不知过了多久,预想中的上课铃声没有如期来临,额上却多出了几分格外干燥的温冷触感。

额头被一双手覆上的刹那,任佳迷迷糊糊地抬起眼,惊觉教室已然变得空旷无比……

她竟然睡过了整整一节课!

反应过来后,任佳猛地坐了起来,一抬头,只见陈岩皱着眉拎起了她桌上的退烧药,问:"感冒多久了?"

今日里陈岩有些不同以往,语气里分不出喜怒。

任佳愣了愣,低下头昏昏然辩解:"第一时间去医务室买过药了……"

她说话时,陈岩又伸出手在她额上探了探,手心蓦地用上了几分力气。

423

见状，任佳也跟着摸了摸自己的额头，察觉到自己额上温度不似睡前那般滚烫，一下就笑了起来："看吧！睡一觉就好了！"

却不想，她咧嘴一笑，陈岩的表情即刻变得更难看了。

"可以。"看了任佳几秒后，陈岩简短一点头，"你这独门秘方我学到了，以后感冒了，就在夜里迎着冷风睡一觉，药到病除。"

说着，陈岩已经替她合上了桌上的笔盖："走吧，早点回去休息，教室风大。"

"有风吗？"

任佳边问边扭过了头，只见四周围的窗户都关得严严实实的，根本没什么冷风，而她身上，还披着陈岩宽宽大大的外套……

陈岩用力敲了敲她的桌子："不走？"

任佳这才起身，怔怔发问："窗户都是你关的？你来多久了？"

"没多久。"陈岩含混带过，"感冒药不一定管用，明天要是再发烧，直接请假去市医院，我和你一起去。"

"哪用得着……"任佳刚要开口拒绝，然而一抬头，瞥见陈岩严肃得不像话的眉眼，又陡然噤了声。

也不知是谁被花瓶砸得满身是血，却连包扎都嫌麻烦。

走出致远楼后，陈岩步子迈得飞快，不一会儿就快把任佳送到了宿舍楼。

在学校里，男生送女生回宿舍是公认的十分暧昧的举动，任佳因而有些不好意思，提前一段距离停了下来："陈岩，你也早点去休息吧。"

陈岩一见了她那模样就已了然于心，点点头往后退了一步："明天我再来找你。"

"不用！"任佳忙道，"其实算不上有多难受，只是脑袋有点晕，睡了一觉舒服多了。"

说完，她又忙不迭补充了一句："骗你是小狗！"

见了她那副生怕麻烦人的样子，陈岩简直快被气笑了，干脆利落一点头，看样子挺想发作，又生生憋了回去，重复道："明天我再来找你。"

任佳只得转身向宿舍走去，只是走了几步，蓦然折返，却见陈岩仍然一动不动地望着她，忙问："忘记问了陈岩，你今天突然来九班，是找我有事吗？"

"今天太晚了，你先去睡，我明天再和你说。"说着，陈岩见任佳一脸认真，实在忍不住，"合着我有事才能找你？"

任佳一怔，嘴唇茫然一翕，陈岩已经颇为无奈地揉了揉眉心："算了，其实没什么大事儿，校考的时间已经确定了，再过段时间，我得离开学校一段时间。"

"哪一天？"任佳忙问。

"二月底。"陈岩答得很快，"我看了，那天前海一中正好举行百日宣誓。"

百日宣誓……

任佳心下有些遗憾，察觉到陈岩提起这事儿时嗓音无端有些发哑，心头便也像是被一根极细的羽毛轻轻刮过一般，倏地一麻。几秒后，任佳微微张了张嘴，正要再说点儿什么，陈岩却已经对她挥起了手："夜里冷，先回去。"

闻言，任佳只得再次转身往回走，只是，走到宿舍楼前，终究还是没忍住，下意识往后望了一眼。

陈岩仍然没走。

月夜之下，他像是知道任佳在想什么一般，忽然笑了起来："有什么关系？一个宣誓而已，你连着我那份一起就行。"

翌日。

37.1℃，已经没再发烧了，读完温度，任佳把陈岩不知打哪儿弄来的电子温度计放进了课桌，快速收拾起了桌面。

不过一个白天的工夫，她桌上已经多出了不少杂物，除开感冒药后，什么川贝枇杷膏、健胃消食片、复合维生素……各种功能各异、五花八门的瓶

425

瓶罐罐堆在了课桌一角,一眼望去阵仗十足,全是陈岩的功劳。

确认自己恢复如常后,任佳收拾完毕,将课桌搬回到了原位。

她刚一复位,周围几个人便纷纷回过了头,好奇地观察起了她的状况——冯远自然也在其中,一口一个偶像,叫得比任何时候都殷勤。

"偶像,这周五又要进行该死的月考了,你准备好了吗?"

冯远话音刚落,上课铃正好响了起来,任佳从课桌里拿出了一张皱皱巴巴的英语试卷,点了点头道:"还可以吧。"

见状,冯远没搞清楚状况,又转身确认了一眼。

讲台上,钟清已经准备就绪,投影仪一开机,屏幕上便现出了按照特定知识点所整理出来的、各省历年高考题。

他没看错,这节课就是物理课。

"这节课是物理课。"冯远于是回过头提醒任佳,"你拿错书了。"

任佳显然沉浸在了自己的世界里,没听见他的提醒。

直到钟清扯着嗓子讲起了题目,冯远又好心地敲了敲任佳的桌子,她才终于有了一点儿反应。

"怎么了?"任佳手里的笔动得飞快,仍旧没有抬头。

冯远于是又压低声音重复了一次:"任佳,这节课是物理课。"

"知道。"任佳这才扫了眼讲台,"那些知识点我掌握得差不多了。"

闻言,冯远一怔,看向任佳的神情倏地有些复杂——要知道,过去他问起任佳的考试发挥状况时,即使是拿着满分的试卷,任佳也只会淡淡答上一句,还可以,因而,假如她说"差不多了",那就势必已如卖油翁一般,烂熟于心……

刹那间,冯远警铃大作:"你不会把各科的历年高考题都翻来覆去刷完了吧?"

"高考题怎么能用刷的?"任佳淡淡道,"得精做。"

冯远哑然。

讲台上,钟清已经提高音量讲起了课,任佳也已再度低下头去,微微皱着眉看起了手里的书。

　　这景象实在有些诡异，看着看着，冯远忍不住想，原来任佳也有上着一门课做着另一门作业的时刻，而且她干起这事儿来比谁都自然，仿佛天经地义似的，完全没把规矩放在眼里。

　　这派头，倒是让他一下就想起陈岩了……

　　这样想着，冯远小心翼翼地瞅了眼身旁的姜馨，心情即刻不美妙了起来，闷闷听起了课。

　　周五的月考，任佳和何思凝被分到了同一个考场。

　　二人走在一起时，九班其余人纷纷忍不住调侃，那是学神专属考场，言语间分外夸张。

　　对于此类调侃，任佳仍然不大习惯，何思凝则相对自然得多。

　　"别管旁胜他们。"何思凝朝任佳耸了耸肩道，"那帮人就是喜欢开玩笑和凑热闹，成天没个正形。"

　　任佳笑着点了点头，心说，何思凝的性格一直很好，说起话时落落大方的，和姜老师有几分相像，让人感到很是亲近。

　　第一天上午的考试结束，任佳和何思凝并肩前往食堂之时，何思凝兴致冲冲地提起了周五即将举行的文艺晚会。

　　"任佳你知道吗？高二年级有个班主任比咱班老徐还狠，为了不耽误他们班学生学习，直接报了个朗诵节目上去，朗诵的还不是现代诗，而是课本上必背的《劝学》！你试着想象一下……咱们好不容易能沾沾低年级学弟学妹的光去看个节目，还得听着一帮人在舞台上背《劝学》！"

　　任佳很听话地试着想象了一下，发现那场面确实有些令人哭笑不得……

　　何思凝这生动形象的寥寥数语，也让她的记忆被拉回到了文艺晚会那天，想起了许久不曾去过的天台。

　　任佳一边想着，不自觉停下步伐，踮起脚尖朝不远处的老宿舍楼眺望了一眼。

看着那高高竖起的挡板,任佳不确定地揉了揉眼睛:"思凝,老楼怎么被拦起来了?"

"你才发现吗?"何思凝不以为意,"很早就被封啦,天台已经上不去了。"话毕,她又若有所思地补充了一句,"学校应当是为了安全着想吧,毕竟,二中上学期才出了那样的事情……"

二中?

上学期时冯远曾提起过,二中有学生在学校里出了事……

原来是这个原因,一想到这回事儿,任佳心情蓦地有些沉重,缓缓收回了视线。

为期两天的月考结束后,时隔多日,任佳再次放空般倚在了走廊上,安静凝望起了倒映在湖面上的那一轮朦胧弯月,这一次月考她发挥得还不错,尤其是英语,竟然破天荒地提前完成了卷面,剩下了二十分钟用来检查。

要知道,以往可是从没发生过这样的事情……

任佳回顾起了过去的英语学习计划,开始在心里进行起了复盘。

打断她思绪的是忽然出现在走廊上的许茹。

离上课还有几分钟时,许茹特意拿着纸笔找到了任佳,问起了一道答案众口不一的数学题。

任佳瞥了眼许茹的解题步骤后,拿过笔,在题干中利落圈出了几句话,一边圈着,她问:"你自己重新做过吗?"

许茹一怔,忽然有些紧张:"我还没来得及重新做……"

"没事儿。"圈完,任佳没立即告诉许茹答案,而是将试卷重新递回给了她,"这些是你还没用上的题干条件,你可以再想一会儿,要是实在没有头绪,也用不着钻牛角尖,下晚自习我再详细和你说。"

闻言,许茹舒出一口长气,接过试卷后,小声说了句谢谢。

不知为何,这天的晚自习,徐原丽一直坐在讲台上,面色威严地批改着试卷,整个教室都鸦雀无声。

然而,最后一节课快要下课时,徐原丽出门接了个电话,再进来时,面上便突然多出了一点儿笑意。

"停一下,告诉你们一个好消息。"说着,徐原丽有意顿了顿,"这周末,各个市的青年老师将会来到前海一中进行交流,因此,你们这周六不用补课,周五第八节课一结束,就可以和高一高二的学生一起……"

徐原丽一句话还没说完,教室里响起了一阵地动山摇般的欢呼声,更有甚者,直接把校服外套抛得老高,激动得就差原地蹦起三尺高。

任佳的思绪则微微有些停滞,愣了几秒后,她往后看了眼高考倒计时。

距离高考一百天的日子正是周五,再过三天,陈岩便要离开前海一中赶往校考了。

原本,任佳是打算等到下晚自习经过二楼时,去十七班找一趟陈岩。

然而过去的几日里,许茹一直默认了要与她一同回宿舍,任佳觉得有些不好意思,便只得作罢。

转眼,时间便正式来到了周五这天。

这天任佳起了个大早,在食堂囫囵吃了几口早饭就跑去了致远楼二楼,然而十七班空无一人,陈岩并不在。

早自习结束后,任佳再一次去到了二楼,经过陈岩空荡荡的窗边课桌时,她鼓起勇气向十七班的人问起了陈岩的去向,十七班几个男生却回答,陈岩一大早就找姜悦去办请假条了,想来,应当是办完请假条就径直离开学校了。

与此同时,郑蓉蓉一眼就看见了任佳,隔着老远就朝她挥起了手,问她来十七班干吗。

任佳心虚不已,含糊回答了一句路过后,匆匆跑回了九班。

回到九班时,徐原丽已经将下午宣誓需要用到的誓词打印成A4纸,一一分发给了众人。

朝手里的誓词认真看了半响后,任佳再次回过头去,盯着那个硕大的数字一百,忽然就有些沮丧。

那晚,陈岩笑着对她说,他那份也交给她了……

任佳正走着神，讲台上，徐原丽忽然放了话："下午的文艺晚会，你们就别拿着试卷去了，放松的时候好好放松，别想其他的，不过在那之后的百日宣誓你们可得注意，务必得把精气神拿出来！九班的方阵可是在操场正中央，正对着主席台！"

操场四周，硕大的竖状红幅已经准备到位，而主席台上，立式话筒也已高高架起。

和任佳一样，列队前往体育馆时，有不少人都看向了那空荡荡的操场，盯起了那一句句慷慨激昂的激励语。

不知为何，看着看着，像是怀揣着心事一般，队伍不约而同沉默了下来，回过神来时，任佳发现，尽管徐原丽强调过别拿试卷，依旧有不少人带上了口袋书，在缓缓行进的队伍里争分夺秒地背着单词和文言文。

一走进体育馆，高三队伍里便响起了一阵热烈的欢呼，仿佛是在心照不宣地庆祝着这终于得以逃离教室的短暂一刻。

任佳则有些失落地朝四周张望了起来，此时此刻，四周围尽是些不同年级和不同班级的学生在来来去去，十七班的班牌迟迟没有出现。

落座之后，任佳自发把座位挪到了队伍最后一排，方便更清楚地留意到最新入场的班级，尽管，她心里清楚，这个时间点，陈岩大概率已经离开学校了。

明明有机会的，她感冒之后，陈岩来过九班这么多次，她却偏偏忘了和他说一句考试加油。

一想起这回事儿，任佳心情越发沮丧，然而，想看见的人迟迟不曾出现，不想看见的人却很快出现在了她眼前——与其他列队而入的班级不同，徐锋和黄正奇那帮人没有跟着各自的班级，也没有排着队进入场馆，几乎横成了一道人墙。

任佳不自觉拧起了眉，她发现，高三下学期，致远楼的气氛愈加两极分化了，尽管大部分学生都是像九班众人这样，每日埋首于书，老老实实地进行着最后的冲刺,但也有那么一帮人,眼见即将毕业,便更加目中无人了。

　　黄正奇和徐锋自然就是后一种,尤其是黄正奇,自上次被家长带到九班闹了一通后,他像是急着要找回面子一般,经常和人起冲突。

　　俞灵是307宿舍里消息最灵通的一位,任佳曾听她提起过,有段时间,男生宿舍并不太平——自打进入高三,教务组便时不时在致远楼各层走廊上进行起了巡视,也正因为此,田径队那帮人放弃了三楼的杂物间,转而盯上了高一高二的人,把宿舍当成了"活动基地"。

　　也是在那晚任佳才知道,原来,远不止她,几乎整个年级的学生都知道,三楼那间凌乱的杂物间,就是徐锋他们作恶的场所。

　　可即使这样,大家也默契地选择了视而不见……

　　那边,徐锋已经坐到了队伍最前方,自来熟般抢过了身旁人手里的教材,拍了拍前方一个高二男生的脑袋。

　　回过头来的那个高二学生个子不高,戴着厚厚的平光镜,一副文质彬彬的模样,气质和杨瑜有几分相像。

　　就在那人瑟缩着回头的一瞬间,任佳猛地意识到,那段不愉快的回忆并未就此远去,她仍然记得那条暗无天日的小巷,记得巷子里的路有多窄,记得巷两侧的墙有多高,也记得徐锋扯下她校服外套时的笑有多狰狞,更记得他一脸嫌恶地捡起了地上皱皱巴巴的零钱时,嘲笑她的声音有多响亮。

　　一想到此,任佳心脏蓦地有些发紧,朝不远处那帮人看了几秒后,快速收回了视线。

　　演出已经要开始了,舞台上,悠扬的音乐逐渐淡入,第一个节目就是诗文朗诵,《劝学》。

　　"看这个?"大伙儿齐齐嘟囔,"看这个还不如早点放假呢……"

　　任佳也有些心不在焉,一看见那缓缓旋转的镁光灯,便想起了去年此时,她和陈岩并肩站在舞台上的景象。

　　不知过了多久,人群中爆发出了一阵分外夸张的掌声,任佳猛地回过神

431

来，才发现几个年轻老师居然也筹备了节目，此时此刻，他们是作为特别嘉宾在进行表演。

紧接着，一声熟悉的笑声传至了任佳耳畔，是姜悦。任佳立即应声望去，只见姜悦身边，一个身形高挑、背着画架的少年正和她缓缓朝前走着，步子迈得不疾不徐。

人群中即刻响起了一阵不小的骚动，低年级的学生们更是连特别表演也不看了，齐刷刷回过了头去看陈岩。

今日里，陈岩换回了自己的常服，忽明忽灭的灯光之中，他整个人挺拔锋利得如同即将出鞘的长剑一般，分外惹眼。

任佳当即起身，蹑手蹑脚地朝十七班的方向走去，然而才刚走出几步，"啪"一声，微弱的顶灯彻底熄灭，随着旋律优美的纯音乐淡入场馆，舞蹈表演拉开了帷幕，四周再次变成了漆黑的一片。

陈岩和姜悦走得很快，任佳一下失去了陈岩所在的方向，只得暂时坐了回去。

又过了片刻，红色幕布被逐渐拉上，舞台上的镁光灯再次旋转了起来，任佳的眼睛适应黑暗后，伸长脖子朝前方望了半晌，却始终没找到陈岩的身影。

"你知道十七班坐在哪儿吗？"任佳于是问起了前面的人。

"不知道。"她前方的男生摇了摇头，"我没注意。"

闻言，任佳点了点头，心想，还是得自己去找，只是，她刚刚转过半截身体，肩膀便碰到了硬邦邦的画架。

"我知道啊。"

如同簌簌的羽毛一般，陈岩的声音微不可闻地拂过了任佳耳畔。

任佳一瞬间绷紧了身体，动弹不得。

然而，像是刻意使着坏似的，黑暗里，陈岩再度朝任佳靠近了些许，低声道："带你去找？"

第十六章
我带你走

"路两边的风景飞速退后时,
任佳有种陈岩将与她奔赴天际尽头的错觉。" ♪

舞蹈表演结束,悠扬的音乐缓缓淡出,主持人走上了舞台。

震耳欲聋的欢呼声中,学生们忘情地鼓起了掌,没人注意到九班队伍最末端,紧张得不敢抬头的任佳。

过了几秒,任佳微微往后仰了仰身体,小声说道:"我以为你都已经走了……"

这话一出,身后便忽然没了声响,任佳等了几秒,刚一转过身去,陈岩叩起食指,不满地在她额上敲了一下。

说完,他迅速站起身来,不再言语。

任佳的心跳陡然加快了不少,她昂起头,借着暗淡的微光,对上了少年如夜般深邃的眼睛。

过了几秒,陈岩有些烦躁地抬了抬手,似是想揉揉任佳的头发,却又蓦然放轻了动作,如同蜻蜓点水一般,快速拢好了她脸颊的碎发:"想什么呢?当然得和你打声招呼再走。"

任佳一愣，终于记起了那句考试加油。

短短四个字，她说得格外郑重，早忘了刻意压低音量，因而，话音刚落，前排便有几颗脑袋飞速转向了后方。

"陈岩？陈岩在哪儿？"有人嘀咕了起来。

任佳稍稍坐直了身体，在心底暗叫不好，陈岩却答得自然："这里，路过来看看。"

话毕，他又和任佳无声说了句："走了？"

一说完，和以往一样，等到任佳点了点头，他才迈步走出了场馆。

陈岩走后，任佳忽视掉了前方几个男生分外疑惑的视线，安静地看起了所剩不多的几个节目。

最后一个节目竟和去年一样也是大合唱，不过学生们合唱的是中文歌，李叔同的经典曲目《送别》。

长亭外，古道边，芳草碧连天。

晚风拂柳笛声残，夕阳山外山。

随着旋律渐淡，红色幕布缓缓闭合，学生们彼此拉起手，朝台下来了个持续时间十几秒的深鞠躬。

距离毕业只剩一百天了……

刹那间，任佳猛然意识到这回事儿，只觉心底涌进了一股异样复杂的情绪，就仿佛，她能清晰地感受到，随着时间的前进即将落下帷幕的，远不只眼前少男少女的一场场歌舞，还有一些别的、短时间之内难以名状的东西。

幸而，骤然亮起的灯光驱散了任佳不合时宜的多愁善感。

明晃晃的顶灯之下，徐原丽高举着班牌，冲着九班众人大声道："现在可以回去喝口水或者上个厕所，二十分钟后在操场集合，认准我手里的班牌！"

她话音刚落,九班众人如鸟兽般四散开来,飞速冲出了场馆。

任佳则没什么特别的事情要做,准备直接去操场等大部队会合。

她一边走着,一边展开了口袋里小心折叠好的宣誓词,边走边默背了起来。

走出体育馆时,由于行人众多,任佳被推搡着踩了一脚,她脚下一吃痛,连忙把宣誓词重新放回了口袋,专心看路。

"对不起。"

有人含糊地道了声歉,任佳一抬起头,只见一个鼻青脸肿的男生朝她满是歉意地摆了摆手。

这人似乎有些眼熟,任佳下意识地上前一步,袖子却被人猛地往回扯了一下。

"任佳!"

闻言,任佳迷茫回过头去,只见扯住她衣袖的不是别人,正是许久不见的杨瑜。

杨瑜不放心地朝四周围张望了一圈,继而一脸紧张地压低了声音:"任佳,这事儿你千万别管!"

身旁仍有不少人在来来去去,任佳不动声色地往侧门边让了一步,心里已经反应过来,刚刚不小心踩到她的那个人,就是先前她刚进场馆时所看见的、戴着厚镜片的低年级男生……

而就在短短两个小时之前,他分明还不是如今这副一脸青紫的模样。

找了个角落重新系好鞋带后,任佳转身走出场馆,缓慢蹲在花坛前,擦起了鞋上那片面积不小的污黑。一看见那片触目惊心的污迹,任佳心里就只剩下了心疼,再也无暇顾及其他。

毕竟,这是胡雨芝特意送她的生日礼物,而对于胡雨芝而言,这双鞋可不便宜。擦着擦着,任佳蓦地烦躁了起来,而下一秒,她视线之中忽然出现了一只指尖紧张到发颤的手。

"用这个吧。"杨瑜小声道,"湿纸巾擦得更干净一点。"

道过谢后,任佳接过杨瑜手中的湿纸巾,仔仔细细地擦起了鞋面上的那片污渍,与此同时,几声熟悉的笑声传来,杨瑜连忙往任佳身前走近一步,紧张兮兮地挡住了她的视线。

那群人的脚步声越来越近了,任佳眼皮都没抬一下,手上却渐渐用上了几分力气。

杨瑜像是生怕任佳会冲出去似的,压低了声音道:"教务组查得严,徐锋他们已经不敢在高三惹事了,盯上的都是低年级的人。"

任佳没多说什么,只安静听着。

杨瑜继续:"但你还是……还是尽量别惹他们,他们上学期和二中一帮人混在一起了,就算不在学校里惹事,在校外也不好防范,你还记得你刚来的时候吗?那天要不是有陈岩……"

说到此,杨瑜一下噤了声,而任佳动作亦是一顿,情绪一下子沉了下去。

见状,杨瑜又重新拿出一张尚未拆封的湿纸巾递给了任佳:"陈岩这段时间不在学校,所以我才特意来提醒……"

而任佳直接打断了他:"所以才特意来提醒我别多管闲事?"

杨瑜似是没想到任佳语气会这么冷,一瞬间变得有些无措,而任佳已经悠悠抬起了头,面无表情道:"杨瑜,你为什么觉得我还会像以前一样,尽做些吃力不讨好的事情?"

闻言,杨瑜的神情即刻变得有些愧疚,嘴唇无声翕动了片刻,而任佳已经重新站直了身体:"不管怎样,谢谢你的好意。"

话毕,她就利落绕开了杨瑜,径直朝前而去了。

走出几步,出乎任佳意料的是,徐锋和黄正奇那伙人并未走远,此时此刻,他们正站在不远处的树荫之下,冷冷盯着准备前往操场的她。

与徐锋不同,一眨也不眨地盯着人看时,黄正奇的眼神算不上有多凶狠,却无端透出了一股能催起人一身鸡皮疙瘩的生冷,阴恻恻的,叫任佳觉得很不舒服。

那种被人从头到脚——打量的怪异感再度涌上了心头，任佳加快步伐朝前走去，毫不意外地听见了几声夸张的嗤笑。

这几声嗤笑对她而言根本不痛不痒，任佳目不斜视地望着前方，步速不减。

然而，朝前走出几步后，任佳清楚地看见了黄正奇神秘兮兮地和徐锋说了几句话，他声音有意无意地压低了些许，朝黄正奇做了一个讪笑着数钱的滑稽动作。

这一动作让任佳莫名就想起了昔日里常年奔波的胡雨芝，刹那间，像是被人突然抽走了一部分神思一般，猛地停下了步伐。

杨瑜立刻跟了上去，朝任佳用力摇起了头。

任佳却没有理会，定了定神后，她不发一言地转过身去，视线锁定在了黄正奇身上。

与此同时，就在任佳视线尽头，徐原丽不知何时从公告栏边拐了出来："任佳，我正找你有事儿呢！"

"走吧。"黄正奇身旁，徐锋也听见了徐原丽的声音，朝他冷笑道，"你眼前这位可不是好惹的主，小心她转头就去找班主任告状。"

话毕，一群人不约而同地转过身去，浩浩荡荡地走向了操场。

同一时间，徐原丽已经走到了任佳身旁，伸出手帮她正了正衣领。

记忆里，班主任鲜对学生有过如此亲近的举动，任佳点头看着自己的衣领，一时没反应过来。

徐原丽则笑得挺开心："任佳，这次百日宣誓你记得别往班里站，一会儿去操场你就知道了，主席台下、正对着老校长的位置也竖了个话筒，到时候你站在那里就好。"

她话音刚落，就在任佳身前，没走出几步远的黄正奇猛地回过了头。

"任佳？"徐原丽又叫了一声，"听见了吗？"

任佳缓慢回神，注意到了黄正奇非比寻常的反应，凝神留意起了他的动作。

徐原丽只当任佳有些紧张，进一步解释道："是这样的任佳，按照前海一中的惯例，每年都会有一个学生作为优秀学生代表，站在全校方阵的最前方进行宣誓，这可是难得的荣誉，我和办公室几个老师商量了一下，一致觉得你最合适。"

这番话徐原丽说得不疾不徐，黄正奇的脸色一瞬间更苍白了，垂在身侧的两只手更是紧紧握成了拳，就连青筋都绽了出来。

"记住了吗？"徐原丽又不放心地确认了一遍。

"谢谢老师。"任佳目睹眼前的一切，不动声色地收回了视线，"我记住了。"

徐原丽今日要在全校师生前作为教师代表发表讲话，返回办公室去拿演讲稿之前，她将手里的班牌塞给了任佳。

徐原丽一离开，黄正奇的存在感便更加强烈了——不知为何，黄正奇直到最后一刻都没随着徐锋那伙人一起离开，自听见徐原丽那番话后，便格外阴沉地盯起了任佳，再没挪过半步。

任佳拿着班牌往前走着，原本，她是想找黄正奇去问个清楚，他刻意做给她看的动作究竟是什么意思。然而此时此刻，一看清黄正奇那张妒意满满的脸，任佳便只觉索然无味，就连随着徐原丽的话而冒出头的那点儿可以称之为稀奇的胜利感也烟消云散，懒得再与他过多纠缠。

妈妈不过是去过二中小吃街几次而已……

任佳在心底安慰起了自己，那伙人根本都没见过她，又怎么可能意有所指？

这样想着，任佳心情才终于放松了些许，再度加快了步伐。

迎风飘扬的红幅下，任佳站在正对主席台的位置，每个路过的人都没忍住朝她多看了几眼。

随着操场越发热闹，看向任佳的眼神也渐渐多了起来，任佳硬着头皮摆弄着话筒,仍然没有搞明白为什么站在这个位置的是她而不是裴书意,毕竟,就在上一次考试中,裴书意还是高居榜首。

这时,许茹和八班一群女生出现在了任佳眼前。一看见任佳,许茹就分外夸张地和她招了招手。

任佳朝许茹一笑,许茹立刻回过了头,和周围一群女生高声介绍了起来。

"看见了吗?任佳就在那儿!正对着主席台的位置!"

"是呀,我最近放学都在和她一起回宿舍。"

"不过是室友?你这是说的什么话?我和任佳当然也是好朋友!"

这几句话许茹说得激动极了,闻言,任佳心下一暖,却又觉得有些不好意思,只好装作若无其事的模样,故作自然地看起了风景。

不想,许茹刚走,一声分外嘹亮的"偶像"又炸响在了任佳耳畔……

想都不用想,是冯远……

任佳嘴角一抽,正犹豫着要不要回头,冯远、谢晓曼、何思凝、旁胜等一干人已经率先围住了她。

"任佳。"何思凝沉重道,"你紧张吗?"

任佳迷茫地摇了摇头。

旁胜立刻哼哼出声:"早跟你说了吧何思凝,瞎担心个什么劲?对我佳姐来说,这都是小场面!"

"什么时候成了你'佳姐'了?"何思凝白了旁胜一眼,"我只是突然想起了任佳刚来我们班时做自我介绍的样子,怕她在全校师生面前吓得背过气去!"

她话音刚落,任佳猛地咳了起来。

谢晓曼于是责怪地瞥了眼何思凝:"何思凝,这种黑历史还是少提一点好,要不然,任佳很有可能先被你吓得背过气去。"

闻言,任佳简直哭笑不得,很是配合地解释了起来:"别担心,我现在已经没你们想的那么容易背过气去了……"

原本，任佳确实有一点儿紧张，可经过何思凝等人这么一打岔，她反而放松了不少。

众人说说笑笑着往九班队伍里走时，任佳的目光没忍住跟了过去，再回过头时，看见红幅上那硕大的数字"100"，又是微微一怔，有史以来第一次，心底竟生出了几丝愈演愈绵长的不舍……

朝那壮气凌云的红幅标语看了一会儿后，任佳低下头拆开湿纸巾，分外认真地擦起了班牌上的细小黑渍，却不想，擦完之际，刚一抬起头，她就望见了升旗台前一脸阴鸷的黄正奇。

这一次，黄正奇没再盯着她看，而是一言不发地盯起了她紧紧握在手里的九班班牌。

任佳突然想起了开学之际，黄正奇的父母不但找到了李主任，央求李主任让他回到九班，还带着他去到了九班的走廊上，当着徐原丽和九班众人的面大闹了一番，直骂他没本事……

一想到此，任佳实在忍不住，心底飘出了几丝复杂的同情，黄正奇却仍然盯着她手中班牌上的"九班"两个大字，像是被抽掉了魂魄似的，一步一步走向了她。

同一时间，在任佳身后的队伍里，站在第一排的谢晓曼察觉到了黄正奇的不对劲，不放心地喊了声任佳的名字。

任佳转身笑了笑，摆了摆手示意自己没什么事情，可她身体还没转回去，黄正奇的下一句话便轻飘飘地钻进了耳朵里。

听清那句话的瞬间，"砰"一声，好不容易被擦得纤尘不染的班牌一下砸在了地上，尘土飞扬。

一时间，九班众人一拥而上，有人率先捡起了地上的班牌，也有人朝状态怪异的黄正奇投去了格外疑惑的一瞥，本能地觉得不大对劲。

人群之中，独独任佳安静到了近乎诡异的地步，只微微低着头，并不开口说话。

下一秒，黄正奇又朝她逼近了一步："我说错了吗？在二中夜市街守着那个破烂小摊东奔西窜的女人，不就是你妈妈吗？"

闻言，任佳动作僵硬地抬起头，继而转身，条件反射般瞥了眼十七班所在的位置，心里竟生出了几丝飘忽的庆幸。

幸好陈岩离校得早，要是他今天也站在这个地方，听见了黄正奇这一箩筐的烂话，大抵不会像她这般好脾气。

正想着，黄正奇却像是急于赢得最后一轮牌局的赌徒一般，再度迈步上前，死死盯着任佳的的眼睛，不依不饶地说了下去："我那天见到她时，她脚上还踩着双和你一模一样的鞋，不过可比你这双看着廉价多了……你妈妈不会是连双山寨鞋都舍不得丢，就着你不要的物件凑合穿吧？"

最后这句话一出，率先围拢的几人不约而同地屏住了呼吸，而在这寂静之中，任佳深深吸进了一口气。

黄正奇以为她要发作，将心头浮起的几丝窘迫给悉数压了下去。

但任佳只是扬了扬嘴角，兀地笑了。

"黄正奇，你不回你自己的班里去吗？"

率先打破沉默的是何思凝，她一开口，九班其余人也跟着上前一步，皱着眉隔开了黄正奇。

众人默契地将任佳拦在了身后，而她已接过了不知是谁顺手递来的班牌，再一次低下头去，认真擦起了其上新沾的几点污渍。

瞧见眼前这和睦友好的景象，黄正奇脸色更难看了，看着看着，他额上青筋重重一跳，刚想开口，隔壁班有人忽然嘀咕了一句"李主任好像过来了"……

不远处，李屹良已经在学生队伍中踱起了步子，眼看就要朝九班走来。

他一出现，围上前的人又老老实实地退回到了队伍之中，黄正奇身体率先做出决断，也不自觉跟着往后退了一步，面上闪过了一丝不易察觉的慌乱。

任佳仍在不紧不慢地擦着手里的班牌，偶一抬头，便将他各种细微的神

441

情尽收眼底，淡淡道："我还以为你不会怕。"

然而，就是这个尾音轻扬的怕字，让黄正奇牙关一紧，骤然逼近至了任佳前方。

接下来，像是什么也顾不上了似的，黄正奇恶狠狠喘着粗气，破口大骂道："就算你留在九班又能怎么样？就算你考到年级前几名又能怎么样？一个破地方转来的穷鬼、一个唯唯诺诺的摊贩的女儿……你不会真以为会有人羡慕你吧？"

随着黄正奇的斥问接连落下，任佳周围那一方小小的空间再次被无尽的沉默所填充。

但任佳见他神情激动，非但并不生气，眼神里更是自然流露出了几丝近乎可以被称之为客气的神色："黄正奇，你知道学校综合楼常年开设有心理咨询室吗？"

黄正奇明显愣了一下。

任佳这才落定视线，意味深长地指了指综合楼方向："我建议你找个时间去上一趟。"

黄正奇离开时，任佳仍面无表情地注视着前方，缩进袖子里的右手却不受控地颤抖了起来。

她没有输给黄正奇……

于是，随着暗处那只手抖得越来越厉害，任佳用力闭了闭眼，在心底不断重复起了这同样的一句话，她一点都没有输给黄正奇。

不知过了多久，一阵犹如铁丝刮过黑板的尖厉声响骤然响起，这声音仿佛拖着尾带一般，在偌大的操场上回荡了起来。

捂住耳朵后，学生们齐刷刷昂起头，只见主席台上，调试话筒声音的教务组老师抱歉地摆了摆手，将桌上的手机离远了那一排话筒，紧接着，又开始在长桌上摆起了矿泉水……

而同一时间，老校长已经缓缓走上了讲台，眼含笑意地落了坐。

前海一中老校长其实许多年前就已退了休，只是又被数次返聘而来，到如今，虽已又处于半退休状态，但每一年的这个时候，都一定会出现在学校里。

终于，高三年级的百日宣誓大会就要正式开始了，放眼望去，学生们面朝主席台，站得分外笔挺。

而任佳看见黄正奇彻底消失在了视线里，却似后知后觉想起了什么一般，微微皱着眉低下头去，盯起了脚上那双被踩了一脚的运动鞋。

"任佳？"

李屹良走至任佳身旁时，发现她过于紧绷，不由得停下了步伐。

任佳却没立即应声，眉头仍紧紧拧着，思绪仿佛已飘至了千里万里以外的地方。

见状，李屹良叹息着摇了摇头，望向了她身后队伍里的裴书意。

而就在二人擦肩而过的瞬间，任佳似是被人勒住了脖子一般骤然回神，紧接着，又在李屹良一贯严肃的注视下，回身将班牌交给何思凝，一边大喘着气，一边大步走向了黄正奇所在的十六班。

任佳出现在十六班队伍里时，人群中响起了一阵不小的喧哗，似是都没有想到她会在这个节骨眼出现在其余班里。

"你疯了？"看见任佳，黄正奇倒吸一口凉气，下意识环视了一圈。

任佳则开门见山："我妈妈胳膊上的那片青紫和你有没有关系？"

——上个学期，任佳送胡雨芝回桃江岛时，曾亲眼见到她胳膊上多出了一片青紫，而任佳直到现在还记得，那天她和胡雨芝问起这回事儿时，胡雨芝回答得很是含糊。

一想到那片触目惊心的淤青，任佳的嗓子里就带上了几丝藏不住的颤音，再度重复了一遍："我就问你这一个问题，有没有关系？"

许是这样的任佳实在有些不同寻常，黄正奇嘴唇动了动，没能立即发出声音。

任佳却骤然提高了音量："说啊！"

黄正奇被吼得肩膀一抖，紧接着，似是不想丢了面子一般，也跟着吼了回去："有关系又怎么样？她一个东躲西藏的摊贩有什么资格教训我们？花了钱的就是爷！我们花钱买了东西，觉得不好吃，扔在她面前踩几脚又怎么了？再说了，当时推了她一把的可不是我，而是徐锋！"

提到"徐锋"两个字时，黄正奇嘴角一咧，仿佛笃定任佳不敢去找他似的，神情瞬间嚣张了不少："怎么，你要去找徐锋去讨公道？"

闻言，任佳简短一点头："行，徐锋。"

这话一出，黄正奇不可置信地拧起了眉，然而才刚咬着牙说出一个"你"字，却又讪讪退后一步，重新站回到了队伍里。

不远处，李屹良不知何时出现在了十六班队伍前，此时此刻，他已经一连掠过了好几个人，火急火燎地向黄正奇和任佳赶了过来。

任佳也回头看了李屹良一眼，神情却没有丝毫的变化。

再次看向黄正奇时，她不疾不徐道："但得先把我们的账算清楚。"

说着，她抿着唇环视了一圈，到最后，视线竟落在了主席台上。

"你要干什么？"黄正奇没来由紧张了起来。

而任佳看也不看他，一双眼睛越发通红，风驰电掣地走向了主席台。

"那是九班的任佳？她要干什么？"

"我的天……她那是什么表情？"

"不知道，任佳怎么往主席台去了？"

经过一个个神情无比诧异的学生、听闻那一声声或尖锐或低沉的议论时，任佳也问起了自己同样的问题——你到底要干什么？

而她根本无法给出回答，她只是本能地感到再也压不住心底的愤怒，本能地感到自己变成了一座即将喷薄的火山。

走上主席台，从桌旁的纸箱中拿出一瓶矿泉水时，任佳听见，操场上的喧哗声已经盖过了李屹良问询。

紧接着，又有人叫了一声她的名字，那声音划破了嘈嘈切切的高低议论，像是徐原丽，又像是姜悦，而任佳已经无心辨认。

重新走向十六班时，任佳边走边旋开了手中的瓶盖，她旋瓶盖的动作非常用力，以至于听见了指关节"咯咯"作响的声音。

站定在黄正奇面前，任佳干脆利落地伸出手，将手里的水猛地翻转了过来。

"哗啦"一声，一整瓶水从黄正奇头顶悉数泄下，十六班陷入了死一般的诡异寂静。

紧接着，一阵更加激烈的喧哗骤然爆发，终于到达任佳身旁的李屹良一把拦住了她："你干什么？"

任佳并不说话，重新旋好了手中空瓶的瓶盖后，退后一步，凝望起了黄正奇。

黄正奇头发全湿，校服领口正往下"滴答滴答"淌着水，面上满是错愕。

有那么一秒，任佳觉得自己有些过分。

但也只有一秒而已，因为她清楚地知道，比起他们做过的那些，她这点儿根本像是在过家家。

不过李屹良显然不这么认为，尤其是在这个节骨眼，宣誓大会即将举行，其意义对高三学生有多重要，不言自明。

焦躁得在原地踱了几圈后，他气得声音都不成调了："任佳，不要以为你成绩好就可以为所欲为。"

任佳却置若罔闻，盯着眼前落汤鸡般的黄正奇。开口时，她声音不大，每一个字却都清清楚楚："三本练习册，两沓试卷，一本书——还记得吗？高二下学期换座位的那一次，你打翻了我桌上一瓶水，毁掉了我桌面上一半的书。"

黄正奇怔怔摸了摸湿了个彻底的校服领口，不知是由于心虚，还是由于震惊，没能发出一丁点儿声音。

听闻任佳的话，李屹良狠狠剜了眼一言不发的黄正奇，将他拉至一侧后刚准备问话，任佳竟已干脆利落地掉头而去，转向了徐锋所在的方向。

445

李屹良立刻追去几步，一瞥见主席台上的老校长站了起来，又头疼地停下了步伐，对身边的另一个年轻老师沉声道："发什么呆？赶紧去追啊！"

循着记忆，向徐锋所在的班级迈大步而去时，任佳的眼泪没忍住淌了下来。

脸颊一感受到那冰冷的触感，任佳立刻用力抹了两把眼泪，力气大到眼角的皮肤都被扯得分外刺痛。

还有四分钟，任佳一边走着，一边抬头看了眼综合楼楼顶那面硕大的钟表，心想，距离宣誓大会正式开始还有四分钟，她要在四分钟内找到徐锋，把话问清楚。

看见任佳迎面而来时，手握班牌的杨瑜下意识回过头去，朝队伍最末端的徐锋瞥了一眼，紧接着，他似是意识到了什么一般，朝任佳拼命摇起了头。

而任佳步伐不停，杨瑜只得快步追了上去："任佳你别冲动！马上就要高考了！不值得！"

"高考"两个字一出，任佳身形微微一晃，有一瞬的停滞，下一秒却越发坚定，陡然加快了步伐。

"为什么？"

对着徐锋问出这三个字时，任佳自己都觉得无比可笑。

徐锋原本还不嫌事儿大地看着热闹，直到这一刻才意识到事情与自己有关，脸上的笑意收敛了几分。

另一侧，李屹良叫来了几个实习老师，让他们把黄正奇带走，去处理他落汤鸡般的脑袋，说话间，频频回头看向徐锋所在方向，终于意识到了事情的背后还有着许多的弯弯绕绕，无比焦灼地揉了揉脑袋。

而同一时间，任佳又已朝徐锋逼近了几步，自顾自说了下去："你不知道为什么吗？那我来告诉你——是因为她个子不高、灰头土脸、和你们说话时习惯性满脸堆笑？还是因为她身上的围裙已经旧得看不出年头，普通话也说得不算标准？又或者是因为她推着辆破破烂烂的小推车、踩着双在你们看来分外可笑的山寨鞋？总之，她一看就是处在这个社会最底层的那一些人，任谁随手推上一把都无关紧要，对吧？"

徐锋哑然一瞬，快速扫了眼一脸猪肝色的李屹良，似想辩解，任佳却压根没给他机会，冷笑出声道："再加上你还从黄正奇那儿得知了她是我妈妈。"

说话时，任佳看见徐原丽已经大喘着气朝她跑了过来，更看见了徐原丽眼中无比浓厚的失望，猛然间想到了一年之前，徐原丽来看望胡雨芝时，胡雨芝即使是在病床上也是一副唯唯诺诺的讨好模样，鼻头不由得一酸。

徐原丽高声喊了声任佳的名字，让她立刻回班，李屹良则已然有些控制不住，朝徐原丽厉声道："让徐锋和她都给我回办公室去写检讨！等着我的通报批评！"

而他话音刚落，任佳竟陡然上前，用尽全力推了徐锋一把，徐锋根本没有想到任佳会堂而皇之地动手，更没有想到她会在李屹良眼皮子用上这么大的力气，因而全然没有防备，往后踉跄了一步。

瞧见任佳竟比徐锋还要气焰嚣张，李屹良猛地冲上前，气得话都结巴了起来："你、你……你简直无法无天！"

"无法无天的不是我！"任佳的情绪被燃至顶点，彻底爆发，"致远楼三楼的杂物间里，高一高二年级的宿舍楼里，学校南边的小巷子里，甚至就在今天，就在今天灯光暗下来后的体育场里，他们骂人、扇人巴掌……为什么没有被通报批评？"

李屹良一愣，被这连珠炮似的一串逼问吼蒙了两秒，不由自主回过头去，与十六班的班主任面面相觑。

"你不相信？"见状，任佳短促点了点头，回神寻找起了杨瑜的身影，然而，和杨瑜视线对上的那一秒，他竟快速低下了头，怔怔往后退了几步。

霎时，任佳只觉被人捏着喉咙灌进了一碗黄连一般，五脏六腑都漫出了一片浓郁的苦。

致远楼。

除了一位年轻的实习女老师外，五楼教师办公室里没有其他人，任佳压抑着面上的酸楚，大步流星走进办公室，在实习老师诧异的目光中从校服口袋里拿出了宣誓词，紧接着，又将皱皱巴巴的宣誓词展开成 A4 纸，在其背面的空白处"唰唰唰"写起了字。

写完，任佳利落放下了手里的笔。

"老师，我可以用一下办公室的复印机吗？"

"当然可以。"

一片哗声中，一张张 A4 纸被复印机不间断地吐了出来。

将复印好的纸张叠放整齐时，任佳的右手仍然颤得厉害，年轻的实习老师不放心地朝她多看了几眼，问："你怎么没去操场上参加百日宣誓？"

任佳轻声回答："李主任让我在办公室等他。"

说话时，她情绪明显不佳，脊背却依然挺得僵直，像是早已疲惫至极，却仍不允许自己哪怕有一丝一毫的松懈一般，整个人透出了一股怪异的用力感。

见状，年轻老师只以为她没休息好，关切道："高三冲刺很重要，一定要注意劳逸结合。"

任佳点了点头，轻声道过谢后，拿起了那十来张复印好的 A4 纸，头也不回地走出了办公室。

任佳离开时，高三年级学生们慷慨激昂的宣誓声已经整齐划一地飘荡在了前海一中上空，而她步伐不停，用力攥着手里轻飘飘的纸张跑到楼梯口处，从最顶层下到第一层，在每一层的楼梯口处，分外机械地贴上了她亲手写下的"通报批评"。

这一张张由她亲手写下的"通报批评"上没有标准格式、没有打印字体，更没有权威红章，除开寥寥数语的正文外，最后一行便只有一个简简单单二字署名：任佳。

任佳从未有哪一刻觉得自己如此幼稚可笑过,却也从未有哪一刻像现在这样,决绝到完全不想考虑任何后果、只想尽情释放心底压抑许久的愤恨。

被踩脏的校服、被钳住的双手、被攥住的脖子……

她仍然记得那些不讲道理的恶意,仍然记得那些居高临下的轻蔑,既然李主任说了,今天的事将会在全校番外内通报一次,那她就要在自己的名字再度将被贴得尽人皆知前,让"徐锋"这两个字的名号再响上几分。

在第一层楼梯口贴完最后一张 A4 纸时,回荡在前海一中上空的声音已经消失不见,任佳绷紧的脊背骤然松踏,一时之间,竟不知该去哪里。

最终,她精疲力竭地回到了五楼,鬼使神差地,留下了一张字条,从徐原丽的办公桌里暂时拿回了自己的手机。

李屹良说会在综合楼的教务组等着她,事已至此,还要去吗?

她一边想着,昏昏沉沉地走下楼去,还没反应过来,便走到了十七班后窗边。

陈岩的座位空荡荡的,显然已被收拾了一番。

直到这一刻,看见眼前忽然落寞下去的空座位,任佳才终于有了一种,这一天所发生的一切并不是一场荒唐噩梦的实感,陡然间有些快要抵挡不住。

深吸一口气后,她倾身扶住了窗沿,将半边身体的重量都撑在了窗边。

再然后,她就看见了陈岩桌内露出小半截的那幅画。

刹那间,纷杂的声音仿佛一瞬间远去,任佳已经意识到了那是什么。

是烟花。

是陈岩除夕那天画给她的,那漆黑渺远的海上夜空中、如同流火般璀璨夺目的烟花。

又过了半晌,任佳深吸一口气,刚转身朝楼梯口迈出一步,却又倏地感到了一阵莫大的恐惧。

楼下响起了阵阵脚步声,飘荡在前海一中上空的昂扬人声已然散去,高三学生们正说说笑笑地向致远走了过来。

紧接着，任佳想也不想就拐进了二楼杂物间，将自己反锁在了杂物间里。

漆黑一片的杂物间内，任佳摸出手机，看清手机已经没多少电了。

原本，鼻头的酸涩好不容易被她压回去，情绪也终于收拾妥帖，可是，一点进通讯录，看见屏幕最上方那简简单单的"妈妈"两个字，她自以为平静的情绪又骤然间汹涌了不少。

一声嘟响过后，电话很快就被接通了。

胡雨芝一接起电话就"咦"了一声，似是对任佳会这个时候打来很是惊讶。

任佳还不等她开口就解释了起来，表示这周不是上六休一，明天还有其他学校的老师来交流，所以高三年级举行完百日宣誓大会就可以提前放假了。

至于剩下的第八节班会课，任佳并没有对胡雨芝提起。

电话那头，胡雨芝自然没听出任佳过于平静的谎，连连表示她知道高三一定很累，让她千万多休息好。

任佳也跟着笑，很想问胡雨芝最近怎么样，然而刚一开口，喉咙却像是被人揪住了一般，几乎就要暴露出沙哑的腔调。

"怎么了？"胡雨芝还是察觉出了她的不寻常。

任佳于是迅速捂住听筒，将手机拉到最远，而后深深地、深深地吸进了一口长气，紧接着，又若无其事地笑道："没什么。"

"是我的错觉吗？"胡雨芝咕哝了一句，"总觉得你个小鬼有话要问。"

任佳笑了笑，过了几秒，似梦呓一般，很轻地叫了一句妈妈。

"到底怎么了？"胡雨芝笑，"这么大了还撒娇。"

任佳于是将脑袋埋得深了几分，一边任由面上的眼泪肆意奔淌，一边小声笑道："只是想给你打个电话而已。"

杂物间里尽是打扫工具，报废的比能用的多上不少，无一例外散发着淡淡的铁锈味，刺鼻而陈旧。

这地方太过逼仄，长时间被堆积的灰尘所浸韵，空气仿佛也陈旧了起来。

一通电话结束，手机电量几乎见底，任佳熄灭屏幕，听见走廊上传来了阵阵脚步声，又听见自己的名字如同头条新闻一般，在被不同的人以各种语气一次次提起，没能第一时间走出去。

此时此刻，冲动退去，愤怒退去，羞耻感和委屈感便缓缓来袭。

在黑暗中静坐片刻后，任佳点开了和陈岩沉寂已久的聊天界面，朝着陈岩那一句简简单单的"新年快乐"看了半晌，终于再也压不住情绪，将头深深埋在膝盖里，极其压抑地哭出了声。

她打给了他。

然而，就在通话提示弹出的第一秒，任佳一怔，又手忙脚乱地拿远了话筒。

出乎意料的是，电话刚一被接起，任佳就听见了风声，那是一种以极快的速度行驶在路上时才能听到的，极其汹涌的、近乎爆裂的风声。

任佳懵懂地喊了声陈岩的名字，然而，她的手机电量早已告罄，陈岩二字刚一出口，屏幕便也彻彻底底地黑了下去。

00：02。

这通极其不真实的通话才持续了两秒，转瞬之间，黑暗逼仄的杂物间又陷入了一片沉寂。

最后一节上课铃声打响后，任佳终于起身，摸着黑打开了杂物间的门，开始朝五楼办公室走。

路过十七班后门时，她瞥见了讲台上正布置着作业的姜悦，立即转过身去，绕远路走向了走廊另一边的楼梯。

面色苍白、头发散乱、眼眶通红，校服上也沾上了一层厚厚的灰……

任佳早在路过杂物间玻璃时就看见了自己的样子，因而边走边放下了头发，准备重新梳理，却不想，到达楼梯口时，她一眼就看见了李屹良和徐原丽。

"唰"一声，李屹良黑着脸撕下了墙上那张"通报批评"，撕完一回头，就看见了披头散发的任佳："这是你干的？"

他想骂人，然而看见任佳双眼通红，整个人的状态极不对劲，终究是压

451

下了递到喉边的重话,问:"任佳,有什么事是不能和老师、家长好好说,一起协商处理的?"

一边说着,他开始一张一张撕起了墙上的"通报批评",任佳无比冷静地看着他,仿佛失望透顶,并不说话。

见状,徐原丽连忙上前一步:"任佳,你先回教室,下课后我来找你。"

这一节课过得无比缓慢。

任佳走进九班后,前排时不时有人回头,几次三番看向了她——尽管,任佳自始至终都不曾抬头,仍然能感受到那经久不散的视线。

期间,徐原丽从走廊上经过一次,却没有走进教室,只是担忧地朝任佳多看了几眼。

下课铃声打响时,任佳像是活过来了一般猛地抬起头,紧接着,在前方一大批人齐刷刷回过头时,腾地站了起来,一言不发地走出了教室。

教室外的目光却比教室内的目光还要来得更难抵御。

从五楼匆匆而下时,任佳努力维持住了那副面无表情的姿态,只是在经过三楼,听见几个人笑着谈起她时,身体莫名一僵。

"就是她,差点毁了今天的百日宣誓、让老校长下不来台……"

一句话,让任佳步伐一顿,一瞬间忘了前行的方向。

她骤然回头,却不承想,看着她的那几个人也齐齐往后退了一步,同一时间噤了声。

任佳不明所以,顺着眼前几人的视线回头望去,只见地上那张轻飘飘的"通报批评"已经被人捡起,轻而郑重地放在了一旁的窗沿上。

刹那之间,整条走廊都安静了下来,只有少数几个人不确定地咕哝了一声:"校长?"

老校长不露自威,严肃地盯着任佳身后的几人,几秒后,他忽然收回视线,朝任佳笑了笑:"我相信一种说法,字如其人——孩子,你写得一手好字。"

老校长离开后，任佳在原地愣了许久才继续朝前。

周遭看热闹的人少了许多，尽管仍倍感虚脱，此时此刻，她却忽然不害怕继续往前，觉得自己捡回了几许微小的力气。

可任佳没想到，才朝前走出几步，就看见了正朝她迎面而来的徐锋。

"哟！这不是任佳吗？你还会贴大字报啦？"

看见任佳，徐锋扯着嗓子喊了一句，刹那之间，整个走廊上的人都听见了这嗓音洪亮的诘问。

这话一出，任佳痉挛般吸进了一口冷气，那点儿好不容易拾回的力气顷刻间飘散至尽。

从被污蔑作弊、到被破坏答题纸……过去一年间所有的嗤笑忽然不再飘忽，而是随着方才那格外刺耳的几个字，从她的四肢百骸上毫不留情地碾了过去。

短促而痉挛地吸进一口气后，任佳继续向前，却不料，徐锋仍然没有停下来的打算。

"怎么不说话？你不是挺能耐吗？"徐锋又喊了一句，然而话还没说几句，忽然反常地不再继续，皱着眉往后退了一步。

同一时间，整条走廊都安静了下来，只有少数几个人不确定地咕哝了一声："陈岩？"

听见"陈岩"两个字，任佳猛然回过头去，只见不远处，陈岩安安静静地看着她，像是从来就没离开过。

看清任佳脸颊的泪痕后，陈岩随手扔掉了肩上的画架，大步流星地朝她而去，仿佛是怕惊动什么一般，就连呼吸都已敛去了几分。

紧接着，他不发一言地拢了拢她肩上的衣领。

任佳感受到了陈岩指尖颤动的频率，心底升起了一股莫名恐慌的巨大不安定感。

"你怎么在这里？"

而陈岩没有回答，伸出双手捏住任佳的肩膀后，微微用力将她向后扳去，紧接着，分外艰难地说出了两个字："别看。"

闻言，任佳头皮一颤，只觉陈岩的喉咙似是被什么极其锋利的东西割过了一遭似的，沙哑含混到了极点。

肩上重量离去的那一秒，任佳瞬间意识到了陈岩要做什么，紧接着，她几乎是吼着转过了身体："拦住他！"

可她还是迟了一步，陈岩太快了，像是在经年累月下才得以冲破牢笼一般，猛地向徐锋冲了过去。

这还是第一次，任佳亲眼看见一个这样的陈岩……

尽管听纪行迟提起过，她仍有一秒忘了呼吸。

宛若又回到了那条无尽荒芜的公路上，这一刻，规则与秩序在少年身上轰然倒塌。

陈岩揪起徐锋的衣领，几个男生顿感大事不妙，迅速围了上去劝架。

同一楼层的老师已经听闻动静赶了过来，任佳奋力拨开人群，竭尽全力吼了一声："陈岩！"

直到这时，陈岩才像是终于回到了现实世界一般，猛地停了下来。

任佳红着眼向他冲了过去，陈岩却率先跨出一步拦住了她，伸手捧起了任佳的脸。

"没事的。"陈岩近乎慌张地捧起了她的脸，"别哭。"

徐锋的速度比陈岩慢上许多，陈岩离开的刹那，男生们早已蜂拥而上，手忙脚乱地将他按在了地上。

任佳两只手已经不受控地发起了抖："陈岩，你有比他们好上一百倍的前程，不值得的。"

陈岩仍手忙脚乱地帮她擦着眼泪："我心里有数，你别害怕。"

说这话时，他伸手揉了揉任佳的头发。顷刻间，任佳只觉心里某堵高高立起的城墙轰然倒塌，再也控制不住汹涌的泪意，第一次当着所有人的面，像个小孩般低下头去，大口大口喘着气，极其难过地抽噎了起来："陈岩，我不想他们都看着我……"

"好。"陈岩立刻牵起了任佳的手,"我带你走。"

走出校门,任佳才知道电话中那呼啸的风声有何而来。

马路对面,一辆出租车停在路边,陈岩带着任佳径直上前,和司机说了句"久等了"。

任佳没问他为何会突然返回,只不安道:"陈岩,你考试怎么办?"

"来得及。"陈岩一边说着,一边撩起了任佳额角的碎发,"原本就是提前过去。"

话毕,陈岩坐进车里,替任佳系好了安全带。

晚间许是有雨,黄昏初至,空气中便氤上了几丝潮湿的气息。

车窗外,大片的乌云占据了半边天幕,另一侧却是如梦幻般不甚真实的绛红色流云,浓郁的绛红与黑灰像是两条无边无际的绶带,路两边的风景飞速退后时,任佳有种陈岩将与她奔赴天际尽头的错觉。

垂下眼眸,任佳看清陈岩青筋突起的手背,记起了他挥拳而去时砸在墙上的力道,不发一言地在他肩上轻拍了两下,似是无言的安慰。

而出乎她意料的是,少年似乎仍绷着一根弦,身体如生铁一般紧绷。

落日时分的老街还很安静。

下了车,任佳跟着陈岩深一脚浅一脚往里走,一走进画室,便只觉自己走进了一个与周遭格格不入的地方。

一进门,陈岩就顺手从玄关上摘下了一把备用钥匙,自然而然地塞到了任佳手里:"拿着。"

捏着那把小小的钥匙,任佳忽然意识到,这就是完全只属于陈岩的领地了——纪行迟曾带她来过这里,只是那一次她心乱如麻,根本来不及好好看清这个地方,而这一次,她看得分外清楚。

陈岩的画室很干净,门口的几株水仙一看就被照料得很好,花苞边缘拢上了几许缱绻的粉边。

阳台一角则是画架和颜料，放眼望去，摆放得很整齐。

卧室的门则大咧咧敞着，任佳经过时，看见了桌面上一只脸颊红红的小兔子夜灯。

一瞧见那个灯，任佳瞬间有些不好意思，而陈岩已经推着她坐到了沙发上。

老老实实端坐在沙发上时，任佳忍不住想，她现在的模样是不是很狼狈？不然为什么陈岩自一进门就不再看她，视线始终落不定到她眼里来？

镜子里的模样印证了任佳的猜想——陈岩起身去倒水时，任佳走进洗手间洗了把脸，看见了自己仍然红得厉害的眼眶和鼻头。

深吸一口气走出洗手间后，任佳听见楼下传来了阵阵卖甜酒的吆喝声，不自觉走到窗边，一眼就看见了一个女人在老街坑坑洼洼的小路上奋力踩着三轮，额上淌满了汗。

只一瞬间，任佳就想到了徐锋和黄正奇满脸轻蔑的嘲讽，更想到了他们对胡雨芝的形容，心情再度沉了下来。

陈岩起身给她递了杯水。

接过水，任佳没再竭力压抑自己的情绪，吸了吸鼻子问："你为什么赶回学校？"

问完，又意识到自己说了句废话，于是换了个问题道："你怎么知道的？"

陈岩言简意赅："杨瑜。"

说着，他直接拿出手机递给了任佳，任佳看见了通话记录中那个陌生的号码。

见状，任佳只觉无比讽刺，无力地坐回到了沙发上。

窗外的吆喝声断断续续传至了屋内，陈岩起身，关好窗户后，连带着连窗帘也拉得严严实实，回头问任佳："困了？"

任佳强打精神摇了摇头："不困。"

闻言，陈岩没有多说什么，却忽然俯下身去，终于望进了任佳的眼睛。

任佳一怔，陈岩定定看着她："听着任佳，在我这儿不用拘着，困了去睡就行。"

任佳动作僵硬地放下了手里的杯子，低头，看见全身上下都透着狼狈气息的自己，忍不住咕哝："衣服好脏，头发也好脏，在杂物间蹭了满身的灰，不想弄脏你的床……"

温热的水流从头顶缓缓流下，不到片刻，整个浴室便充满了朦胧的水雾。

大门被关上的砰声已经响起，任佳被强势推进浴室之前，陈岩说他要出门找纪行迟拿点儿东西，转身就离开了画室。

任佳当然明白这不过是某种善意的借口，只是没想到他竟然说走就走，比她还更加拘谨。

彻底放松下来后，任佳忽然意识到，陈岩其实比她想的还要了解她许多，譬如，他能读懂她想要逃离前海一中的心绪，在她一言不发时，干脆利落地替她做了决定，又譬如，自确定她会在画室留宿一晚后，他就有意无意地给纪行迟打了通电话，透露纪行迟烤肉店二楼有个小房间，而他今晚吃完饭就会过去那边凑合一晚，生怕任佳会感到不自在。

更别提……

想到此，任佳笑了笑，望向了陈岩拿给她的那件 T 恤。

更别提陈岩在衣柜里翻了好半天，最终给了她一件很长很长的白色 T 恤，T 恤的袖子也是在空中荡来荡去的长款，穿上就能扮演午夜"阿飘"，又厚又严实。

任佳洗完澡套上 T 恤，浑身不自在地走出浴室后，发现陈岩许是担心领口过大，还贴心地给她在沙发上放好了一件套头毛衣。

一套上毛衣，任佳就重新回到浴室，对着镜子煞有介事地照了起来。

照着照着，任佳忽然就有些迷茫，搞不懂陈岩是怎么把这件灰不拉几的大毛衣穿出模特气质的，他们的身材难道有相差这么多？

457

任佳坐回到沙发边，发现夜幕已黑，胃里才后知后觉涌出了一点儿真真切切的饿意。

敲门声就是在这时响起的，陈岩没有直接用钥匙开门，而是耐心地等着任佳去开，任佳领会过来他是怕自己还不方便，立刻蹑手蹑脚地迎了上去。

开了门，任佳还没来得及看清陈岩的脸，便瞧见一只白胖滚圆的小狗撒欢般冲进了屋里。

"是它？"任佳不禁惊呼，"是叫小辣吗？"

陈岩在那封"汇报"中提起过，任佳记住了这个有些奇怪的名字。

"小辣。"陈岩一点头，拎着热乎的晚饭进了门，"头发没吹干吗？"说着，就起身回了趟房间，拿来吹风机塞到了任佳手里。

任佳伸手接过，却没立即动作，视线完完全全停留在了冲她疯狂摇着尾巴的小狗身上："为什么叫小辣呀？"

"没什么正经来由。"陈岩边说边把晚饭摊平在了桌上，面不改色地扯了个谎，"它喜欢吃辣的。"

话音未落，任佳已经闻到了一阵食物的香气。

陈岩带来的菜是家常菜，而且还是有红有绿、有汤有水的三菜一汤——肉是一整条清蒸鲈鱼和一大碗水煮牛肉，菜则是一盘泛着热气的小炒空心菜，至于汤，则是胡雨芝昔日里常常炖给任佳喝的山药排骨莲子汤。

将筷子递给任佳后，陈岩随手往沙发下丢了个球让小辣去扒拉，继而转头对任佳道："忘了问你喜欢吃什么，就让老板随便推荐了几个。"

任佳点了点头，忽然之间意识到这一刻的场景似乎过于生活化，心头泛起了几点儿说不清道不明的奇异滋味。

低头夹菜时，任佳忍不住想，认识这么久，这好像是她和陈岩第一次一起吃饭呢。任佳不想暴露自己的不自在，装模作样地看起了周围的物件。

环视一周后，任佳发现陈岩这儿竟然有一个DVD播放机！

目睹任佳的惊讶，陈岩顺着她的视线望了过去，自然道："我有很多老电影的碟片，都是小时候和她一起看的。"

这个"她"自然就是孟桢,任佳后知后觉才意识到,陈岩似乎已经不习惯叫"妈妈"这两个字了,而与此同时,眼前人也似乎要比她想得还念旧许多,毕竟现在这个年代,还在用DVD播老电影的人已经不多了。

小辣已经把球拱了出来,叼着球在陈岩身旁蹲起了他的裤腿,陈岩于是又顺手从沙发上拿起另一个球,看也不看就扔到了沙发底下。

球一扔,小辣立刻追上前,再一次撅着屁股伸这爪子,呜咽着扒拉起了沙发底下的球,怪惹人怜的。

任佳并不想在陈岩面前提起孟桢,见状,便故作自然地换了个话题:"陈岩,你是不是经常这么欺负它……"

陈岩却是头也不抬:"怕我伤心啊?"

闻言,任佳一愣,下意识想要反驳,却见陈岩忽然抬头看向了她,神情认真得不像话,莫名其妙就没了底气。

陈岩却忽然笑了起来:"我没那么脆弱的。"

不知为何,这话陈岩说得没心没肺,任佳心里反倒涌出了几丝难过,早在数月前的那通深夜电话中,她就笨拙得没能给出任何有效安慰,而现在,终于直直望见了他的眼睛,她竟还是说不出什么漂亮话来。

正磕绊着想说点儿什么,陈岩却已经站起身来,自然道:"我把车票改到明天早上了,你多睡会儿,不用管我。"

任佳闷闷地"哦"了一声,神思慢吞吞转回现实,心情亦随之更加低落了不少——今天过后,她还是得回到前海一中,还是得去面对她不想去面对的人,更别提李屹良白纸红章的正式通报批评……

正想着,任佳脚上一热,一低头,就看见小辣叼着个球蹲在她脚边,疯狂摇起了尾巴,再不往陈岩跟前凑了。

任佳"扑哧"一下笑出了声。

"总算完成任务,过来领赏。"直到这时,陈岩才懒洋洋放下了手里的球,快步走至阳台上,给它倒了满满一大碗吃食。

459

第十七章
全校第一

"在这场名为高三的战役里,他们拼尽了全力"♪

晚间,雨已经下了起来,任佳蜷在被子里听着窗外的雨声时,陈岩则在各个房间里检查起了是否还有尚未拔掉插头的电器。

检查完,陈岩敲了敲门,直接站在门外道:"怕黑可以不关灯,我就在门外,要不等你睡着了再走?"

任佳闷声回了句"好",陈岩便自觉去到了沙发上,走时,还没忘顺手帮她带上了门。

这一夜任佳睡得很沉很沉,等到醒来时,窗外的老街已经沐浴在了金灿灿的日光之下,而陈岩一如昨日所言,早早就离开了前海市。

走之前,任佳替陈岩精心养护的水仙浇了水,重新检查了一遍画室的电器和插头,还郑重的和那只小小的兔子夜灯说了句改日见。

这一天正是周六,学校里人还不多,重新走进前海一中时,任佳毫不意外地看见了她和陈岩的通报批评。

但这回,任佳没像上次那般凑上去细看,并不打算将其放在心上。

不过越往里走,任佳便越感到了几丝不对劲,不知为何,路上学生虽然不多,手里却无一例外拿着一小沓 A4 纸,不知内容究竟是什么。

只是尽管如此,任佳却已无心探究,只因她已经看见了新张贴的排名榜,明白高三下学期的第一次月考已经出成绩了。

任佳不由得深吸一口气,加快脚步向前而去。

这一次,她忽然有些不敢面对排名,直到走到距离排行榜仅仅一步之隔的地方,都没敢抬昂起头。

然而,随着一声响亮的啪声响起,一抹骤然闯入的白色侵占了任佳全部的视线,任佳不明就里地抬起头,只见一个陌生的女孩紧紧皱着眉,在排名榜上用力拍上了一张手写的通报批评。

看清其上的具体内容时,任佳猛然滞住了呼吸。

那分明是她的字迹,而与她亲手写下的那张不同的是,署名处的名字已经密密麻麻,多到已经延伸到了纸张顶端。

何思凝、旁胜、谢晓曼、郑蓉蓉、冯远、许茹、杨瑜、俞灵……

除了九班众人和 307 的室友,还有许许多多她从没见过名字的人,甚至,徐原丽和姜悦的名字也在其上。

任佳看了足足十几秒,才终于回过了神。

紧接着,她笑着擦了擦脸上无声淌下的眼泪,深吸一口气后,毫不犹豫地抬起了头。

这一次,任佳一眼就看见了排名榜最顶端的那两个字,和"通报批评"上最开始的那个署名一模一样。

——任佳,年级第一。

那写满近百人姓名的纸张几乎贴满了致远楼。

朝着九班缓缓而行时,任佳经过一张张分外潦草的"通报批评",仍有种自己依旧处在梦中的不真实感。

这一日是高三难得的休息日，然而隔着老远，任佳就看见了九班教室里密密麻麻的一颗颗脑袋。

任佳还尚未踏进九班教室，窗边的几名男生便率先看见了她的身影，紧接着，教室里响起了一片窸窸窣窣的交头接耳声。

真正走进后门的那一秒，整个教室不出意外地安静了下来。见状，任佳故作自然地走向了自己的位置，却不想，就在她终于落座，自顾自翻开书本的那一刻，宛如集市终于迎来了开业一般，周遭竟又倏地热闹了起来。

"偶像！"

伴随着一声嘹亮的高喊，冯远腾地站了起来，带得整个桌面蓦然一震，"啪啪"掉下了好几本书。

与此同时，旁胜等人迈大步朝任佳而去，看也不看脚下的路，一脚就踩到了冯远的草稿纸上，留下了几个无比清晰的黑色脚印。

从前排而来的何思凝则充分发挥起了自身的小个子优势，一把推开目瞪口呆的冯远后，毫不客气地坐到了他的位置上，回头朝着任佳关切道："任佳，你还好吗？"

冯远："我不太好……"

何思凝压根儿不理冯远，对着任佳继续道："昨天你怎么回事？一下第八节课跑得比谁都快，大伙儿都没来得及赶去找你！"

"找我？"任佳愣在了座位上。

于是，在众人你一言我一语的激动回顾中，任佳终于得以知晓，在她匆匆离开学校之后，究竟发生了什么。

李屹良带着徐锋前往医务室以后，路过的姜悦拿起了陈岩放在窗台上的那半张纸，紧接着，在任佳的名字一旁，她看也不看就写下了自己的名字，原封不动地放了回去。

于是，犹如急雨来临前落下的第一丝细雨，犹如奏鸣曲响起前的第一声琴音，由任佳亲手写下的那句"徐锋，你们敢不敢站到有人的地方来"，不到一个下午的时间就出现在了学校里的每一个角落。

这一事件正好发生在教师交流会的前一天，在这个节骨眼发生这样的事，李屹良急得如同热锅上的蚂蚁，当即赶回教学楼，撕下了那一张张由学生们自发复印、自发张贴、自发署名的非官方通报，又立刻召开了年级大会，表示会尽快就近期的风波做出处理。

事情却并未就此平息，学生们贴得越来越起劲，到最后，甚至连高一高二的学生都加入了进来。

"任佳，你是不知道，李主任急得熬了几个大夜。"

"还有徐锋和黄正奇，他俩被叫去办公室问话时，一个满头湿发，另一个鼻青脸肿，要多狼狈有多狼狈……"

"对了，这件事好像还惊动了老校长，我听人说，徐锋已经被停课处理了。"

周围的人越说越起劲，任佳却更觉迷茫，她怔怔放下笔，手刚一伸到课桌里，就摸到了一颗纸折的星星。

在众人面前，任佳没低下头立刻去看，直到周遭的氛围由喧嚣归于平静，她才终于伸出手，轻而郑重地拆起了手里的星星。

随着最后一个棱角消失不见，细长的纸条上出现了两行完全陌生的笔迹：

任佳，谢谢你。

或许，勇气和恐惧一样，也是会传染的。

在高考前奢侈的短暂停顿中，307宿舍正式迎来了第二次全体夜谈。

原本，任佳的计划是一洗漱完毕就钻进被子里尽早装睡，却不想，许茹竟然发动了讲鬼故事的看家绝活，她讲得抑扬顿挫，讲着讲着，尾音骤然一高，任佳立刻翻了个身，把自己滚成了紧靠墙边的一条夹心蛋卷。

见状，307宿舍全员齐刷刷看向了任佳："别装睡了！我们有事要问你！"

任佳当然知道她们要问什么，陈岩。

甚至不只是她们，任佳能清楚地感觉到，九班有不少人似乎也对此很感兴趣，只是白日里她一直埋首于书，想来是表现得太过认真，才一直没谁上前去打扰她。

却不想，躲过了九班众人的好奇，却终究还是没躲过307一帮人的盘问。

不过，即使早有预料，亲耳听见"陈岩"两个字时，任佳还是有些恍惚。

她和陈岩到底是怎么回事？

任佳惊觉，在被郑蓉蓉问起这个问题之前，她竟然从来没有去想过这回事儿，就仿佛，早在不知不觉间，陈岩就变成了她身边某种天经地义的存在。

"不准对我们撒谎。"任佳发着呆时，郑蓉蓉认真补充了一句，"我昨天就在十七班，走廊上发生的事儿我可是看得清清楚楚，陈岩冲向徐锋时没手抖，替你擦眼泪时倒是手抖得厉害。"

俞灵立刻尴尬了起来："我的天，我那天是不是当着你的面造谣了一番陈岩的取向……"

任佳一窒，没能立即说出话来。

见状，许茹微微张大了嘴："任佳，陈岩和你是什么关系？"

她话音刚落，任佳的呼吸微不可见地停了两秒。

一时间，任佳想起了陈岩那件宽大T恤的温热触感，心里虽乱得不成样子，面上却依然维持着镇静，格外郑重地摇了摇头。

宿舍安静了片刻，紧接着，似是察觉到了任佳的紧绷，俞灵是时地换了个话题："你们今天去教室时，看见那个高考倒计时牌子了吗？一转眼，三位数就变成两位数了，真不习惯。"

短短一句话，竟仿佛一根当空点燃的引线，将大家的思绪一下引向了已经不再遥远的未来。

"等到我高考结束。"忽然，俞灵放慢了语速，"我要去和喜欢的人表白！"

许茹瞬间睁大了眼睛，刚想细问，俞灵却神秘一笑："具体保密。"

郑蓉蓉哼了一声："没创意，高考之后谁还不会表白了？"

随着一声声"表白"不断传至耳畔，任佳好不容易平复下来的心跳一下又加快了不少，只觉心底有什么压抑已久的东西呼之欲出，悸动之余，又本能地感到了几丝不安。

"我更没创意。"许茹叹了口气，"我只想睡到天昏地暗，什么都不想，什么都不管，誓死不离开我的床！"

"果然没创意……"郑蓉蓉也加入到了话题里，"其实我早就想好了，我要去染红色的头发，再去学校南门，当着一整排监控翻墙，怎么样？顶着一颗红色脑袋去翻墙是不是很酷？"

"翻墙"二字立刻将任佳的思绪拉回到了现实中，她一下坐直了身体，朝郑蓉蓉认真道："蓉蓉，南门那墙其实不太好翻，你到时候千万得小心一点。"

这话一出，307宿舍先是沉默了几秒，紧接着便爆发出了一阵心照不宣的大笑。

"上次是因为'逃课翻墙'，这次是因为'扰乱治安'。"郑蓉蓉大笑出声，"任佳你也太倒霉了点儿，你好像是我们学校唯一一个被通报批评过两次的全校第一名。"

任佳哭笑不得："我两次都不是故意的。"

郑蓉蓉笑了好一会儿，又问："对了，你还没说你高考完想做什么呢。"

"去找一趟姜悦老师。"想了想后，任佳认真道，"再和她说一声谢谢。"

初春时节，随着三月的气温一同变暖的，还有越发安静下来的致远楼。

百日宣誓结束后，致远楼仿佛是陷入了某场深眠之中，纵然下课之时，走廊上偶尔还是会有学生经过，却早已没了昔日里成群结队的热闹景象。

教室里的气氛则有过之而无不及，不论何时放眼望去，大部分学生都一刻不停地刷着题，仿佛连喘息都觉得有负担。

任佳停笔的时间却渐渐多了起来。

她发现，不知从何时开始，她的眼睛与大脑已能顺畅地连成一线，每每一看完题干，脑海中就能浮现出一张漫无边际的规整白纸，无需动笔，每一凝神思考，一行行数字、公式、运算步骤都能跃然于"纸上"。

一边记忆、一边运算，仿佛是在尽力挖掘大脑运转速度的极限一般，任佳开始领会到了这种"空想"的乐趣——那是与以往在答题卡上做出解答时截然不同的感受，不用考虑字迹是否整齐、不用考虑得分点是否写周全，而是任由思绪如箭矢一般攻城掠地，单刀直入地奔向最终结果。

每每此时，任佳都感到酣畅淋漓。

许是气温回暖的缘故，近日里，下了晚自习后在操场上跑步的人多了起来。

周三晚自习结束后，任佳也去到了操场上。

跑完一圈，任佳坐在空荡荡的篮球场边吹着夜风，忍不住想，时间很快，明天，就是陈岩回学校的日子了……

这一认知显然让这一晚变得格外难挨，任佳于是又起身多跑了两圈，直到精疲力竭，才匆匆赶回宿舍进行洗漱。

第二日，在宿舍楼广播打响前半个小时，任佳就起了床。

尽管知道陈岩不可能一大早就返回前海一中，路过十七班时，她仍是蹑手蹑脚地放轻了动作，莫名有些紧张。

陈岩自然不在，任佳于是勒令自己收整好心情，快步回到了九班。

原本，任佳是想趁着大课间再去一次十七班，但转念一想，陈岩如果回到了前海一中，又怎么可能不在第一时间前来找她？

这个想法一冒出来，任佳立刻就打消了念头，沉下心来看起了手里的书，却不想，一整个晚自习，陈岩都没有出现。

晚间路过十七班时，任佳没有再刻意停下步伐，再一次去到了操场上。

跑步确实具有解压的效果。

两圈跑完，任佳额上出了点儿薄汗，整个人都清醒了不少，她想，既然实打实有些悒记,就犯不着再难为自己,一会儿回宿舍时,她要直接找宿管阿姨借个手机,好问问陈岩那边的状况。

想着,任佳预备再跑一圈,然而一抬起头,整个人就怔在了原地。

视线之中,身形颀长的少年正迈大步向她而来,许是来得太急,就连身上的画架都没来得及放下来。

"出门一趟的小礼物。"

二人相隔一步远时,陈岩停下,伸出的右手反复升起又落下,最终,将掌心摊开了任佳看。

任佳愣愣低下头,朝那小盒看了几秒后,视线不由自主向一侧偏了几毫米,落定在了陈岩食指与中指指骨处那两块薄薄的硬茧上。

"拿着。"陈岩已经不由分说地抓过了她的手。

刹那间,她五根手指不约而同脱了力,如同落败的散兵般被人虚虚掰开又牢牢合上,任佳心神一颤,微一抬眸,与陈岩的视线相交一瞬,又与之统一步调,无比默契地各自移向了一旁。

随后,像是对自己颇为无奈似的,陈岩低下头笑了笑。

这个笑算得上全然没有防备,动静虽小,却让任佳莫名其妙的紧张散去了几分,旋即,也好像反过来扎稳了陈岩心里的某些东西一般——再次看向任佳时,他已经不打招呼地俯下身去,近乎好奇地望进了她的眼睛。

"你好像完全不关心我发挥得好不好?"陈岩问。

"我只是怕你有压力……"任佳斟酌着开始解释,一句话尚未说完,就品出了陈岩话里几分悠悠的揶揄,即刻顿住了。

"你……"任佳搜肠刮肚着想要呛回去。

"不看看吗?"陈岩却伸手朝任佳手里的小方盒一指,自然而然地换了个话题,"是你喜欢的。"

是你喜欢的……

他这话说得笃定又温柔,自此,任佳想要呛人的念头硬生生被憋了回去,思绪一乱,307宿舍那一通有关陈岩的盘问就无比利落地滚进了脑袋——这算是怎么回事儿,她有些懊恼地想,她还真被眼前人收买了个彻底?

任佳一边想着,陈岩已经伸出手来,替呆站着不动的她打开了手心那个神神秘秘的盒子。

礼物盒里只有两样东西,一枚校徽、一支印有高校名称的纪念钢笔。

借着灯光彻底看清钢笔上的几个小字后,任佳难以置信地抬起了头:"你特意去了一趟?"

"不麻烦。"陈岩很是无所谓,"两所学校离得不算太远,考完就顺路去看了一眼,以后……"

提及以后,陈岩喉咙微不可见地轻轻一滚,是时地打住了:"现在时间还早,陪你跑一圈?"

任佳已经轻轻摩挲起了手里的校徽,一时之间,像是触到了什么时间的法宝似的,只觉从那泛着凉意的金属里,切切实实地感受到了几分让她心神震荡的"以后"。

"发什么呆?"陈岩似是有些不自在一般,生硬地伸出一只手在她眼前晃了晃,"动了。"

跑道边的路灯相隔很远,鲜红色的塑胶跑道被照得忽明忽暗,于是,少年人奔跑的身影便也时不时被隐没在了黑暗中,陈岩身材颀长,跑起来时,带着股疾风般的劲头,却像是不甚专注似的,总是频频回过头去,望向身后的人。

"陈岩,你高考完想做什么?"任佳边跑边问。

陈岩憨着笑:"没想好。"

夜色之下,他眼里的希冀已然很分明,刹那间,任佳心尖微微一颤,低下头不再多问,而只安静地跟在少年身后,与他一同拥抱着三月晚间的静谧春风,肆意奔跑了起来。

从数字九开头,再到数字八,教室后方的两位数倒计时翻动得越来越快。

转眼，四月已至，楼下的花坛里，成簇成簇的小花竞相开放，天气也渐渐湿热了起来。

至此，尽管学校的课程仍是上六休一，周日的教室却与平常再无异处。

休息日，任佳早没了找徐原丽拿回手机的习惯，一整个上午都在座位上按部就班地执行着复习计划，却不想，徐原丽竟拿着手机主动找到了她。

看见来电显示上的"妈妈"两个字，任佳才惊觉，在过去的一个月里，她一头扎在了数不尽的"待办任务"里，好像忘了问问胡雨芝的"家味"开得怎么样了。

电话接通后，胡雨芝的声音很是兴奋，任佳猜想，家里的小店生意应该不错。

手机里吵哄哄的声音印证了任佳的猜想，确认任佳一切都好后，胡雨芝火急火燎地挂掉了电话，挂电话时，她嘴里还不住介绍着菜单上的招牌菜。

短短几句话，让任佳心头似有阳光洒下，被烘出了几分余味无穷的暖。

却不想，将手机还给徐原丽时，徐原丽没有立即接过，而只盯着任佳桌上的纪念钢笔看得出神。

见状，任佳一下有些不好意思，徐原丽面上却升起了几丝早有预料般的笑意，轻轻拍了拍任佳的肩膀。

在分外专注的最后冲刺阶段，时间的流淌比往日更快。

宛如平地惊雷一般，期中考结束后，任佳以断层优势再一次取得了年级第一，不到一个上午的时间，这一消息就传满了校园。

而此时，时间已经进入到了复习白热化的五月。

五月中旬，任佳路过操场时，看见了一排排高低不齐的站架，当即明白，马上就要拍毕业照了。

一时之间，离别的气氛蓦然来袭，似是为了应景一般，高三宿舍楼的起床铃声换成了高二年级在文艺晚会上合唱过的那首《送别》。

听着那熟悉的舒缓旋律，尽管所有人都不曾主动提起，大家依然默契地明白，此时此刻，整整三年的高中生活，已经只剩下了最后一截快要抓不住的尾巴。

任佳突然想到，自那夜之后，她又已有一月有余不曾见过陈岩了。

一想到此，心底某个严丝合缝的地方又破开了几道缝隙，仿佛有什么从中晃荡而过似的，像是一晃而过的雨丝，又像是扑扇着翅膀的蝴蝶，让任佳心头微微一痒。

毕业照拍摄当日，徐原丽在教室里环视了一圈，煞有介事地检查起了大家的衣着。

检查完，她缓慢踱回到讲台上，朝九班学生凝望半晌后，忽然笑了起来。

"还不错，都挺精神！"

说完，她一点头，穿戴整齐的少男少女立刻又说又笑地冲出了教室，奔向了致远楼外、那一望无际的蔚蓝天空。

阳光似乎有些晃眼，蓝天之下，任佳微微挺直了脊背，目光集中到了摄影师手里的镜头之上。

"同学们保持住，千万别眨眼！"

任佳于是又屏住了呼吸，由于太过专注，她余光里的景象渐渐模糊，到最后，所有的细节开始消失不见，变成了大块大块的抽象色块。

"三！二！一！

"茄子！"

"咔嚓"一声，快门的声音终于响起，前前后后不过五分钟，毕业合照的拍摄便结束了。

队伍解散之际，任佳用力闭了闭有些酸涩的眼睛，继而抬起头，朝头顶的碧蓝天空看了许久。

五月末，高考已出考场的信息不胫而走，当晚，徐原丽拿着一张 A4 纸走上讲台，分外郑重地念完了九班全体学生的名字。

前海市远不止一中一个高考考点，任佳幸运地被分到了本校。

晚自习结束，经过二楼时，任佳径直走向了十七班后门，却没有打扰窗边的陈岩，而是安安静静地看起了张贴在门上的考场信息。

陈岩的考场也被分到了一中。

望见那行小字后，任佳惊喜不已。

陈岩仍然很专注，过去的一个月里，他像是把自己的一整个世界都打包塞入了那窄窄的一方书桌之间，浑忘了其余的一切——以至于，任佳从宿舍里的郑蓉蓉口中听见他的名字时，竟还连带着听见了"真疯了"之类的字眼。

思绪回神，转头瞥见陈岩一如既往的挺拔背影后，似是生怕被陈岩发现一般，任佳三步并两步跑下楼梯，继而，像数月之前一样去到操场上，沿着明暗相间的红色跑道一圈一圈跑了起来。

在这场名为高三的战役里，不论是她、还是陈岩，都在过去的一年里拼尽了全力——迎风奔跑之时，任佳忍不住想，无论如何，他们已经足够对得起自己。

当晚，徐原丽前来查寝，任佳接到了来自胡雨芝的第二通电话。

尽管任佳清楚，等到再过一个星期，高考结束之时，前海一中校门外一定会有成百上千的家长前来等待，她也依旧没和胡雨芝提起陪考的事情。

上次的那通电话，任佳就明白了胡雨芝比她想象的还要忙上许多，再加上桃江岛的交通不比邻近的几个城市方便，来一趟还得转乘轮渡，她不想让妈妈特意跑上一趟。

挂了电话，任佳洗漱完毕躺在床上，再一次，摸出了胡雨芝给她的那个平安符，轻轻攥在手里，安然进入了梦乡。

六月初，前海一中由于要布置考点，按照惯例给学生们放了假。

放假前一天，陈岩终于走出埋头数月的教室，不打招呼地出现在她眼前，又不由分说地帮她将一箱箱书搬回到了宿舍里。

搬完，还没等任佳反应过来，他就不知从哪儿拿出了一个相机，"咔嚓"

一声,拍了张二人穿着校服的合照。

拍完,陈岩没有多说什么,只轻轻揉了揉任佳的头发,哑声说了句"辛苦了"。

任佳不置可否,也踮起脚,想象着姜悦的样子,顺毛一般揉了揉他的脑袋,笑道:"陈岩同学也辛苦了!"

许是有许久不曾这么近距离的四目相对过,陈岩的"防备力"似乎弱了许多,昔日里那些似有似无的玩味笑意悉数没了影,任佳一说完,他那几点儿尚还算得上是清醒的神志就像是多米诺牌般"哗啦啦"倒了个彻底,就连耳郭都蓦然红了一片。

有点新鲜,也有点犯规……

任佳将他这片刻的失神看在眼里,心想,这人到底怎么回事?以前不是经常逗她吗?难不成,那些游刃有余都是装出来的?她一边想着,乘胜追击,眼睛一弯,笑意盈盈地说了一句:"高考加油。"

而远不止任佳,当晚,仿佛是再也抑制不住一般,整个前海一中宿舍区都回荡起了一声声的加油高喊。

"高考加油!"

"高考加油!!"

此起彼伏的喊声之中,任佳和宿舍其余人倚靠在阳台栏杆上,望着四面宿舍楼内数不清的一道道手电光亮,只觉夜幕之中,似有点点繁星倾泻而下,一切的一切,都已变得耀眼而盛大。

前海市五月里连日放晴,却在六月初下起了细细密密的小雨。

雨不大,然而一下就覆尽了高三这最后一小截尾巴,放眼望去,圆梦湖再一次出现了雨丝清清的景象,水雾红亭相得益彰,一派朦胧。

距离高考只剩最后一天,任佳撑着一把长伞,行走在从食堂返回宿舍楼的林荫小道上,发现昔日里迎风飘扬的红幅已被相继撤下,每一栋教学楼周围都被拉上了严密的警戒线。

几个穿着塑料雨衣的校内工作人员捡起了地上湿漉漉的红幅，又卸下了公告栏内的白色硬板，继而，迈着整齐的步伐走向了操场另一侧的旧器材室。

和那几人擦肩而过时，任佳怔怔低下头去，看见硬板之上，历届优秀校友栏的板块淌过了几丝澄澈的雨丝，水柱之下，孟桢眼底的笑意已被浸得有些渺远……

这还是知道了她与陈岩的关系后，任佳第一次这么认真地看向她的眉眼。

她有一双太过勇敢、太过天真的眼睛。

任佳停下步伐，一路目送着孟桢的模样被愈拉愈远，彻底消失在了视线里。

当天下午，任佳向仍然留在学校的徐原丽借了手机，给胡雨芝打去了考前的最后一通电话，电话接通之时，胡雨芝的声音明显有些飘忽，像是被海风吹乱了似的，轻飘飘的。

"佳佳，猜猜妈妈在哪儿？"

任佳反问："不在店里吗？"

说话时，电话那头又有风声传来，然而，与海风的轰隆呼啸明显有所不同，那风声舒缓而富有节奏，其间还夹杂着枝叶摇动的簌簌声，极其轻柔，于是，任佳微微握紧了手里的手机，一下有些茫然。

胡雨芝的声音则被拉远了许多，不知不觉间，竟带上了几丝尘旧的意味。

"听见了吗任峰？这通电话是你闺女打来的……"

任佳当即屏住了呼吸。

"明天，这孩子就要高考了，我每天盼啊、盼啊，就盼着她能快快长大……"

任佳鼻头一短，迅速背过了身体，不想让等在一旁的徐原丽看见她一瞬间变得不知所措的神态。

胡雨芝则声音一哽，沉默两秒后，又重新笑了起来。

"你看，咱们的佳佳好好长大了。"

一夜过去，雨虽未停，前海一中却热闹了成百上千倍。

任佳和许茹一起吃完早饭，在六月的细雨中踏向考场，目睹一辆辆送考大巴开进又开出，经过学校大门口时，更是看见了校门外人头攒动的陪考家长。

徐原丽等在了前往考点必经的岔路口上，不厌其烦地提醒起了每一个路过的九班学生，记得检查准考证和考试工具。

任佳认认真真检查完毕，再一抬头，不意外地看见了安静等着她的陈岩。

熙熙攘攘的人群之中，陈岩手撑一把黑色长伞，遥遥伫立于红亭一旁，凝成了任佳视线里如泼墨般浓郁的一道风景。

像是穿过了漫长的时间一般，这一眼实在太过悠长，任佳朝他挥了挥手，不由自主笑了起来。

与此同时，许茹收了自己的伞，倾身钻入任佳伞下："任佳！我们握个手吧！"

任佳连忙回神，看见许茹已经牵起了她的手，开心地握了两握。

握完，许茹咧着嘴角，双手合十道："学霸保佑，希望我这次能够超常发挥！"

任佳好笑又无奈，反手加重了些力气，再一抬眼，便看见陈岩正迈着大步向她而来，深邃的眉眼随着距离拉近而越发清晰。

许茹收手之时，一滴斜雨钻入任佳伞下，任佳指骨皮肤一湿，感受到那处由指骨蔓延到指尖的冰凉，只觉眼前的一切好不真实。

昂起头，天空很蓝，湖畔红亭岿然屹立，绿树在细雨中随风摇曳，不知不觉，这一天终于近在眼前。

"发什么呆？"怔神之际，陈岩已走至任佳身旁，将手里的伞不客气地在她头顶撞了两撞。

顷刻间，"哗哗啦啦"的雨丝倾泻而下，任佳不客气地攻击了回去，尽管手上动作比陈岩夸张不少，嘴里却振振有词："幼稚鬼。"

"你们聊！"

许茹已经笑着跑开了，俞灵和郑蓉蓉则不知何时出现在了不远处，此时此刻，三人紧紧挨在一处，面上的神情满是调侃。

任佳瞬间有些发窘，再一转回身来，便感到了一抹熟悉的冷冽。

下一秒，任佳头皮轻轻一麻，陈岩的声音似涟漪一般，悠悠荡开在了空气里："赏个脸，陪幼稚鬼一起撑个伞？"

话音刚落，任佳手背上有一处薄茧轻划而过，那触感一开始极其微小，却在几秒间放大了无数倍，反应过来时，任佳已两手空空，身旁多出了一个与她并肩同行的高挑少年。

行过校门外人山人海的陪考家长时，陈岩步伐顿了顿，任佳好奇地偏过头去，只见他目不斜视地望着前方，面上神情不变，身体却似乎紧绷了不少。

"家人来陪考了吗？"陈岩问。

"没有。"任佳认真解释，"从桃江岛过来前海市一趟不容易，妈妈又忙，我就没打电话让她过来。"

说话时，任佳尚未意识到自己这话有什么特别，然而话音刚落，瞥见陈岩喉咙轻轻滚了两滚，她耳后便倏地有些发烫，迅速噤了声。

不出任佳所料，走到教学楼一楼后，陈岩收了伞："那你考完之后的时间归我？"

任佳愣了愣，想过陈岩一定会在考完后来找她，只是没有想到他会说得这么直接。

然而，她刚要开口，身后却忽然传来了几声兴奋的大喊。

有人在叫陈岩，听声音还不止一个，任佳不明就里地回过头去，视线中出现了几抹鲜艳的红。

是十七班的几个学生，今时今日，他们有不少人都穿上了喜气洋洋的红色短袖，其中有几个人的T恤似乎还是特意定做的，衣服上高调地写着"旗开得胜"几个大字，笔画利落，尽显锋芒。

实在是很姜悦的风格，任佳不由得笑了起来。

"班长握个手，沾点儿好运气！"

待任佳重新看向陈岩之时，一个男生已经一步蹿至陈岩身前，大大咧咧抓起了他的手。

任佳低头忍笑，一开始觉得这人的举动放在陈岩身上怎么看怎么违和，旋即又意识到，在过去的一个学期里，陈岩在十七班一直遥遥领先，被同班同学当成学霸吉祥物来对待根本是再自然不过的事情。

想着想着，任佳又瞥见了陈岩手里的准考证照片，发现他面对镜头时明显有些防备，眼底透出了一股淡淡的疏离。

任佳于是再次抬起头，看见此时此刻，陈岩的神情和准考证照片上的模样简直如出一辙，动也不动地由着一帮人摆弄双手，一脸冷漠。

见状，任佳实在忍不住，一边笑着，一边也学着那几个男生的样子伸出手，郑重地与他握了两握。

陈岩明显怔了两秒。

顷刻间，十七班一窝蜂前来的男生疑惑地看向了任佳，紧接着，陈岩忍无可忍一撩眼皮，他们又一窝蜂地自发跑了个老远。

任佳不过是在开玩笑，刚要缩回手，右手却被一片温热蓦然覆盖。

与此同时，陈岩眉眼倏然认真了起来，任佳迷茫低下头去，发现他的动作很有几分孩子气，先是下意识般加重了几分力气，几秒过后，又倏然回过神来，似是害怕弄坏了什么极其珍贵的东西一般，微微松开些许，格外不熟稔地晃了两晃。

任佳呼吸一滞，陈岩已经克制地缩回了手，抬头凝望着任佳，轻声道："一起加油。"

初夏的空气微微有些闷热，幸而有细雨来临，才为夏风镀上了几分凉意。

任佳早早进入考场，坐在学生寥寥的考场里，一边感受着微风吹拂，一边凝望起了窗外大团大团的白云。

翻山越岭的过程中，任佳曾设想过无数次，高考这一天究竟会是何种模样,在多种多样的想象中,她时而为之焦躁不安,也时而为之心潮澎湃……然而,此时此刻,任佳真正坐进窗明几净的考场时,她又恍然发觉,她如今所经历的,似乎也只不过是生命中寻常的一天而已。

不是终点,不是句号,这一天过后,依旧可以向前看。

审题、思考、作答、检查……

铃声一响,试卷一发,任佳便一秒回神,甚至感到自己自动变成了一个以笔为鞘、以墨为刃的战士。

她曾无数次和自己说过,只要拿起笔,考场就是是她的战场,然而这一刻,她却似浑然忘却了战场本身的意义、忘却了各科老师常常挂在口中的"分水岭"一词,唯一记挂在心中的,唯有试卷上的一笔一画而已。

考试的两天里,无论是在考场内还是考场外,任佳始终都维持着高度专注的状态,不多花费一分一秒来为考过的科目欣喜或是懊悔,而是不断地告诉自己,能够抓住的都在前方,永远都只朝前看。

当最后一门考试结束,听见那无比熟悉的铃声在耳畔响起之时,任佳难以形容自己的感受。

走出考场之时,奔跑的身影和拥抱的身影在她眼前不断闪回,随着监考老师逐一离开,致远楼的警戒线终于被撤下,紧接着,响彻教学楼的欢呼声骤然爆发,尖叫和吼声夹杂在一起,任佳抬头,看见雪花般的试卷沿着致远楼从天而降,如同鹅毛大雪一般,飘飘摇摇。

雨已经停了,空气中剩下了夏的闷热。

按照惯例,考完还需要回班一趟,徐原丽会归还寄宿生的手机,也会告知学生们返校领取毕业证和学生档案的时间。

任佳怔怔地向九班走去,走着走着,不知为何,竟情不自禁跑了起来。

手腕就是在这个时候被人抓住的,任佳猛然抬起头,对上一双漆黑深邃的眼睛,紧接着,少年笑了笑,以近乎灼热的温度和不由分说的力道,带着

477

她一同奔向了前方。

"陈岩,不是还有最后的班会课吗?"任佳不由得大声问他。

陈岩却没立即答话,直到上了五楼,他才终于停下,返身看向了任佳。

他们几乎是最先到达九班的人,瞥见熟悉的九班班牌后,任佳没忍住又问了一遍:"不是还有最后一节班会课吗?"

陈岩这才点了点头,想也不想便道:"先来看看你。"

闻言,任佳面上一烫,而她眼前,陈岩竟似不敢相信一般,很轻很轻地叫了声她的名字。任佳没忍住笑了起来,忽然觉得,陈岩此刻的模样有点傻兮兮的。

但好像不只是陈岩,她自己这大喘着气的模样也傻透了……

有数十秒,二人相顾无言,最终还是陈岩先开了口:"一会儿再来找你?"

任佳点了点头,陈岩于是开始一步三回头地原路返回,只是走着走着,他又重新跑了起来,像是恨不得要拖着时间再跑得更快一点似的,闪电一般消失在了任佳的视线里。

见状,任佳的心脏"扑通扑通"跳了起来,只觉心里每一个角落都有烟花噼里啪啦接连升起,火树银花,无尽璀璨。

在这期间,九班已经有不少人回到了教室,纷纷向任佳投去了好奇的一瞥。任佳硬着头皮走向教室,不想,刚一迈进大门,就看见了让她分外震惊的一幕。

旁胜一脸通红,在何思凝座位上放了一盒巧克力,周遭的起哄声简直地动山摇。

周围的人吵归吵,神态却似乎都不觉得奇怪,任佳顿时更惊讶了,心想,她对班里的八卦难道有这么迟钝吗?

这时,徐原丽也走进了教室。

何思凝受不了周围人的揶揄,干脆跑到讲台上,和班主任东拉西扯地聊了起来,似乎在聊谢师宴相关的事情。

拿到手机后,任佳第一时间点开消息,发现童念念早在好几天前就和她发来了大段大段的高考鼓励,除此之外,她还不安好心地问起了陈岩,询问任佳是否要和陈岩同去一座城市。

那种置身于云端的不真实感顷刻间更强烈了,任佳认真回复完毕,整个人虚脱一般趴在桌上,一闭上眼,脑海里又浮现出了陈岩方才的眼神。

陈岩看她的眼神实在太过专注,任佳不禁又想起了他那日戛然而止的"以后"两个字,一时间,呼吸微微一滞,大脑感到了一阵微妙的眩晕感。

发了会儿呆后,任佳坐起身,重新给胡雨芝编辑起了消息。

至于消息内容,则是一溜儿分外实诚的菜名,好满足她回家后大快朵颐的朴素心愿。编辑完,任佳长叹一口气,刚准备重新趴下,手机又"嗡嗡"响了起来。

胡雨芝回消息竟然回得这么快?

任佳嘴角一咧,深吸一口气坐直身体,然而刚一点开消息,就不可思议地睁大了眼睛。

屏幕上,一张照片眼入眼帘,而照片上的内容,正是前海一中校门旁那人山人海的陪考家长。

有那么几秒,任佳几乎以为自己出现了幻觉。

反应过来后,任佳立刻手忙脚乱地回拨了过去,却不想,电话接通后,胡雨芝第一句话就让她吓得不轻。

"佳佳,你总算考完了!"胡雨芝爽朗笑道,"我看见你给我发的消息了,不过不用等到回桃江岛了!你想吃什么妈妈现在就能带你去吃!惊不惊喜?"

只一句话,便让任佳更加手忙脚乱地挂掉了电话,挂完电话,任佳只觉大脑重重一"嗡",几乎就要彻底宕机。

二十分钟后,接送大巴已经返回学校,九班在外校参与高考的几个学生都已经回到了教室,在热烈的欢呼声中坐回到了各自的座位上。

走廊上亦出现了几个零星等待的家长，任佳茫然回过头去，一眼就看了有大半年不曾见过的胡雨芝——胡雨芝想是跑着进来的，看见任佳时，她一边大喘着气，一边用力挥了挥手，就连嘴角都快要咧到了耳后。

同一时间，徐原丽已经在讲台上叮嘱起了有关志愿填报和档案领取的事情——按照惯例，前海一中会在高考出分后和家长召开相关的班会，确保学生们在志愿填报的过程中不出差错。

高考结束，班里每个人都兴奋异常，徐原丽每说完一句话，台下都会响来无比整齐的洪亮应答。

任佳则始终注视着走廊上看上去比她还紧张的胡雨芝，她发现，妈妈这一次是精心打扮过的，穿上了一身崭新的行头，比起家长会那天都要精心许多。

一时间，任佳的心情更复杂了，怔怔回过头来后，盯着与陈岩的对话框里那无论如何也发不出的数行消息，分外无措。

徐原丽已经发起了毕业照。

拿到崭新的毕业照后，任佳将其稍稍举高了几分，发现在窗外阳光的照耀下，照片上的塑胶薄膜反射出了一层淡淡的银光，而不过一个月过去，照片里那个身穿蓝白校服的女孩，竟就让她觉得有几分陌生……

与此同时，手机又是一响。

这一次，任佳犹豫了几秒才敢点开，看见陈岩也发来了一张照片，正是考前放假的那日，让任佳猝不及防的那张合照。

画面中，女孩一脸诧异地望着镜头，男孩则微微侧过头去，分外认真地望起了身旁的女孩，朝照片看了一会儿，任佳才反应过来，陈岩按下快门的那天，正是他们身穿校服的最后一天。

霎时，任佳心里淌过了细细密密的热流，只觉全身上下都失去了力气，缓慢掉进了柔软的云里。

莫名其妙地，有史以来第一次，她希望陈岩可以不要这么好。

同一层楼的走廊上,已经有不少班级都结束了这最后一堂班会。

铃声响起时,学生们如雨燕一般飞速而出,宛若脱钩的弦,奔向了那仿若望不见尽头的悠长夏日。

徐原丽在讲台上打趣,表示这是高中三年的最后一次拖堂了,学生们便也不再着急,耐心听着她做起了最后的叮嘱。任佳一边听,一边在手机里删删打打,直到徐原丽终于宣布下课、欢呼声骤然爆发的那一刻,都没能给陈岩成功发出哪怕一条消息。

走出教室后,胡雨芝像是昔日里等在南巷时那般,自然而然地接过了任佳肩上的书包。

"你什么时候过来的?"任佳小声问。

"一大早就来了。"胡雨芝边说边皱起了眉头,"你这孩子……怎么瘦了这么多,暑假我得给你好好补补。"

任佳没挪步,心不在焉地环视了一周。

"走吧。"胡雨芝又笑道,"妈妈带你去吃好吃的!"

任佳这才回神,望见胡雨芝额上的汗水,不免又觉得有些愧疚,心想,这么热的天,辗转坐车不知有多累。

晃神之际,任佳有些机械地点开了和陈岩的对话,而就在同一时间,陈岩发来了简简单单三个字:*没关系*。

霎时,任佳猛地回过头去,看见了止步于走廊尽头的少年。

似是不甚在意一般,陈岩安静倚靠在了走廊栏杆上,示意她先走就好。

任佳喉咙艰难滚了滚,被一无所知的胡雨芝搂着往前走出两步后,心脏似是被一双手揪了起来——不知为何,就在刚刚那一秒,陈岩给她的感受一下就让人难过了起来,像是坠入了模糊遥远的时光里。

想着想着,任佳手机又是一振,她迅速点开消息,看见了两行明晃晃的小字。

岩:*说了没关系。*

岩:*骗你是小狗。*

六月，阵阵夏风扑面而来。

任佳跟在胡雨芝身后，放慢了步伐走在绿树青葱的林荫小道上，发现校园空得很快，铃声打响后，才不过片刻，那沸反盈天的热闹就已不复存在。

前海一中逐渐安静了下来，班群里却已炸开了锅。

群里，众人要么聊起了八卦传闻，要么就已经提前约起了暑假里的各项娱乐。

约饭唱歌，毕业旅游，甚至还有人提议过几天去游乐园一起蹦极……

屏幕上的消息刷得格外快，任佳眯起眼睛、粗略浏览了一阵，发现陈岩没有参与到聊天之中。

走出校门之后，任佳伸长了脖子，始终没有找到向奶奶的身影。

她心底隐隐有些失落，下意识回过头去，看见四周围都是三三两两的家长和学生，步子便更似被定住了一般，越发滞重。

胡雨芝只以为任佳在为高考而伤神，笑着安慰她道："没事儿佳佳，发挥得一般也没关系，高考也是看运气的，妈妈知道你努过力了。"

任佳却答得自然："我现在发挥一般也能考到年级第一。"

闻言，胡雨芝一噎，明显为太久没有关注任佳的成绩而感到有些不好意思。忍了半响，她实在难掩好奇，于是又试探着问："佳佳，那你这次发挥得……"

任佳垂着脑袋，想也不想就给出了回答："很好。"

话毕，胡雨芝一愣，任佳却彻底停下了步伐，似是下定决心一般抬起了头："妈妈，你能等我二十分钟吗？我还有一件事情没有做完。"

第十八章
尘埃落定

"你想不想要一个陈岩。" 🎵

像是想要逃离一切喧嚣一般,任佳越跑越快、越跑越快,到后来,甚至觉得自己变成了一只即将飞往天空的鸟,思绪与身体都已如风般轻盈。

到达致远楼后,任佳大口大口喘着气,一边放慢步伐朝十七班走着,一边拨出了陈岩的号码。

然而电话那头,关机提示音却响了起来。

熟悉的提示音响起时,任佳心跳一沉,一转头,就看见了十七班空荡荡的教室。

在原地发了会儿呆后,任佳深吸一口气,收好手机,立刻回头往楼梯口走去,不疾不徐地爬上了五楼。

五楼已经彻底空了,任佳放轻动静,一步一步往九班走去,到达后门时,不出意料的看见了陈岩。

整个教室,只有陈岩一个人在,此时此刻,他正坐在任佳空荡荡的座位上,似是陷入了一场格外恍惚的回忆中一般,给人的感觉很安静很安静。

任佳竭力敛去呼吸，走至陈岩身后，轻轻敲了敲他的椅背："不是说没关系吗？"

话音刚落，陈岩猛地回过头去，看见任佳后，迅速伸出了一只手抓住了她的手，紧接着，又似是不敢确定一般，拧着眉晃了晃她的胳膊。

这一次他格外用力，任佳垂下头时，甚至看见了陈岩收紧下颌骨时那略微突出的青色血管。

怎么会这样呢？

任佳不由得怔住了，陈岩是在……害怕吗？

"我只有十五分钟了。"任佳心跳快得厉害，怕自己被胡思乱想所淹没，便刻意装出了一副公事公办的口吻，"带你去一个地方。"

然而，她话音刚落，陈岩竟已倏然站起，大手揽住任佳朝自己逼近的同时，整个人也俯身向前，与她前额自然相抵，任佳一怔，迅速扭脸看向一旁，余光却仍然能看见陈岩微微滚动的喉结，感受到了他濒临极点的汹涌情绪。

顷刻之间，任佳有了种极其异样的体会，仿佛眼前的人即是陈岩，又是另外一个完全陌生的人，一个终于愿意在她眼前彻底卸下胄甲的、有所畏惧的人。

感到任佳的紧绷后，陈岩稍稍松开了些许，声音沙哑道："怎么回来了？"

这举动实在是孩子气十足，任佳不由得想起了一撒欢就喜欢在陈岩裤脚蹭来蹭去的小辣，轻笑出声道："是你自己说的，骗人是小狗。"

说完，任佳戳着陈岩的额头往后退开些许，神情认真道："带你去个地方，'陈小狗'。"

推开大门半敞的旧器材室时，任佳被迎面而来的灰尘呛得咳了两咳。

陈岩当即朝前跨出一步，挡在任佳身前踏入了器材室，紧接着，又随手丢远了横在水泥地上的旧红幅，替她开出了一条狭窄的小路。

往里走时，任佳下意识看了眼手机屏幕上的时间，陈岩的神情即刻变得有些无奈，轻声道："帮你看着时间的，还有五分钟归我。"

任佳一下有些窘然，陈岩于是又问："说吧，在这儿藏了什么？"

"没藏什么。"任佳环顾一周，看见被堆放在道路最里的公告板后，忽然有些难受，"只是突然很想让她看看你。"

最后一句话任佳说得极其含糊，陈岩没有反应过来，试着按了按墙上的开关。

灯泡不亮，陈岩便又重新开机，打开了手机自带的手电筒。

器材室的光线确实有些昏暗，任佳循着陈岩手里的亮光，小心翼翼往前踏出两步，轻声问了句："关机干什么？"

陈岩回头把手臂递给任佳，等到任佳扶好，他才边走边解释了起来："不干什么，就是怕，怕你会发来消息，又怕你不会发来消息，总之你走之后，我就一直在反反复复地开机和关机。"

闻言，任佳又感到心脏被轻轻揪了一下，而酸涩之余，却是难以抵御的悸动与雀跃。

走到器材室角落时，陈岩身形一僵，任佳当即明白他已经看见孟桢的照片了，因而紧张低下头去，小声道："陈岩，我是不是有一点幼稚？"

陈岩不知有没有听到，像是被定住了一般，没有立即说话。

过了几秒，他低头关掉了手里的微光，让自己陷在了黑暗里。

灯光一灭，陈岩近在咫尺的呼吸便格外明显，那呼吸声似是有些杂乱，仿若竭力压抑着什么一般，不甚规律。

听着听着，任佳便难以控制地忐忑了起来。

可尽管如此，她还是缓缓俯下身去，等到眼神一适应黑暗，便抬手擦了擦孟桢的照片，丝毫不在乎公告板上的灰尘会弄脏自己的手。

半晌，任佳动作顿了顿，脱口而出一个"孟"字，旋即又敛去了声音，似是不知道该如何称呼孟桢一般，有些发窘。

陈岩笑了笑："随意就好。"

见任佳仍然紧张得厉害，陈岩想了想，又道："孟记者，或者孟老师，都可以。"

说话时,陈岩嗓子都快要沙透了,任佳听着听着,只觉周遭的空气都在簌簌震动,因而小心伸出手,宽慰般扯了扯陈岩的衣角。

"您一定知道吧?陈岩现在很好很好。"

终于开口时,任佳还是没能自然而然地给出具体称呼,说话的对象仿佛已经不再是某个逝去的人,而是变得有些虚无缥缈,像是说给了一段时光,更像是没有任何目的的单纯倾诉,又或者,她只是本能地察觉到了陈岩的落寞,因而用这有些笨拙的方式,不甚熟练地安慰起了他。

"'很好'是什么意思?"陈岩却哑声打断了她,"还没开始追呢,就给我发好人卡?"

他话音刚落,任佳一下忘了自己要说什么,责怪地扫了陈岩一眼,却依稀看见,他眼眶似乎微微有些发红。

光线太暗,任佳看不真切,轻轻踮起脚尖后,陈岩迅速往后退了一步。

任佳当即会意,低下头不再言语,可就在下一秒,肩上实打实的重量却让她呼吸一滞,即刻绷紧了身体。

陈岩不知何时已经站在了任佳身后。

紧接着,似是扔掉了所有防备一般,他疲惫万分地低下了头,把额头埋在了任佳颈窝里。

颈边的热气真真切切,任佳一瞬间动弹不得,陈岩却更加用力地握住了她垂在身侧的手,哑声道:"任佳,只有你觉得我很好。"

于是,在灰尘密布的狭窄器材室里,任佳当着孟桢那张被细雨浸透了一半的模糊照片,宛若昔日里在任峰墓前一般,深深低垂着头,有一句没一句地讲起了她身后的陈岩。

"陈岩是这个世界上最刀子嘴豆腐心的人……"

陈岩轻笑出声:"胡说。"

任佳才不搭理他,喃喃继续。

"陈岩捡了一只小狗,是路边捡的流浪狗,如今已经养得很好很好,比他好打交道一百倍……

"陈岩骑车也和我想的很不一样，那天我坐在他后座上，他全程红灯停绿灯行，时不时还会礼让行人，比他本人看上去要绅士一千倍，对了，陈岩还很会照顾女孩，知道怎么样不让女孩尴尬……"

说到此，任佳微微一顿，想起陈岩就那么自然地把画室的备用钥匙给了她，一下有些不好意思。

而陈岩亦早已不再反驳，带着任佳的手，从背后轻轻环住了她的腰："那是因为他载了一个心上人，他只是很会照顾他的心上人。"

任佳艰难吸进了一口气，听见身后人温柔得一塌糊涂的嗓音，又想起他安静坐在她离开之后的座位上、那放空般望着窗外的落寞模样，声音也一同哑了下去："陈岩，你是不是因为我，选了一条更难走的路？"

时间在沉默中一分一秒向前。

光线微弱的狭窄空间里，任佳听见窗外有鸟儿扑腾起飞的声音，感受着身后的少年切实而有力的心跳，终于抵挡不住，小声道："陈岩，没有你这样追女孩子的。"

陈岩却将任佳环紧了些许，低笑一声后，竟开始堂而皇之地耍赖："没追过，你教我。"

"哪有你这样的……"任佳瞬间窘得不成样子，"还没开始追，就先抱上了……"

说话时，任佳只觉整个后背都一片酥麻，尽管满目漆黑，依旧连眼睛都不知该往哪里看，陈岩的语气却又不舍了几分，更加放低了音量："我好想你。"

这样的陈岩实在让人难以招架，闻言，任佳身体越发僵硬，却刻意装作若无其事的样子，低声道："你正常一点，我明明就在你眼前。"

陈岩这才缓慢收回了手，只是，下巴刚一抬起，却又自暴自弃一般重新埋在了任佳颈窝里，低声认真道："你就在我眼前的那些时候，我也很想你。"

傍晚时分，蔚蓝的天幕已经被橙金相间的流云所取代。

直到双脚再次踏上落日下那片明亮而坚实的大地，任佳脑海内那近乎天旋地转的眩晕感才终于散去了几分。

任佳一边气喘吁吁地朝校门跑着，一边低头看了眼手机屏幕，她惊觉，陈岩竟将时间控制得刚刚好，轻声和她说再见时，距离她和胡雨芝约定的时间正好还剩五分钟。

而从操场离开学校的这一路，其实还用不了五分钟。

于是，跑着跑着，胡雨芝的笑容又再次出现在了任佳眼前，此时此刻，她像是丝毫不怕晒似的，直挺挺站在学校门口，从上到下认真浏览着去年的高考金榜，看上去兴致十足——看着胡雨芝那满是期冀的神情，任佳忽然觉得很高兴，几乎是连蹦带跳地跑带了她身边。

"你看你，可真是的……"胡雨芝一把揽过了她，"都毕业了都不知道要好好走路，怎么还跟个小孩一样？"一边说着，一边伸手替任佳擦了擦额上的汗，又递给了她一瓶刚买来的水。

任佳接过水，"咕噜咕噜"灌完了一大口，顿觉悠悠凉意浸满全身，这才冷静了几分。

"去干吗了？"胡雨芝又问，"脸都跑红了。"

任佳立刻低下了头转移视线，拿出毕业照递给胡雨芝后，便装模作样地看起了群里的消息，心想，她脸红了吗？那么大概率不是跑红的……

幸而胡雨芝没有多问，一拿到任佳的毕业照，就津津有味地看了起来。

手机屏幕上，群里的消息却快得令任佳咋舌，至于消息内容，则更是让任佳无比惊讶。

不知为何，班里有同学问起了桃江岛。

看见"桃江岛"这三个字被班里不同的人一次次提起时，任佳的心脏再次狂跳了起来。

紧接着，她加快速度向上翻去，不一会儿，就翻到了始作俑者。

毫无疑问，始作俑者就是陈岩。

当被问起毕业旅行大家想去哪儿时,陈岩罕见地应了声,而他的回答,则是任佳再熟悉不过的三个字:桃江岛。

坐在出租车内,在疾驰的车流中缓缓向前时,任佳按下了车窗,双手扒着车窗玻璃,认真凝望起了缓缓退后的风景。

在她眼前,气势滂溥的学校大门安静远去,"前海一中"四个大字更是越来越小,不一会儿,就小成了视线中轮廓模糊的一团幽黑。

等到前海一中彻底消失在视线里后,任佳低下头,长指开始缓慢打字:毕、业、快、乐。

一个字一个字打完,指尖向上一滑,短短四个字便如同汇入汪洋一般,即刻被班里的其余消息淹没了。

而就在下一秒,任佳手机又是一振,如同除夕夜那日一样,陈岩也在群里发了简简单单的四个字:毕业快乐。

刹那间,陈岩呼吸在颈侧的热气乍然重现,任佳不自在地攥紧了手机,看见屏幕上又弹出了一行字,不是来自班群,而是来自陈岩单独的对话框:任佳,我是因为你,才有路可以走。

路边的风景再度变成了一株株整齐排列的行道树,不一会儿,南巷竟已渐渐清晰了起来,而不过几秒钟的工夫,她熟悉的景象就又开始像梦一般越渐模糊,而同一时间,屏幕之上的那行小字反倒越来越清晰了。

看着看着,任佳脑海里便第无数次闪过了、她在半个小时前,闷着嗓子问出的那个问题。

——"陈岩,你是不是因为我,选了一条更难走的路?"

那时,陈岩安静靠在她肩头,静默无声,而此时此刻,他用斩钉截铁的方式给出了回答,他是因为她,才有路可以走。

"路过南巷了啊……"

等红灯的间歇,胡雨芝几分恍惚的声音响在了任佳耳畔。

任佳点了点头,强忍着不愿回头去看,而胡雨芝已经伸出手来,轻轻刮了刮她的鼻头:"佳佳,桃江岛已经变样子了,终于啊……终于能带你回家看看了。"

时间过得很快,不过两周的工夫,原以为将永远篆刻在记忆中的高考两天已悄然模糊了起来,而在六月的尾巴,分数已出,所有的一切似乎都沾上了几许尘埃落定的意味。

海风的涌动比春日里慢了许多,任佳骑着自行车,沿着长长的海岸线一直向前,最终,停在了一所建筑老旧的小学旁。

停了车,任佳微微喘着气走进教室,刚一站上讲台,台下的小不点们就乐开了花,异口同声道:"小佳老师好!"

任佳笑了笑,点头应好后,便接着昨天上课的内容,在黑板上一笔一画写起了板书。

只是,她才写到一半,一个怯生生的声音便响了起来。任佳立刻放下粉笔,一回头,就看见前排的一个小女孩离开了座位,此时此刻,她正踮起脚尖,扯着任佳的袖子和她说话,满脸不舍。

任佳忙问:"怎么啦?"

小女孩的声音里带着哭腔:"小佳老师,赵老师说你明天就不给我们上课了,是真的吗?

闻言,任佳心一软,正不知该怎么回答,赵玫已经走进了教室:"都不准哭鼻子,小佳老师以后会常常来看你们的。"

听着昔日的班主任称呼自己为老师,任佳顿觉十分别扭,忙不迭地点起了头。

原本,任佳只是想来桃江小学看望儿时的班主任赵玫,可鬼使神差地,得知赵玫暑期里看管的小孩是来自各个班的留守儿童后,她便经不住赵玫的邀请,给他们上了整整半个月的课。

由于尚在暑假,上课的内容也算不上有多正式,偶尔讲故事,偶尔玩游戏,寓教于乐,天马行空,由着任佳自己发挥。

任佳的故事讲得生动有趣，不知不觉，这帮小不点就有些离不开她了。

最后一节课上完，离开学校时，赵玫将任佳送出了老远。

赵玫一边走着，莞尔笑道："那帮小鬼肯定不知道，给他们上了半个月课的小佳老师，是咱们省里的高考状元。"

距离出成绩的日子已经过去五天了，赵玫还是时不时就会念叨一番，话里话外都透着十足的骄傲。

任佳实在听得不好意思，挥别赵老师后，她迎着风驶向渔港，再一次想起了出成绩那天、那令人啼笑皆非的画面。

当时，任佳正在胡雨芝的小店里帮忙，查分时间一到，她刚一登进网站，甚至还没来得及看清分数，手机里就有电话打了进来，由于是完全陌生的号码，任佳直接挂了电话。

只是，重新点进网页时，又有电话打了进来，也是一个完全陌生的号码，想了想后，任佳最终还是接了起来。

而同一时间，胡雨芝的手机也在响个不停，屏幕上显示的号码正是先前被任佳挂掉的那个，犹豫两秒后，胡雨芝也迟疑着接起了电话。

由于店里太吵，母女二人默契十足地开了免提。

然而，电话接通后，话筒里才刚传来了两声自我介绍，店里便陷入了诡异的寂静。

安静数秒后，一阵夸张的笑声骤然爆发，有人边笑边感慨了一番，现在的骗子连国内顶级高校的招生办都敢冒充，胆子简直越来越大了。

一句话，让任佳一下子就有些哭笑不得，飞速拉着胡雨芝去店外接起了电话，然而一通电话结束，胡雨芝刚一踏回店里，就豪气十足地宣布了一个消息——

全！店！免！单！

听见那四个字时，店里一众顾客差点儿惊掉了下巴，再看向一脸淡定的任佳之时，神情不约而同变得无比精彩。

渔港旁,昔日里卖甜汤的小铺消失不见,取而代之的是一个小小的门面。

停好自行车后,任佳轻车熟路地走进店里,买完甜汤却没在室内坐下,而是搬了把塑料凳子走到门外,和店门前一个白发苍苍的老太太并排而坐,有一搭没一搭地聊了起来。

"奶奶,还记得我吗?"

老太太并不答话,目光飘忽地注视着远方的渔港,像是坠进了一场悠长的梦里。

见状,任佳并不在意,低声笑道:"真好,没想到还能看你。"

这时,店内的音响播放起了一首流行歌曲,正是那部在桃江岛所拍电影的片尾主题曲。

近日里,桃江岛的大街小巷都在播放着这首歌,任佳不得不感叹,一部知名导演的电影,确实比她想象中还要影响更广,自电影上映以来,各种店铺如雨后春笋般钻了出来,前来摄制地打卡的游客也肉眼可见得多了不少。

音乐声中,阵阵晚风缓缓吹来,时间仿佛也跟着慢了下来,良久,任佳随着那熟悉的旋律,哼出最后一句歌词,再一抬眼,便看见不远处的渔民们已经收了工,正拖着小小的渔船往沙滩上走。

夕阳之下,渔民们的面孔分外相像,似是被冷硬的沙砾磨过一般,坚实而沧桑,与周围轻柔舒缓的音乐格格不入,有种格外粗粝的质感。

看着看着,任佳心底便忽然升起了一股异常强烈的笃定感,只觉不论遇上何种际遇,她从小长大的这片小岛依然会保有一方角落不被改变,一如往昔。

港口的渔民散尽后,夕阳彻底坠进了海里。

任佳今晚还有约要赴,看了眼时间后,她再度跨上自行车,在一片金光之中,驶向了她曾待过整整三年的岛上中学。

到达地点,看见等在学校大门口的女孩后,任佳一下有些矛盾,不知道该不该继续往前——半年之前,陶芙冷漠地忽视了她的好友请求,却又在她高考出成绩后打来电话,又哭又笑地和她道起了恭喜。

任佳一边想着,拎着甜汤,一步一步向陶芙走去:"你现在还喜欢喝甜的吗?"

陶芙接过甜汤,重重点了点头,声音同样紧张得要命:"喜欢的!"

刹那之间,来自童年玩伴的熟悉感战胜了尴尬,朝陶芙望了两秒后,任佳"扑哧"一下笑出了声:"陶芙!你涂口红了!"

和前海市窗明几净的教室有所不同,桃江中学的教学楼很是陈旧,墙面微微泛着黄,已有数年不曾粉刷。

任佳和陶芙钻进昔日的教室,"啪"一下打开灯,不约而同地按照以往的位置坐了下来。

坐下后,陶芙看着课桌上那歪歪扭扭的涂鸦,忍不住感叹:"外面的世界一天一个样,只有这里一直没变。"

任佳也认真端详着课桌,发现其上有许多痕迹,有的是铅笔印,有的是头发丝粗细的刻痕,更夸张的是早已泛了黄的涂改液印迹,大大小小、新新旧旧……但凡不影响桌面平整的,都没有被翻新处理。

看着看着,任佳眼睛一亮,异想天开道:"说不定还能找到我们当时的座位呢。"

毕竟,在分外"中二"的年纪里,他们几乎一整个班的人都曾在课桌上写过一点儿什么,要么是流行歌词和伤感语录,要么是喜欢的人的名字……总之,五花八门,不一而足。

不过,任佳倒是与大部分人不同,她这人有些迟钝,直到遇到陈岩才终于对感情开窍几分,回想起来,好像只在那时幼稚兮兮地写过她自个儿的名字?

想着想着,任佳已经起身找了起来。

而出乎任佳意料的是,她竟然真的找到了!

看着课桌右上方那个歪歪扭扭的"任佳公主"时,任佳简直恨不得找个地缝钻进去。

她竟然在十三岁那年暗地里管自己叫公主……

陶芙同样看见了那几个字,目睹任佳无比尴尬的表情后,哈哈大笑起来。

又过了几分钟,一碗甜汤喝完,陶芙终于说出了她特意和任佳见这一面的理由。

抑或者,用陶芙自己的话说,压根就没什么正经理由,她只是想告诉任佳,她已经做出了决定,打算回到桃江岛,重新读一年高三。

任佳很安静地听她讲着,早已明白过来,为什么在自己去到前海市的那段日子里,陶芙突然就不肯理她了。

一边想念着要好的朋友,一边又不可避免地感到好自卑……

这感受分明她也体会过,并不陌生。

离开之时,任佳像多年前一样走上前去,无言挽住了陶芙的胳膊,她想,离开桃江岛之前,她可以把自己的课堂笔记统统分享给陶芙。

而陶芙朝前走出几步,又返身看向了任佳身后,怔愣道:"那是什么?"

任佳疑惑地回过头去,折返几步后俯下身来,竟然从刚刚坐过的课桌里摸出了一颗糖。

一颗小小的,包装再熟悉不过的青柠糖。

朝手中那枚小小的水果糖看了半晌后,任佳迎上陶芙格外诧异的视线,终于没忍住,"扑哧"一下笑出了声。

陶芙忙问:"这什么?怎么只有你坐过的那个座位有……"

任佳却一点都不惊讶,缓缓眨了眨眼睛后,狡黠笑道:"不知道,可能还有一个幼稚鬼也来过这里吧。"

"什么?"陶芙警惕地皱了皱眉,"谁会这么闲?"

任佳只笑,并不说话,心想,她最近每天都和一帮小朋友混在一起,一不小心就把某个大朋友冷落太久了。

走出教学楼,任佳沐浴在柔和的月光下,深一脚浅一脚往前走着,把自行车也给了陶芙,叮嘱她回家后及时给自己发消息。

陶芙不明就里:"那你呢?"

任佳却摇了摇头,似是玩心大起的小孩一般,摇摇晃晃地踩起了自己的影子:"幼稚鬼找上门来了,晚点再回。"

话音刚落,任佳的手机正好响了起来。

见状,陶芙若有所思地扫了任佳一眼,似是明白了什么一般,暗笑一声之后,配合地跨上了任佳的自行车。

"干什么?"电话接通后,任佳小声发问。

陈岩开门见山:"说好了的,你今晚的时间归我。"

任佳无奈极了,转身向后看去:"陈岩,这样打电话难道效果更好吗?"

话音刚落,视线便已被一个分外出挑的颀长身影所彻底占据,而那人不躲不避,长腿一迈,便淌过了一地细碎叶影,一步一步地走向了她。

青柠糖已经彻底融化在了口中,酸涩之余,淡淡的回甘渐渐溢满了唇齿。

与陈岩四目相对之时,任佳微微眯了眯眼睛,发现他似乎刚洗完澡,周身透出了一股清冽。

不知为何,陈岩今晚看向任佳的眼神格外缱绻,仿佛比涌动的海风还更加悠长……

任佳内心警铃大作,不动声色地往后退了一步。

"忙完了吗?"陈岩紧跟而上,"日理万机的任佳公主?"

"哪有你这样的……"任佳心知陈岩看见了那个课桌,小声嘟哝,"考完第二天就追过来……"

陈岩却一脸无辜:"那又怎样?你直到现在才有时间教我怎么追女孩。"

他一边说着,忽然举起了手里的相机,"咔嚓"一声,拍了张桃江中学的照片。

见状,任佳倍感疑惑:"怎么还带上了相机?这是要去哪儿?"

495

月光澄澈，夏夜海风扑面而来，任佳没有想到，陈岩会带她来到桃江岛早已废弃的旧码头。

而更出乎她意料的是，昔日里这无人问津的偏僻地界，如今竟已变得这么热闹——码头之上，夸张的嬉闹声此起彼伏，任佳环视一周，发现周遭的一张张面孔分外陌生，立刻意识到，来这儿的大部分都是外地的游客。

这画面让任佳觉得有几分新鲜，直到这时，她才真真切切地感受到了桃江岛所散发出来的崭新活力。她发现陈岩一直看着同一个方向，视线便也不由自主追随而去，落定在了不远处的废弃大船上。

那艘船里里外外都经过了一番改造，甲板变成了用来点餐的吧台，桅杆则挂上了硕大的白色幕布，此时此刻，光影在幕布上缓缓流动，播放的还是那部在桃江岛取景的电影。

好巧不巧，电影正播放到了经典的表白片段，见状，任佳一下有些不太自在，飞速扫了眼身旁的陈岩。

陈岩的表情则很自然，状若无意般提了一句："想听歌吗？"

闻言，任佳顺着陈岩的视线向后望去，发现幕布一侧，有几个工作人员调试起了放置在地上的音响，而船舱之上，则悬挂着数把彩色吉他。

原来这里被改造成了一个露天音乐餐厅？

任佳显然没搞清状况，疑惑地看向了陈岩。

陈岩喉结轻轻颤了颤，直到这时，动作间才暴露出了几分掩不住的无所适从，略略清了清嗓子道："我去找老板借把吉他，一会儿唱歌给你听。"

吧台一侧，昏黄的灯光缓缓流动，陈岩半边身体陷在了阴影里，眉眼忽明忽灭，看得任佳格外恍惚。

又过了一会儿，陈岩随手拿了把吉他，不知和餐厅老板说了几句什么，那老板一听，嘴角便倏地咧了起来，频频看向了任佳。

任佳被看得越发局促，环视一周，发现周围有许多相依偎的情侣，微微坐直了些许。

"陈岩，你准备什么时候去看姜老师？"

陈岩拿着吉他回来后，任佳突兀地提起了姜悦。

"过几天吧。"陈岩低着头，右手扫了几下琴弦，"等到去拿档案和毕业证的那天，我们一起去看她。"

此时此刻，在夏夜海风的吹拂下，"我们"两个字由陈岩轻声说出口，立即就沾上了几丝微不可察的缱绻，任佳呼吸一滞，安静看着低头调音的陈岩，不再出声。

从她的角度，能清楚地看见陈岩手背上绷起的青筋，以及他喉结轻轻滚动的幅度。

看着看着，任佳心里便没来由地多出了几丝宽慰，心想，如果陈岩内心深处也和她一样不自在，她就再也没什么好害怕的了。

半晌，陈岩终于抬起了头，也和任佳一样，挑了个和此情此景完全不相干的话题："你呢？演讲稿准备好了吗？"

"没有。"任佳摇摇头，倾身向前，拿起了陈岩挂在胸前的相机。

高考出成绩后，老校长直接找到了任佳，希望她能回到前海一中进行一次演讲，时间尚未确定，一切都以她方便为主。

这事儿任佳答应得很快，然而一转头就犯了愁，完全想不到要说什么。

想着想着，任佳缓慢点开了相册，看见相册里，第一张照片就是她与陈岩穿着校服的合影，下一张，是写着"任佳公主"四个字的课桌，再下一张，就是桃江中学平平无奇的大门。

才翻了三张，照片便又回到了第一张，任佳不可思议地抬起头，心想，这人作为美院建筑系的预备生，不应该多拍点儿形形色色的建筑物吗？

而同一时间，陈岩微微往后靠了靠，下颌骨上的线条蓦然绷紧了几分。

陈岩脖子上的相机带长度有限，任佳不明就里地低下头去，垂下的发稍宛若鸦羽一般，堪堪掠过了陈岩的锁骨。

刹那间，空气的涌动慢了下来，任佳意识到陈岩绷紧了身体，又见他有一下没一下地拨弄着手里的弦，只觉眼前人演技根本不过关，想表白的心思全都写在脸上了，她想不发现都难……

意识到这回事儿，任佳不禁觉得有些好笑，心说，此刻坐在她眼前的这个人，是她一整个青春里最喜欢的人，她因为他哭过笑过，见过他的朋友，浇过他的兰花，抱过他的狗，穿过他宽宽大大的长袖T恤，甚至，还睡过他的床……

可尽管如此，这人还是在打算正式表白的这天紧张得要命，似是生怕她会拒绝他似的，根本藏不好眼里的踌躇。

这么看来，还真不是仗着她心软、就理所当然地把脑袋枕在她颈窝里、一抱起来就不肯松手的那天了……

想着想着，任佳大胆地伸出手，毫无章法地拨了拨陈岩手里的吉他，小声问："你真的要在这儿唱歌给我听吗？"

潜台词其实是，周围的人好多，能不能换个只有他们彼此的地方……

已值盛夏，入夜的海风依旧料峭，起身之时，陈岩脱下外套披在了任佳肩上，提醒她小心着凉，任佳老老实实地把拉链拉到了顶端，感受着陈岩外套的温度，和他沿着长长的海岸线并肩前行。

抬起头，点点繁星似要亲吻大地，任佳忽然觉得很高兴，有种自己伸手就能触及星星的错觉。

她这样想着，也就这样傻兮兮地喊出了声："陈岩，看星星！"

话音刚落，身旁传来了一声低低的笑，短促、温柔，似有似无。

任佳于是怔怔回过头去，却见陈岩指了指不远处的一处光亮，轻声道："到了。"

码头的喧嚣早已逐渐远去，星夜之下，唯余海风缓缓涌动，几乎就要与任佳的呼吸融为一体。

眼前不知何时多出了一顶大大的露天帐篷，帐篷之下，点点暗灯宛若细碎星尘。

他还真准备了这样的地方……

任佳不自觉屏住了呼吸，走近了，才发现每一盏微灯都被一枚半开的贝壳所笼罩着，虚幻得像是她孩童时期的梦……

吉他的旋律响起之时，任佳仍有些恍惚，情不自禁地举起相机，拍了张陈岩的照片。

照片之中，陈岩的眉眼被无数微灯映衬着，看向镜头时，英俊的眉眼像是揉进了漫天星光。

　　你的笑让人浑身上下有力气
　　你的吻把人轻易变成易碎品

少年轻声唱了起来，声音微哑，颤音亦紧张得很明显。

任佳从没听过这首歌，抱膝而坐后，将下巴枕在了膝盖上，认真听起了眼前人唱歌。

　　我喜欢你永远仰望天空的眼睛
　　喜欢你回头对我说
　　就这样一直往前走啊
　　别停

很柔和的旋律，清澈如水，莫名其妙地，任佳忽然有些鼻酸。

　　你的笑让人浑身上下有力气
　　你的吻把人轻易变成易碎品

陈岩一边唱着，忽然俯下身去，额头与任佳轻轻相抵。

　　我喜欢你能够长出尖刀的骨头

喜欢你笑着对我说

太阳当然会再升起呀

傻瓜

一首歌唱完，二人仍然轻轻抵着额头，没有分离。

陈岩的呼吸早已粗重了不少，放下吉他后，他指腹上那处薄茧轻轻划过了任佳的手背，指尖亦颤抖得像是濒临破损的蝶羽，极其缓慢地与她十指相扣。

任佳听见了自己的心跳，轻声问："自己写的吗？"

陈岩没有否认，另一手倏然托住任佳的后颈，再度向自己逼近了几分。

任佳慌张得想要逃开，身体却像是被按在了原地，她想起陈岩唱歌时始终凝望着她的眼睛，想起歌词中频频出现那个的吻，小声控诉："怎么连歌词都要胡说……"

"哪个字胡说了？"闻言，陈岩直接打断了任佳，哑声笑道，"怎么不具体说说？"

刻间，任佳耳边重重一"嗡"，大脑一片空白。

而就在她话音落下的那一秒，陈岩不由分说地吻了下去。

像是再也无法忍受一般，他冒冒失失地攫夺起了任佳唇上的温度，双手亦第一次失了轻重，带着恨不能把眼前人揉进身体的力道，将她笼罩在了一方阴影之中。

这是任佳第一次与人呼吸相闻，却与她想象中蜻蜓点水的初吻大相径庭，陈岩的呼吸很沉，心跳也很沉，与她唇齿相依之时，仿佛挨过了经年累月的思念、携着他整个人的重量，再无遮掩地走到了她面前。

他们两个人都很笨拙，任佳听见了牙关相碰的声音，强挨着心里的羞怯，不甚熟稔地配合着陈岩，心里一边紧张得要命，一边又依稀意识到了好像有什么不太对劲——接吻这种事情，不是应该在正式表白之后再来吗？

陈岩托着任佳后颈的右手却又加重了几分力气，一时间，任佳连眼睛都不知道该不该闭，本能地感受到了几丝危险后，慌张想躲，却于一片温热中尝到了一丝熟悉的酸甜。

——是青柠糖。

太熟悉了。

似是顷刻之间，所有的冲动、所有的怯意，全都化作了那几丝一晃而过的酸。

那么不对劲就不对劲吧，下一秒，任佳用力闭了闭眼，近乎自暴自弃地想，谁在乎呢？

是啊……

谁在乎呢？

世界于是变成了一片让她天旋地转的幽深黑暗，在那广袤的黑暗中，唯有一双手、一个人、一声咽不下去的喘息，以及辗转于唇上的那几丝近乎滚烫的温度，将她毫不犹豫地托了起来。

"任佳……"唇齿摩挲之间，陈岩微喘着退开些许，"你想不想要一个陈岩？"

想不想要一个陈岩？

任佳有些头重脚轻地想，这算是表白吗？她从来没听过这么奇怪的表白。

"想要的。"

但她没有犹豫。

于是陈岩又吻了上去，这是这一次，在气息即将变得粗重之时，他像是用尽了全身的力气来按住自己一般，艰难退后几寸，紧接着又格外珍重地俯身前去，只轻轻亲了亲她的嘴角："那说好，陈岩归你了，没得反悔了。"

相机被架好的那一秒，陈岩回头奔向了任佳，托着她的脑袋靠在了自己肩上。

"不要！"任佳抗议，"这个姿势太傻了！"

"要拍了。"陈岩有点着急，"相机的定时只有十秒。"

任佳仍然不肯，伸手去牵陈岩的手："牵我。"

相机的闪光灯已经闪烁了起来,陈岩立即握住了任佳的手,提醒道:"看镜头!"

闻言,任佳慌张地回过头去,听见了一声分外清晰的"咔嚓"声。

这是一个寻常的海边夏夜。

照片里,浩瀚苍穹无边无际,将点点繁星投映在了海面之上,仿若千万年来便一直如此,寂静而渺远。

星夜之下,女孩微微睁大了眼睛看着镜头,神情仍然有些诧异,少年眼底则含着淡淡的笑意,压根没有去看镜头,而只偏头凝望着身边的女孩,一如始终。

第十九章
无比耀眼

"掌声就是最好的证明。" ♪

开学日，晴空万里。

前海一中操场人满为患，高一新生们站在队列最左边，身上的校服是刚领不久的，在阳光的照射下白得有些晃眼。

"好热啊……怎么还不开始？"

"不知道，还有两个班没齐，得再等等吧……"

对于各个班主任隆重宣布的、前海一中有史以来第一位高考状元的开学演讲，大部分高一新生都只是听个热闹而已——没办法，三年时间，这听上去实在是长久而遥远，连带着给高考也拢上了一层格外缥缈的纱。

至于前人们所谓的弹指一挥间，仿佛也只是在年岁渐长时偶尔拎起的一点惦念，身在其中的人，就连挥霍都是生动的，又哪里用得着为之焦灼呢？

即将进行演讲的人叫任佳，很普通的名字，平平无奇。

交流一圈后，新生们略感失望，探头探脑地环视起了周围的景象。

周围的景象却让人感到奇怪——放眼望去，高年级的学生们规规矩矩地站在队伍里，竟然一个更比一个专注，面上的神情几乎都能称得上有几分肃穆了。

后排的新生们不太理解，相比起来，他们其实对角落里那个与主席台有点远，看不清脸的人更感兴趣。

毫无疑问，对于有的人而言，即使不看脸，身段也是能黏住人的目光的。

那人身长腿直，没有穿校服，应当不是学生，但看着比他们大不了太多，想来也不会是老师。

即使是刚毕业的实习老师，也没他看上去这么闲散的。

他是真闲散，手上拿了个相机，却只虚虚端着，偶尔朝主席台上排排坐的校长主任们瞥上一眼，很快就又不耐烦地低下头去，全无按快门的打算。

"噢——原来是陈岩来了啊……"

那人叫陈岩？

几个东张西望的学生应声回头，直直对上了自家班主任的视线。

"姜、姜老师……"

一见来人是姜悦，他们瞬间站直了身体，眼神齐齐整整地望向了主席台，再不敢走神了。

要知道，尚在正式入校前，这帮新生就已经听过姜悦的名号了。

据闻，姜悦人虽年轻，本事却不小，仅仅用了一年的时间，就把及格率倒数的班级带成了正数，高考出成绩后，甚至有十来位家长排着队前去登门拜谢。

这无疑是一段佳话，然而学生们却有着自己独特的看问题角度，近日里一见了姜悦本人，他们更是无比默契地统一了意见——像这样的老师，既然没长成青面獠牙的模样，那就肯定有着数不尽用不完的雷霆手段了……

一番脑补，学生们身体绷得愈直，就连眼神都不敢乱飘了。

姜悦本人则颇为疑惑，心说，这么怕她干什么？她不就是在心底揣了点儿不太符合教师身份的八卦吗？

姜悦转头瞥了眼陈岩。

时隔两月,她终于又瞧见自己这位得意门生,心里却没什么特别的感怀,脑子里想的全是一件事儿——不得了,小伙子长得越发人五人六了,出去了估计能招不少人。

她一边想着,一连后退几步,顺着陈岩的视线看向前方,一下就明白他为何要独自一人伫在角落了,从他那个角度,能清楚地看见等在主席台一侧的任佳。

任佳扎了个随意而松散的马尾,默默低头看着手里的稿纸,安安静静的。

姜悦看得欣慰,心想,小姑娘骨头明明比谁都硬,看上去却永远这么不声不响。

而台下那个同样不声不响的人呢?

看着简直不能与活人打交道,然而捂得严严实实的那一颗心,分明又比谁都容易软。

"嗡"的一声,话筒的余音开始在空气里震荡,李屹良面色铁青,几分尴尬几分恍惚地介绍完任佳后,任佳就径直走上主席台了。

"大家好,我叫任佳。"

窸窸窣窣的新生们终于彻底安静了下来,准备好好咽下这碗来自省状元的晨间"鸡汤",与此同时,掌声在人潮中骤然爆发,高二高三年级的学生们鼓掌鼓得的一个比一个更起劲,仿佛不只是奔着"省状元"这一噱头来的,倒更像是看见了一个阔别已久的老朋友。

姜悦自然也在其中,带得周围几个学生似也生怕落下一般,忙不迭加入了大部队。

"咔嚓"一声,众人热烈捧场之时,陈岩已经拍下了一张任佳紧紧攥着话筒的模样。

拍完,他迅速放大了照片,看清她眼里又是困惑又是尴尬的震惊神色,

505

不由得笑了，心里自然而然地琢磨着，以后求婚时把这张傻兮兮的照片拿给她看，她会不会和他翻脸？

怎么会傻得这么可爱？

她好像还不知道，文艺晚会那天，她身穿一袭白裙献歌一首之后，她就已经被整个年级里的人来来回回讨论过一轮名字了。

她好像也不知道，当她的名字在排名榜上一点一点往上，再以断层优势甩开裴书意稳踞顶点时，众人记得的已经远不止她柔声唱歌的模样。

而她最最一无所知的其实是，比起排名榜上那几个横平竖直的印刷大字，所有人更加记得的，反而是那个执拗而认真地出现在了"民间通报批评"上的、用力到近乎划破了纸张的"任佳"。

也不稀奇，一边想着，陈岩无奈失笑，毕竟就连他的喜欢，她也曾迟钝得不成样子。

主席台上，任佳一脸受宠若惊，紧接着，不好意思地正色回神，略略清了清嗓子。

"我的妈妈叫胡雨芝，是一个没有念过什么书的、活了大半辈子才找准了自己所谓的一点儿事业的女人。"

——终于，任佳说出了自己的开场白。

"而她的那个事业，也只是在我的家乡租上一间十来平方米的、只摆得下几张桌子的小店。"

她话音刚落，学生们似乎有些迷茫，毕竟，要论考试，主席台上的人一定是佼佼者中的佼佼者，他们原本以为，就算任佳的演讲不是通用学习技巧，也一定是独门提分奥秘，完全没有想到她乍一脱口而出的、却是和此情此景有些格格不入的两个字，妈妈。

而主席台上，任佳的语气很柔和，尽管声音不高，通过话筒传来时，却自有几分沉甸甸的力量。

"总而言之，她是一个很普通的、扔进人堆里就难以让人注意到的人，但就是这样一个人，让我日渐相信，强大是一种可以习得的技能。"

任佳说到这里时，悄无声息地，徐原丽走到了姜悦身边，视线从主席台上缓缓收回，又落定到了自己才刚迎来不久的高一新生上，显得有些渺远。

姜悦早发现了徐原丽，转身对她打了个招呼，紧接着，两人心照不宣般相视一笑，又不约而同地，齐齐看向了台上的任佳。

"她走过的路很短，见过的风景很少，做事喜欢认死理，说话爱钻牛角尖，可小的时候，我打从心底觉得她无所不能。

"只是后来，我走过的路渐渐多了起来，看过的风景也不再局限于一个小小的海岛，才惊觉，原来有很多时候，那个无所不能的人根本不过是在虚张声势而已——她在无数个我不知道的时刻端着笑脸和人说话，因为有求于人，时而诚惶诚恐，时而唯唯诺诺。"

李屹良鬼使神差地朝台上瞥了一眼，表情莫测，而出乎他意料的是，任佳也正笑看着他，神情客气而礼貌。

"可即使是这样，即使她现在的模样和我小时候记得的模样已经截然不同了，她最不能忍受的事情还是没有变。

"她最不能忍受我自己看不起自己。"

主席台下鸦雀无声，任佳艰难顿了顿，才继续说了下去。

"在生活中，我确实不是一个时时刻刻都有着足够自信的人，甚至就在几天之前，我还在为我人生中第一场演讲的主题而犯愁，我明白，我今天之所以能站在这里，应该百分之百归咎于一个不错的高考分数，但其实，我并不认为自己真的能够教会大家什么——毕竟，这个世界已经足够便利，更有着无数尚待仰望的群星灿烂者，不论是知识还是道理，都有大把大把的人说得简明而透彻，动动手指就能检索到。

"但幸好，因为胡雨芝女士的存在，每当我怀疑自己的意义时，总会不由自主地意识到，在这片广袤的天地中，我本身就是另一个人最大的意义。"

不止一个人。

操场大后方，陈岩认真看着台上的女孩，心想，任佳，不止一个人的。

"于是我又鬼使神差地冷静下来，经过一番折腾之后，终于，想出了一点儿我打从心底认同的东西，写下了以下这段话。"

所有人都在屏息以待，不知不觉，前海一中偌大的操场已经静谧非常。

"我想，我站在这里的全部价值，只是在于——"

说到此，任佳眼睛微弯，像是仍有些不好意思。

"只是在于这一刻，我站在你们能够看得见的地方而已。

"圣古贤言太深刻、哲思故事太遥远，我们所能得到的最珍贵的那些力量，恰恰不就是来自身边某一个看得见摸得着的人、于某一个时刻坚定看向你的眼神，或是不假思索脱口而出的安慰吗？"

闻言，老校长回过头去，深深看了任佳一眼。

任佳回以一个微笑，垂眸继续："我曾遇见有人，在我面对挖苦与恶意时，认真看着我的眼睛，毫不犹豫地说相信我，也曾遇见有人，用力扳着我的肩膀，一连三次，无比强硬地让我不许怀疑自己。"

台下适时地响起了一片心领神会般的笑，除了刚进入学校的一年级学生外，整个前海一中的人都或多或少知道点儿与任佳有关的那场作弊传言——时过境迁，昔日的传闻在如今看来，已经带上了几丝独特的故事色彩，显得有些滑稽了。

"还曾遇见有人……"任佳继续说着，眼睛越发亮了，"像是从天而降一般拦在我身前，气势汹汹地问我为什么不对生活里的质疑予以反驳？"

这句是临时发挥的，陈岩心里的怨气这才散了几分，放下了相机打算用眼睛将台上的人看个够本——毕竟，就为了老校长亲自交给她的这一演讲任务，她已经把自个儿男朋友冷落了好几宿，原本用来和他打晚间电话的时间全拿去琢磨演说词了。

陈岩一边想着，一边往靠近主席台的方向走了过去，打算近距离欣赏任佳念出最后几段的表情——毕竟最后的那几段，是她写完后越看越觉得自恋嫌疑颇深，他却态度强硬地不许她删掉的。

"而在我所收获到的所有来自'身边'的力量里,有一份最为特殊,也最为令人记忆深刻,回想起来,我与那个人算是自小认识,只是起初,她的面目有些模糊不清,还总是被我理所当然地忽视……但后来,当我逐渐感受到了她的存在,逐渐看清她、逐渐重视她之时,她给予我的信任、慰藉以及爱之深沉,已足够穷尽我全部的想象力。"

这样的笑太生动了。

陈岩目光灼灼,意识到自己的贪心总比满足多一分,根本看不够本。

"我想我应当顺带提一下,她的名字叫……"

说到此,任佳咧起嘴笑了笑,而台下,陈岩也勾了勾嘴角,嘴唇一翕,于鸦雀无声的人群中,和她一同轻声开了口,淡淡吐出两个字——

"任佳。"

学生中出现了一阵小范围的窸窣声,任佳微微昂起了头,视线望向了蔚蓝的天空、碧绿的草地,紧接着,又缓缓低下头去,像是透过了眼前数千张生动鲜活的面孔,看见了一年前她刚入校不久之时的景象。

那时,她站在前海一中的最高处,头顶一片梦一般瑰丽的玫瑰色晚霞,而视线所及之处,老校长与此时的她一样,同样伫立于主席台前的这一方天地之间,声音分外渺远。

仿若跨越了两个时空一般,女孩年轻而清亮的声音与老者沙哑而苍老的声音重合在了一起。

——"迷茫时分,我将自己鞭笞自己。"

——"跌倒时刻,我将自己扛起自己。"

少年日新而日日新,世界日新而日日新——

任佳蓦地提高了声音,即使面带羞赧,仍然声音坚定地说了下去:"或许这只是一种阿Q精神,但我总认为,高看自己、将近在咫尺的自己视作可以拯救自己的神祇,好过对心底的骄傲和心气视而不见,好过装出一副云淡风轻的模样、在日复一日的妥协中磋磨自己。

"难道……我们中有谁敢肯定,我们内心深处某个地方,从来都没有在某一个时刻涌出过哪怕一丝一毫不可一世的骄傲吗?"

此时还是炎夏,天还很蓝,这场演讲最终还是跳出了回忆与故事,奔向了鸡汤意味越发浓厚的地步。

但或许,由于任佳表现得始终很紧张,抑或是她面上始终带着几丝真的想要说点儿心里话、却又生怕自己因为"讲道理"这一行为而表现得太过傲慢的恳切,这碗"鸡汤"或多或少还是有人听了进去。

掌声就是最好的证明。

至于"鸡汤"的持久性,自然不得而知,属于另外的范畴了。

任佳走下台时,一边暗骂自己太较真,宁愿云里雾里好大一通,也不敢真真切切地来一场铿锵有力的疾呼,一边又忍不住喜滋滋地想,不论怎样,老校长的任务是完成了,接下来,在入学前没剩下几天的时间里,她可以……

尽情去玩了!

她实在是开心,在人群里伸长了脖子搜寻着陈岩的身影时,步伐都不由得轻快了不少。然而一看见陈岩的"状况",她喜滋滋的心情就一下没了影,像是一根跃跃欲燃的小火柴被人一头杵进了水坑里一般,"刺啦"一下,没火了。

此时此刻,陈岩正被几个星星眼的高一新生围着,其中有女生在问他要联系方式,而他嘴角一反常态地勾了点儿意味不明的弧度不说,居然还毫不犹豫地给了……

给了?

围着他的那几个人似乎是姜悦班里的,这么说,陈岩算得上是他们的优秀"嫡系学长"了,受邀留个联系方式倒也说得过去……

吃飞醋实在是一点也不酷,安慰完自己后,任佳竭力营造出了一副毫不在乎的模样,却又不可避免地开始挑刺,心说这人留联系方式就留联系方式,表现得那么开心干什么?

这个想法一冒出来，心里某根偃旗息鼓的小火柴甚至冒出了乌泱乌泱的黑烟，任佳开始身体力行地慢吞吞往回倒——决定不要理陈岩了！

而陈岩已经看见了任佳，一对上她的视线，眉眼一弯，面上的笑意就蓦地明朗了起来，紧接着，他低下头去，不知和周围的人说了几句什么，便大步流星跨过了众人，径直走向了她。

陈岩向任佳大步而去之时，她身后的脚步声也在愈加清晰。

任佳略略有些茫然，一回头瞧见来人是笑意盈盈的姜悦后，一秒都不带犹豫的，立刻向她跑了过去："姜悦老师好！"

任佳叫得亲亲切切的，像是找到了靠山一般，刻意没回头瞥陈岩，以这种幼稚兮兮的方式表达起了方才对他的不满，陈岩脚步一顿，还没开始往吃醋这方面想，自己就先不平衡了。

他可是听得清清楚楚，姜、悦、老、师——连名带姓的，四个字拖出了又长又柔的韵脚，扬起的尾音简直就像是在撒娇。

怎么就没这么叫过他？

姜悦一抬手就揽过了任佳，另一手朝陈岩微微一晃，眼皮一掀一垂，"啧"一声笑了起来："陈岩，今天特意收拾了一番才来的？"

任佳这才回过头去，恍然惊觉，陈岩今天还真是不太寻常——往日里除了校服在身，他从来都是雷打不动的一身黑，今天却罕见地穿了件水洗蓝衬衫，材质也是不同于以往那般硬挺的柔和布料，宽宽大大的，下摆在夏风里微不可见地轻轻晃荡着，莫名让人觉得很平和。

"姜老师好。"

说话时，陈岩朝前迈出了一大步，不偏不倚地站定在了任佳身旁。刹那间，姜悦的神情一下变得有些微妙，欲说还休似的，视线在二人之间来回游弋了好几圈。

任佳不明所以，微一低头，就看见了一大片明晃晃亮堂堂的水洗蓝，再一抬头，对上陈岩漆黑深邃的视线，耳郭倏然一红，头皮上也不由自主涌出

511

了几分绵延不绝的麻。

她总算是知道某人昨夜里那通电话的意图了，原来临挂前那句浑不在意般的"明天穿什么？"，才不是什么不着调的日常寒暄——这人转头就找出了一件同色系的水洗蓝衬衫，一起光临母校不说，还跑到了姜悦跟前来……

"你俩……"姜悦头疼地揉了揉眉心，又兀地一挥手，"算了，之前挨过我的那顿骂还记着吧？"

任佳没听明白，一转头，发现姜悦后一句话是冲着陈岩来的，而看向陈岩时，她眼里缓缓升起了几分凌厉，似是重新站在了讲台上，准备讲一道学生们错过一百遍的易错题。

"记着的。"陈岩语气里虽听不出情绪，两颊却蓦然绷紧了几分，"老师，我心里有数。"

这是怎么回事？

任佳皱了皱眉头，心说她人就直挺挺杵在两人跟前，他们居然还能这么自然而然地打哑谜？

挥别姜悦后，任佳不解地瞥了眼陈岩，陈岩却并不解释，转身就想去牵她的手。

任佳顾忌这是学校，周围有不少昔日里教过他们的任课老师，更有不少刚刚听完她大灌鸡汤的祖国花朵，因而一脸正经地咳了咳，把手别别扭扭地揣在了兜里。

陈岩伸手牵了个空，却也不恼，语气不咸不淡地开了口："藏什么？迟早都会知道我是你男朋友。"

说话时，他兜里的手机"嗡嗡"振动了起来，大有响个不停的趋势，陈岩却没立刻拿出手机，定定朝任佳看了几秒，笑了："姜悦这都是什么运气？"说完，才慢悠悠掏出了手机。

任佳实在抵不过好奇，装作看风景的样子，装模作样地凑过脑袋去看，一眼就瞧见了屏幕上一溜儿的好友申请，她正欲兴师问罪，陈岩却看也不看就通过了全部的好友请求,干脆利落地拉了个群。

他这一举动简直令人匪夷所思,而下一秒,由于瞥见了他新换上的头像,任佳的思维顿时滞住了——天空澄澈,低头默记演讲稿的女孩微微昂着头,安静凝望着不远处的致远楼,给人的感觉像夏日里一抹沁凉的风。

陈岩不知何时拍下了这张照片,把它第一时间换成了自己的头像。

看清他头像的显然不止任佳本人。

群里几个开学第一天就私藏手机的小鬼才刚冒了个头,就诡异地安静了好几秒,紧接着,"啊啊啊啊啊"地胡乱大叫了一气,又是震惊又是兴奋地提起了任佳的名字,正中陈岩下怀。

于是聊天框里,早已打好的"女朋友"三个字"嗖"一下发了出去,紧接着,在一片飞速冒出的感叹号中,陈岩慢吞吞拉了另一个人入群。

△来了!

△真是任佳学姐吗?今天演讲的任佳学姐本人?

△我们做错了什么?被"亲学长"拉群秀恩爱?

群里立刻炸开了锅,而那位被陈岩新拉进群的人发了个微笑的表情,紧接着就来了句语音自报家门:"让你们失望了同学们,是姜悦本人,现在可以来办公室交手机了。"

任佳目睹这一切,目瞪口呆。而她眼前,陈岩已经云淡风轻地将手机放回了口袋,身体力行地告诉了她,那一句,"迟早都会知道我是你男朋友",究竟是什么意思。

时间还很早,二人走出学校大门时,早自习铃声不过刚刚打响,任佳低头看了眼手机时间,发现距离今晚的九班聚会还有数个小时——数天前,九班众人听闻任佳即将在今天回到前海市,早不早就约好了一起去玩。聚会地点是一家特别改造的私人小庭院,既能自助烧烤和唱K,也能在院子里播放露天电影。

"陈岩,我们什么时候过去九班聚会?"任佳知道那地方不算近,心里盘算着时间,"下午是不是得早点出发?"

"行啊。"陈岩点头,"干脆现在就过去?"

任佳狐疑,陈岩也不看她,兀自拎起了摩托头盔:"在一起还不到一百天,这就和我待腻了。"

话毕,他手里的头盔准确罩在了任佳头上,"咔哒"一声,搭扣严丝合缝地合上了,任佳还没来得反驳,眼前人利落转身,长腿一迈就跨上了摩托。

引擎的轰鸣已经响了起来,声浪来袭,任佳哭笑不得,正了正头盔紧跟而上,坐稳后,倾身抱住陈岩,将下巴轻轻磕在了他肩头。

这就算是哄人了。

陈岩兀自憋了几秒,终究还是没憋成,低头拨开了任佳额前几捋碎发,俯身亲了亲她的眼窝:"旁胜那帮人能有什么正事?卡着点过去就行,当然得和我多待会儿。"

说得像是和他待在一起能有什么天大的正事似的,任佳无奈一哂,心下却莫名受用,环在陈岩腰间的手稍稍多用了几分力气,有些不着边际地想,陈岩身体的温度似乎比她高上许多,人也有些紧绷,就连放松之时,腰上也环了一层温热的薄肌。

盛夏时节,阵阵热风在耳畔翻滚,绵延不绝的沥青马路经晨光照耀,泛出了几丝若有若无的银光,地面很平坦,反射的晨光偶尔有些晃眼,任佳虚虚闭上了眼。

视线一黑,其余的感官就被放大了许多倍——是皂角吗?抑或是什么植物成分的洗衣液?几丝淡而熟悉的清洌气息缓缓入侵了任佳的鼻息,任佳吸了吸鼻子,忍不住想,她以后要和陈岩用一样的。

这一路思绪飘飞,两人很快就到了画室楼下。

和以往一样,白日里的老街似乎陷入了一场沉睡,陈岩停了车,带着任佳径直上楼,掏出钥匙开门时,气息莫名有些喘。

任佳站在一旁,低着头揪住了他被风吹折的衬衫下摆,刚一拉直,陈岩拿着钥匙的手忽然就没了准头，在锁孔里倒腾了好一阵，用了些功夫才终于怼了进去，紧接着，"吱呀"一声，门开了，陈岩抬手示意任佳先进，把手里的头盔随手扔在了玄关上。

任佳进了门，看见了屋子里的DVD播放机，刚要说话，陈岩返身将两手撑在了门上，将任佳禁锢在了方寸之地。

任佳一愣，不由得后退几步，凌乱的步伐将门缝带得越发窄小，陈岩已经低着头和她磨起了耳朵："亲会儿……"

下一秒，"砰"一声，任佳腿一软，身后的门被她彻底撞紧了，光线骤暗，陈岩的吻就此落了下来。

"汪！"

听闻动静，原本在沙发上酣睡的小辣"嗖"一下蹿至了二人腿旁，摇晃的尾巴兴奋得像是装上了马达。

这家伙什么时候被陈岩牵回来的？

任佳惊慌失措，下意识想躲，无奈唇齿正由着人分外强势地攻城略地，仓皇之中，只堪堪发出了一声意味不明的"唔"。

"呜……"

小辣紧跟着呜咽了一声，见陈岩心狠无情到连眼神都不分给它一个，委屈巴巴地收好爪子端坐在了一侧，尾巴渐渐摇不动了。

陈岩却因为任佳那句含混不清的微喘，手上加重了几分力气，长指摩挲着从她脖颈渐渐向上，徐徐插入了她的发梢，继而托着她更加靠紧自己，仿佛要将她越发零散的呼吸都悉数咽下……

一吻毕，任佳羞愤得根本不想再搭理陈岩，一低头，对上小辣一眨不眨望着自己的黑眼珠，立刻认命般将额头抵在了陈岩肩上，借眼前这尊大佛挡住了自己半张脸。

陈岩只笑看着她："害羞什么？"

这就是你的正事吗？

515

一时间，任佳简直不知道该说什么好，一句话在舌尖绕了半响，干脆装模作样地清了清嗓子，就此转了个不相干的话题："陈岩，之前姜老师问你，还记不记得她那顿骂——你犯什么事儿了？她什么时候骂过你吗？"

话一问完，也还真就抓心挠肺地好奇了起来，陈岩高三一整年都在争分夺秒地学习，就连篮球都没好好打过几场，除开百日宣誓那天他为自己和徐锋打过一架，任佳实在是想不出这人有什么不守规矩的行为。

而依姜悦的性格，应该也犯不着为了那天的事再特意去训他一顿，毕竟，在后来那张遍布于全校各个角落的联名"通报批评"上，姜悦自己的名字还明晃晃占了块地方呢。

任佳越想越好奇，昂起头疑惑地望起了陈岩，陈岩却不答，伸手揩了揩任佳略微有些发红的嘴角，哑声低笑道："洗个澡再和你说。"

任佳莫名其妙，心想，这人大早上洗什么澡？

而就在她小声嘟囔之时，陈岩已经转身走进房间，利落拿了件衣服虚掩在腰间，走进浴室冲澡去了……

陈岩走后，任佳本能地觉得他有些奇怪，在原地琢磨了几秒，没琢磨出个所以然来，注意力很快就被眼前的小辣吸引了。

"你什么时候来的呀？"任佳蹲身向下，笑意盈盈地揪住了小辣的耳朵。

小辣于是又"嗖"一下蹿回了沙发，示意任佳陪它玩球。任佳陪着它玩了一会儿，见陈岩还没洗完澡，便干脆从包里拿出了童念念送给她的光盘，插进了电视前的DVD播放机——她老早就记得陈岩画室里有播放机，因而在桃江岛收拾书包时，也没忘了要顺手带上光盘。

至此，她终于能对童念念这一神秘分份的礼物一窥究竟了。

很快，电视屏幕亮起，先是由黑变蓝，紧接着就放出了一段旋律，然而，旋律将尽，即将正式闪出画面时，任佳又迅速按下了暂停键，心想，还是等陈岩来了再一起看比较好。

等了几分钟后，任佳回头瞥了眼浴室，觉得陈岩这澡洗得有些长，百无聊赖之际,默默环顾起了周围的景象。

纪行迟说过,这是孟桢留给陈岩的地方。

任佳记得,自己第一次来时,四周围还略微有些空旷,客厅里除开一个用来播放老电影的电视机和 DVD 播放机,就只间或竖立了几个东倒西歪的画架,实在是不负其名,实打实就是个被人遗忘许久的旧画室。

而现在再看,画架早已被规整地摆好,墙上甚至多出了几张描绘着海上烟花的风景挂画,再不似以往那般冷清了。

又过了一会儿,任佳身后,浴室的水声终于停了下来,她思绪回神,一回头,就瞥见陈岩穿着一条长长的黑色运动裤走了出来。

他一边走着,随手拿起了一件灰色T恤,手起衣落,宽大的灰T落至腿侧,少年人劲瘦的腰线一闪而过。

穿好衣服后,陈岩走至镜前,应付般吹了几秒头发、胡乱拨了两下后,湿着发梢走向了任佳,问:"在看什么?"

"还不知道。"任佳边说边拿走抱枕,身体也往沙发一侧挪了挪,自然而然地腾了个位置出来,"等你一起。"

陈岩神色微动,莫名其妙不动了,看着任佳笑了好几秒。

同一时间,"嗖"一声,小辣摇着尾巴蹿上了沙发,贴着任佳往她腰间蜷了又蜷,毛茸茸的脑袋更是在她腿边无休止地拱了又拱,仿佛就连耸动的耳朵尖都在表示喜欢她。

陈岩的眉头就此拧了起来,他忍无可忍一伸手,拎着小辣的脖子把它毫不客气地打发到了一旁,继而大大咧咧坐下,一伸手就揽过了任佳。

而与此同时,他湿发上几滴水珠蓦然淌下,顺着脖颈迅速淌向锁骨,洇湿了灰T的领口边缘。

任佳被陈岩揽在怀里,耳后也泛过了一阵细微的凉,她回过头去,刚想提醒陈岩注意着凉,一抬眸,就望见了他锁骨上那道疤——这件灰T不比衬衫,领口格外大,因而,第一次,那道陈年的伤疤就这么毫无预兆地变得清晰无比,在任佳眼前露出了狰狞的全貌。

陈岩若有所感:"怎么了?"

任佳早已收回了视线,脑海里将纪行迟那段话翻来覆去过了好几遍,想象着碎掉的酒瓶该有多锋利,成群的酒鬼该有多混账,心头重量如山,言语间却搁得比谁都轻巧:"不把头发吹干吗?容易感冒。"

陈岩浑不在意,伸手就要按下遥控器上的播放键,任佳却先一步握住了他的手腕,极其小声地叹了口气:"陈岩,你能对自己稍微好点儿吗?"

怎么看都是有几分责怪的一句话,由她说出口,却莫名其妙掺上了颤音,像是没来由被谁欺负了似的,分外委屈。

陈岩一愣,二话不说就起了身,老老实实吹干了头发。

再返回时,他停在沙发后,俯身亲了亲任佳的额头,这一次,动作间只有轻而小心的珍重,抑住了那些幽微而深重的动荡本能。

画面恢复播放之时,陈岩揽着任佳靠在了自己肩头,问:"哪里找的?这片头我没见过。"

任佳实话实说:"不是从你这儿找的,高二下学期,童念念送了我一张光盘,说是她最喜欢的电影,当时好像刚结束文艺晚会,距离现在差不多有……一年多了吧,一直没找着机会看。"

说着,任佳笑了起来:"她还说是个惊喜。"

电视屏幕上,"惊喜"的进度条渐渐往后,终于,随着红色幕布骤然出现,前海一中被改造成演出舞台的室内体育馆露出了全貌。

任佳一呆。

陈岩笑了笑,微微揽紧了怀里的人,看清她逐渐升腾起一片绯红的耳郭后,面上的揶揄似有似无:"确定不是你给我的惊喜?"

任佳气若游丝:"我真不知道……"

而画面之中,红色幕布已经缓缓拉开,放眼望去,九班众人身体绷得笔直,但最引人注目的,还是画面正中一身黑色正装的陈岩,以及站在陈岩身旁的,身着一身洁白礼服、露出了脖颈曲线的任佳。

"手。"

陈岩示意任佳把手给自己,十指紧扣着攥在手里了,才继续好整以暇地看了下去。

任佳有些尴尬,只觉这事儿简直解释不清了,把刻录着她和陈岩同台合唱的光盘千里迢迢地带到了前海市来——无论怎么看,这一行径都是在盛情邀请陈岩回味从前……

而直到这时,任佳也才后知后觉地意识到,童念念的一切行动都有迹可循——原本,她应当只是觉得登台演出的经历很有纪念意义,才特意刻录了光盘想给任佳惊喜,神秘兮兮地骗她只是一部电影,而后来,在出租车上的那通视频通话中,任佳被她撞见了和陈岩待在一起,这份惊喜里就掺上了几丝使坏的成分……

任佳无奈扶额,心想,原来如此,难怪要几次三番地撺掇她和陈岩一起看……

不过,童念念是怎么想到要去刻光盘的呢?会不会这一行为的初衷……是想把她和裴书意登台主持的那一天珍藏起来?

一想到这个可能性,任佳心里蓦地有些不是滋味,重新看向了屏幕。

陈岩目光早就定在了屏幕上,心情看上去比小辣还好。

他一边看着,似是无意识一般,轻轻蜷起了食指,长指不间断地摩挲起了任佳的手心:"你猜我那时候在想什么?"

一首歌的时间不长,屏幕里,姜悦的指挥已经结束,而在余味悠长的尾声中,女孩轻轻上前一步,低声轻吟了起来。

"在想什么?"任佳不明所以,直到这时,她才得以通过上帝视角发现,就在她被包裹于柔灯之下的时刻,陈岩的目光近乎灼热,自始至终都流连于她。

一时间,任佳手心连带着心尖都一片微麻,只觉不论是屏幕内还是屏幕外,这人的举动都有些犯规,重新坐直了身体。

坐直后再一回头,对上陈岩同样灼灼的深邃眼睛,任佳不由得一怔,一下就想起了这人进门之时的那番意外举动,艰难扮起了正经:"我哪知道你在想什么?"

而话音刚落,出乎意料的,陈岩伸手抱住了她:"想抱你。"

仿佛将整个身体的重量都交给了一个人,也仿佛毫无防备地接住了另一个人,这是和亲吻截然不同的感受——任佳被微微发着烫的温度骤然揽紧,一时间就连思绪都有些怔怔然,几分甜蜜几分疑惑地想,他不腻吗?

是啊……陈岩不腻吗?

自从两人正式在一起,走在路上时他甚至再没松过她的手。

下意识地,任佳预备环紧陈岩的手滞在了半空中,继而折回、垂下、极其缓慢地探向衣领,轻轻划过了他锁骨前那一道陈年的长疤。

霎时间,陈岩脊背陡然一僵,身体僵硬得像硬铁,显然有几分想躲。

任佳的手不由得用上了几分力气,从左至右,缓缓地、缓缓地仔仔细细摩挲起了那一处略微突起的皮肤,另一手却格外温柔地、一下一下拍起了他的肩膀。

她的手、她的呼吸、她的温度,都仿佛天然有种能让陈岩静下来的魔力,鬼使神差的,陈岩紧紧绷起的脊背逐渐放松,随着任佳的步调缓慢安宁了下来,微喘着气将怀中人再度朝自己搂紧了几分。

"我那个时候……"沉默半晌,陈岩哑声笑了笑,"好想抱你。"

九班聚会的地方名为小东堂,临靠前海市湖心公园,地方很宽敞,算是个闹中取静的地盘,每年毕业季,都有许多学生前来此处聚会办趴。

高考结束后的暑假只剩最后一个尾巴了,九班学生们统一认定,这就是人生中最为无忧无虑的一段时光,因而难免有些用力过猛,任佳远在桃江岛对着一群小屁孩教读书写字的时候,他们就已经开启了昼夜颠倒模式,常常是闹到夜半三更才肯散去,胡吃海喝地疯玩。

因而,当一群人一听闻任佳即将回到前海市,立刻就在群里吆喝上了,点名要她携带家属,尽早光临小东堂。

至于该位家属的尊姓大名,则没人提起,揶揄归揶揄,那帮在陈岩的带领下曾一度叱咤球场的男生,到底还是点到为止,没把玩笑明晃晃地砸到他身上去。

可当日,谁也没想到的是,就在众人好不容易按捺住好奇,又东拉西扯地聊开之后,陈岩却自己跳了出来,云淡风轻地认领了家属身份:**女朋友脸皮薄,都悠着点。**

地方已经到了,任佳从屏幕上那行让她心情复杂的小字上移开视线,瞥了眼身旁气定神闲的某人,莫名有些不自在,毕竟……这还是第一次,她和陈岩齐齐重回九班,却是以情侣的身份去和一帮老熟人面对面地打招呼。

陈岩却好似完全没放在心上,下了车,他长腿一迈,驾轻就熟地带着任佳往里走,不一会儿就拐进了小院,似乎对这一片很熟悉。

"以前来过这里吗?"任佳问。

她只是随口一问,陈岩的步伐却明显顿了一顿,再迈步时,也没立刻应声,看样子只是想沉默揭过。

只是走出几步,到底还是没瞒着她:"附近有条酒吧街,有几次,我在老街和一帮……"说着,陈岩沉默了几秒,最终还是没用"朋友"这个词,"和一帮认识的人飙完车,不想回家,前海市大大小小的几个酒吧都进去过,酒也喝,但没什么瘾,主要是想……"

这一次沉默的时间更久。

"主要是想听个热闹。"一句话快速带过后,陈岩朝任佳无所谓一笑,"那个时候你还没来前海市,我也还没意识到,热闹和人多人少没关系。"

任佳听得认真,声音不自觉低了几分:"热闹和什么有关?"

而话音刚落,二人已经置身于"热闹"之中。

"咦?这不是我们大名鼎鼎的省状元吗?"

"任佳终于来啦！"

"来啦，还带了一个，你过来瞧瞧，带的那个是不是也挺眼熟？"

"哟——那不是任佳同学的'家属'吗？"

陈岩低头笑了笑，脾气好得像是另一个人，紧接着，他朝二楼阳台上的众人打了个招呼，推开门示意任佳一同进去。

任佳深吸一口气进了门，只是不承想，一楼大厅的沙发上，同样排排坐了一帮咋咋呼呼的八卦分子。

"你们俩这……"何思凝笑道，"情侣装就穿上啦？"

谢晓曼忍不住感慨："啧啧啧，保密工作做得太好了，你俩都还在班里的那一学期，表现得简直像陌生人。"

他们确实有过一段各自压抑、形同陌路的时间。

任佳一时不知该作何表示，幸好，旁胜及时从二楼冲了下来，边跑边大幅度摆起了手，似乎打算替二人解围。

只是任佳不曾料到，这人解围的方式显然有一些独特……

"哎呀，哎呀，大家别这么激动，悠着点嘛！听我说！岩哥女朋友脸皮薄——"

任佳内心：待不下去了……

黄昏渐深，天尽头悬上了一轮朦胧的幽月，一番嬉闹后，冯远第一个挨不住嘴馋，从屋里找出了户外烧烤架，打算来个自助烤肉。

材料早就已经准备齐全了，见状，男生们分外绅士地包揽了生火和切肉这两大烤肉步骤，女生们心领了这番好意，于是齐齐上了二楼，大部分跑去了唱歌，另一小撮则打起了扑克。

任佳早早就被何思凝和谢晓曼拉到了二楼的小阳台上，三个人正好一起玩斗地主。

其间，旁胜一会儿倒饮料、一会儿找手机，上上下下了好几次，何思凝表现得有些尴尬。

  任佳眼观鼻鼻观心，没有多问，兀自回忆着高考结束的那一天，旁胜在众人的起哄下对何思凝表了白，而现在看来……他们似乎没有在一起？

  二楼小阳台能饱览一楼庭院里的景象，任佳一边想着，一边往下瞥了一眼，只见先前那帮爽快表示女生们只要等着吃肉就行的男生一股脑跑没了影，正为露天电影播什么争得不可开交，而他们身后，陈岩丝毫没有前去凑热闹的打算，站在烤炉旁安静刷着油。

  "这帮浑蛋……"何思凝简直看不下去，愤慨的同时亦隐隐有些担忧，"任佳，陈岩长得不像是很擅长厨艺的样子，他烤的肉能吃吗？"

  任佳眨了眨眼睛，不答反问："那他长得像是擅长什么的样子？"

  何思凝想也不想："擅长大马金刀坐在自个儿的专属宝坐上，偶尔掀起眼皮等着一干人等前去伺候的样子。"

  "附议，形容很到位。"谢晓曼一连输了好几把，仍然不忘支持何思凝的论调，"顺带问一句，二位大学霸是在记牌吗？我运气不至于这么差吧？"

  说着，她也跟着任佳的视线往下看了一眼，瞬间吓掉了手里的扑克："我没看错吧……被独自晾在一边的那一位是陈岩？这人什么时候这么好脾气了？"

  说话间，旁胜又上来了一趟，这次的理由是拍月亮。

  "咔嚓咔嚓"，从各个角度拍了好大一会儿月亮后，他转身对三人打了个招呼，又急匆匆地下楼去忙活了。

  至此，任佳再也忍不住，刚想朝着何思凝八卦回去，何思凝却已经先她一步开了口："任佳，你对陈岩是什么感觉呀？"

  任佳一愣，怎么又绕到她身上来了？

  "何思凝的意思是……"同一时间，谢晓曼终于摸到了一把好牌，潇洒地打出一大沓顺子后，她自发担任起了解说员，"她搞不懂自己对旁胜是什么感觉，已经为此愁上了。"

  "附议。"何思凝点点头，"形容很到位。"

话一说完，便一连甩下了十张顺子压过了谢晓曼，任佳淡定跟了上去。

谢晓曼哑口无言。

任佳不擅长充当感情顾问，想了想后，斟酌着朝何思凝开了口："旁胜和你表白的那天，你开心吗？"

何思凝想都不想："挺开心的。"

闻言，任佳疑惑一皱眉，何思凝又长长叹了口气："只是，开心归开心，却总觉得不太对，那种感觉，好像是受到肯定、受到欣赏，进而有些感动，反过来觉得自己似乎也还有点魅力，内心里不免有点小嘚瑟……"

任佳微一扬眉，惊讶于何思凝的坦诚。

"但不是那种……"说到此，何思凝似乎有些不知道该怎么说，烦躁道，"总之不太对。"

任佳心下了然，轻声接过了话头："不是那种心脏都快要融化掉的开心。"

她的声音很轻，宛如雪花将融未融之际，簌簌然坠了地，这动静原本微不可闻，何思凝捏着扑克牌的手却倏然一停，喃喃重复道："心脏都快要融化掉的开心……"

而她刚摸到下一张牌，"嗡"一声，庭院里一盏大功率的探照灯突然亮了起来。

庭院内夜影幽深，灯光之下，长桌上的几盘炭烤牛肉已经摆放就位，霎时间，浓郁的肉香越发摄人心魄，隔壁唱K的声音陡然一停，众人从四面八方冲了下去。

"我说朋友们，咱们一起看恐怖片吧！"庭院里，冯远正捣鼓着手机片单，一回头瞥见了任佳，咧着嘴冲她一笑，"好久不见啊偶像！"

任佳回以一个笑："好久不见。"

她一边说着，一边朝陈岩走了过去——此时此刻，陈岩已经搬好了两把圆凳，却并未立即入座，而是安静地站在桌旁等着她。

不一会儿，少男少女们围着长桌坐了一大圈，任佳坐在陈岩身旁，看见他衬衫袖口卷了上去,肌肉分明的小臂线条露了出来,皮肤上则不知何时沾上了一小块黑漆漆的炭灰。

任佳于是抽出了一张纸巾递给了陈岩,陈岩反应过来,却并不接,身体大幅度朝任佳侧了侧,大咧咧把胳膊朝她伸了过去。

"什么?"任佳一时没搞明白状况,仍然就着手中的纸随意替他掸了掸臂上的灰,一抬头,看见眼前人鼻尖和两颊也上也沾上了一层暗淡的薄灰,不由得皱起了眉头,"陈岩,你怎么把自己搞得灰头土脸的?"

说着,她自然而然地抬高了手,放轻力度,揩掉了陈岩鼻尖上的那点儿黑色,动作间,本能地感到周围有些不对劲,一回头,九班众人立刻齐刷刷看向了天空,装模作样地讨论起了十五月相。

任佳一滞。

而任佳眼前,陈岩垂着眼并不看她,嘴角却缓缓勾出了一个轻浅的笑,像是刚与自己打了一场赌,还赌赢了一般,心情分外好。

看着看着,任佳悬在空中的手都起了一层薄薄的鸡皮疙瘩,几分甜蜜几分惆怅地想,男朋友在外面时怎么比在家里还夸张?难不成还是个"人来疯"?

第二十章
我好爱你

"陈岩有一颗慈悲心,任佳有一身硬骨头。" ♪

围桌而坐时,有人问起了并未在本次聚会中露面的裴书意。

原本,任佳对裴书意的缺席并不惊讶,但由于上午刚得知童念念送她的光盘内容,又猜测那个时候,念念是因为裴书意才萌生出了想要刻录光盘的想法,此时听见这个名字,便不由得比平常多留意了几分。

"裴书意报了哪个专业?"任佳好奇问众人。

演讲前,她见过张贴在校园内的高三金榜,已经知道了裴书意的学校,因而尚不清楚的,就只剩下了专业。

"经济学。"率先回答的人竟然是陈岩,说着,陈岩低头给自己倒了杯水。

任佳略微有些惊讶,看见陈岩很快就喝完了杯里的水,又随口解释了一句:"刚刚烧烤时听人提起过。"

解释完,他稍稍坐直了身体,声音却显得更加不在意了,笑看着任佳问:"怎么突然想起他了?"

这事儿不好解释,任佳顿了一下,冯远极其没眼色地接了个茬:"毕竟是我偶像唯一的对手！对了，你们听说了吗？裴书意报的那所学校，对外经贸是出了名的，公派留学名额多，交换机会也多，研究生也大多是出去读。"

公派留学……

任佳点了点头，默然不语。

众人于是又聊到了其余人的专业，但关于专业，任佳却不太能插得上话。

高考出分后，她要进入的高校早早就定下了，方向的选取却花了些时间，最终，听取了一番招生办老师的意见后，定下了理科实验班——这个班与另一所顶尖院校的计算机科学实验班并列，算是国内最为知名的几个高校实验班之一，特殊之处在于可以全校范围内自由选课，不必入校前就定好专业。

有关专业的话题起了个头，一帮少男少女便聊得越发热火朝天了。未来，这个原本有几分虚无缥缈的词语，在毕业之后，随着接踵而至的出分、择校、选专业……已经越发具有可以窥得的轮廓了。

箱子里的酒不知何时已经空了一大半，毕业两月，这帮刚成年不久的准大学生已经无师自通地学会了"感情深一口闷"，只是由于还未彻底脱去青葱模样，酒过三巡，醉气便与稚气融合在了一起。

彼时，陈岩洗了个手回来，被三三两两的人围着，已经有些不耐烦了，任佳看得出来，他根本懒得去听周围人车轱辘话来回倒的离愁别绪，只是碍于她也在场，才没有明晃晃表现出来。

不过，他这兀自沉着气，任由一拨又一拨人前去借醉撩闲的模样实在是有点儿新鲜，就着这点儿崭新的乐趣，任佳便也没有第一时间前去找他，独自乐了一小会儿。

只是意外来得太匆匆，任佳不承想到，旁胜平日里看着靠谱，喝多了后竟然是个仗着几分醉意就不认人的，不过几瓶啤酒下肚，他就逮着陈岩啰唆了好大一通，啰唆完，竟还直接疯到了她跟前来。

"佳姐！"

随着"扑通"一声，一声闷声响彻大地，任佳还没反应过来，一团黑色不明物就直接倒在了她脚边，紧接着，旁胜虚虚伸出了一只手，摸索着要和她握个手，眼看就要抓住她的脚踝了……

任佳惊慌失措，连连后退几步，一抬头，果然看见陈岩快速拨开了一群人，正铁青着脸朝这边大步而来。

"发酒疯之前先把人给我看清楚了！"

又是"扑通"一声，旁胜被陈岩毫不客气地一拎一推，直接一屁股落了地，"嗷"一嗓子号出了一声惨叫。

而陈岩一个眼神都没多给，转身朝任佳刚迈出一步，脚下那人竟又顺杆爬地抱住了他的小腿，噘着嘴咕哝道："岩哥……岩哥你教教我怎么追女孩儿，兄弟里就你一人有对象——"

原本，陈岩看上去都要冒火了，然而听见旁胜这句话，先是迟疑地顿了一下，紧接着，又不太自在地动了动脖子，抽出腿的动作虽说依旧十分粗暴，但至少没回身给他多加一脚。

再然后，陈岩微微挑了挑眉，眉间的沟壑竟奇迹般收敛了几分，神情也蓦地古怪了不少。

任佳有些头疼地目睹了这一系列"明明十分受用却别别扭扭不想表现出来"的微表情，又回忆起陈岩今晚的种种表现，更加笃定了这人在感情里确实有些"人来疯"潜质。

分明，二人单独在一起时，陈岩从来都是直接叫她的名字，压根不会开口闭口想着要去强调"男女朋友"这一身份，然而一旦有第三人的存在，他的状况就截然不同了……

在桌上，有男生拎着酒杯想和陈岩碰杯时，陈岩从来都不直接表示，非得先看一眼任佳才行，如果任佳没注意到他，他就会淡淡表示自己不喝酒，拿水和人家碰一下，而任佳如果稍微拦他一下，他同样会淡淡表示自己不喝酒，心满意足地额外解释一句晚上要送女朋友回家，继续拿水和人碰一下。

忆及此，任佳无奈地揉了揉眉心，而陈岩已经抬手揽过了她，灼热的身体传来了阵阵温度。

旁胜已经四仰八叉倒在地上了——上半夜时,这人明明还挺正常,然而吃完宵夜,他屁颠屁颠跑去找了趟何思凝,再一回来就开始闷头喝酒了,个中缘由实在是太过明显,任佳想不知道都难。

"要让旁胜躺在地上吗?"任佳心里生出了几分同情,"要不把他搬到躺椅上去?"

"不用管。"陈岩头也不回,"地上凉,让他清醒清醒。"

年轻人不胜酒力,各奔东西前的这一夜,喝多了的人终究还是没有彻底清醒过来。

凌晨两点,没怎么碰酒的几个男生自发组好了队送顺路的女生回家,一辆辆出租车来了又走,到最后,就只剩下了几个晕晕乎乎的人。

陈岩作为一名全程强调要送女朋友回家,以至于自始至终都没有在嬉闹中沾过半滴酒的珍稀动物,不耐烦归不耐烦,还是没抵过任佳的担忧眼神,不但目送着一帮人上了车,还以老妈子一般的暖心关怀,勒令众人到家后第一时间滚进班群里发消息,不得有误。

"轰"一声,终于,最后一辆出租车踩下了油门。

至此,小东堂终于空了下来。任佳朝陈岩笑了笑,刚舒出一口长气,车窗里忽然钻出了好几只放肆摇晃的手。

"别伸手!"任佳心都提到了嗓子眼,"危险!"

那几只手于是很快就缩了回去,只是任佳还没来得及把一口气喘顺,几颗早已看不清五官的脑袋又在空荡荡的大马路上倏然钻出了车窗,扯高了嗓子放声高吼了起来。

"十八岁这一年的朋友们!

"愿我们都能得偿所愿!"

吼完,颤抖的声音还在空中飘,那几颗脑袋已经重新钻了回去,连人带车,彻底消失在了任佳的视线里。

任佳身体僵住了。

考完最后一门科目时、高考出分数时，乃至于今时今日，一帮人围着长桌聊起未来之时，任佳都没有过这么强烈的离别感受，然而这一秒，那两声辨不出人声的呼喊撞入耳膜，带着醉意、带着稚气，仿佛一下子就打开了她心里某扇迟钝的阀，刹那之间，不舍的情绪如呼啸的洪水，排山倒海一涌而出，任佳心头猛地一颤，无所适从地握紧了手，下意识回头看向陈岩。

陈岩也正看着她，良久，轻轻叹了口气后，伸手将她揽进了怀里。

他说，任佳，我永远都不会走远。

永远永远，不会走远。

出租车在无边的夜色里向前疾行，任佳勾着陈岩的食指，回味着他嗓音沙哑的那声"永远"，微微偏着头，安静凝望着窗外的景象——凌晨时分，市中心附近人影稀少，唯有发着光的巨幅广告不眠不休。广告牌上，模特嘴角微微扬起，露出了笑容标准的八颗牙齿，每个人的皮肤纹理都高清且富有质感，没有一丝一毫的瑕疵。

看着看着，任佳不禁想，首都会是什么样子的呢？再过两天，她和陈岩就要前往首都去报道了。

又不知过了多久，车子不声不响地进入了一条隧道，满目漆黑之际，有人骤然逼近，俯身吻住了她的嘴角。

任佳："唔！"

出租车里还有司机，任佳身体猛然一颤，绷直了脊背想往后躲，陈岩的动作却比她更快，蜻蜓点水般一触即分后，左手食指勾过她两颊碎发，不动声色地坐回了原位。

"和我在一起还要走神？"

他这话说得淡然，融进黑夜的眉眼亦早已分不出真切的情绪，只是话音刚落，原本任由任佳钩着几个指头来回摆弄的右手骤一用力，反手就将她的手铟紧在了自己手心里。

一下又一下，陈岩明明没有喝酒，却仿佛被任佳周遭的那方空间灌醉了一般，时轻时重、极其缓慢地摩挲起了她的手背，态度有几分恶劣，亦有几分渴切，指骨上那处薄茧存在感不低。

这条隧道竟似没有尽头，莫名的，任佳心里升起了一丝难以形容的异样心悸，急急转头看向了窗外。

车子终于驶出了隧道，盛夏时节，一轮幽月高悬于空。

车窗之外，一棵棵行道树被洒上了细密均匀的银辉，为了抵御心里丝丝密密泛起的痒，任佳正襟危坐，如同失眠数羊般仔细数起了窗外笔直的树……

怎么会有陈岩这样的人？

她一边数着，一边有些不着边际地想，分明这人前不久还在一字一句、那么温柔地说着情话，这会儿却连她短暂走个神都要管，未免太过蛮横。

不能落了下风。

任佳坐直了身体，打定主意要和这人好好讲讲道理，而同一时间，一阵清淡的槐花香扑面而来，曲径通幽处，车子已在不知何时拐进了一条雅致静路，紧接着，远光灯一开，前路豁然开朗，看清不远处那三个字的同时，任佳手上的重量蓦然一轻，她清楚地感到了身旁人呼吸一滞。

——裕云湾。

回程的司机走了条不同于来时的新路，竟然带着他们路过了裕云湾——假若任佳没记错的话，陈爷爷和向奶奶正是搬来了此处。

一意识到这回事儿，任佳几乎是想也不想就看向了陈岩，而陈岩仍旧望着前方，似乎终于有些困了，眉目间携上了几丝浅淡的倦意。

是她的错觉吗？

任佳怔怔望起了陈岩。

而陈岩对上她的视线，只抬手在她额上轻敲了一下，无知无觉一般，并无异常。

于是……

槐花清香骤然而至的那一秒，身旁人半边身体都随之一僵的短暂失神，竟似已在须臾之间彻底远去，莫名显得分外遥远了。

下了车，时间已至凌晨三点，这个时间点，老街的热闹都已偃旗息鼓。

任佳来前海市已经三天了，过去的三天她都没有预订酒店，而是缩在了这个满是陈岩气息的地方，至于陈岩，白日里天经地义地守在她身边，连她逗弄小辣的时间都要"霸占"掉，但到了晚上，人就会像是自动上了发条一般，每每一洗完澡，都会神情古怪地回到纪行迟二楼店面的那个小房间里去，绝不多留一秒。

小辣已经陷入了酣睡——按理说，这只小胖狗有俩爹，一是陈岩，二是纪行迟，看上去，它在陈岩这儿的待遇远比不上纪行迟那儿好，可不知为何，它却格外喜欢陈岩，陈岩每每去楼下走一圈，但凡经过纪行迟的店，就一定能把它拐回来。

陈岩已经返身关上了门，任佳蹑手蹑脚走上前，一揉上小辣圆滚滚的肚皮，心就软成了一摊水。

"你要不要摸摸它？"心满意足之际，任佳回头看向了陈岩，问完才意识到，她潜意识里仍觉得这人并不开心，才下意识想要给他一点安慰。

陈岩却奇怪地看了她一眼："我大半夜摸一只傻狗干什么？"

任佳一下不想理陈岩了，回头，朝四仰八叉的小辣小声咕哝："不傻，别理他。"

而她身后，陈岩嘴上拒绝得干脆利落，人还是迈大步朝她走了过来。

"早点睡。"站定在任佳身旁后，陈岩垂下的右手自然握住了她半边肩膀，"今天陪他们闹腾得太晚了。"

任佳作息一向规律，此时过了夜里最困的那个点，人反而还更清醒了，因此，执拗地摇了摇头，一点儿也不想早睡。

倒是陈岩，似乎早在出租车上时就已有些困了，任佳想起这事儿，这才从白胖小辣的"温柔乡"中回过神来，连忙打发他去洗澡了。

浴室里水声渐小，陈岩穿着一件薄T走出门时，任佳正心虚地浏览着胡雨芝发给她的消息——胡雨芝说高考后的暑假最难得，叮嘱任佳和同学们好好玩，还特意给她转了钱：佳佳，你吃好喝好，玩痛快点儿！

来自妈妈的消息实在太过体贴，任佳想起自己撒的谎，越看越心虚。

离开桃江岛时，任佳曾和胡雨芝说过自己要来前海市和同学们玩几天，这话不假，只是胡雨芝有所不知，同学中有一位正是任佳的男朋友，而她家闺女来这一趟，重点也仅在于和该名同学玩……

身后，又沉又闷的脚步声越发清晰，任佳越想越惆怅，心说，说不定自己在妈妈心中，还是那个在海滩上撒丫子捡贝壳的小女孩……

"发什么呆？"

怔然间，一声低笑划过耳根，任佳骤一回头，看见陈岩换上了昔日里最常穿的黑色薄T，眉眼被衬得如同新墨，而或许是刚洗完澡，他身体还带着水汽的余温，存在感强到让人觉出了几分侵略性。

"怎么了？"陈岩见任佳不答，俯下身去，低声又重复了一次，"在想什么？"

任佳这才回神，鬼使神差地，她立刻按灭了手机屏幕，心底闪过了一丝格外迟钝的慌张。

凌晨三点半，她和陈岩共处一室，胡雨芝要是知道她把这事儿看得这么理所当然，说不定真的会疯。

"没事。"任佳仓皇起身，随口扯了个谎，"只是有点困了。"

说完，她迅速打开行李箱，从中胡乱扒出了一件睡裙，逃一般跑进浴室了。

做这些时，任佳动作很快，和陈岩擦肩而过之际，依稀看见他抬了下手，似乎有些欲言又止，刹那间，她脑海里某根弦轻轻一颤，隐约觉得有什么不对劲，却没有立即反应过来。

直到十分钟过后，任佳囫囵冲完一个热水澡，入目所及皆是一片白茫茫的水气，她才近乎肝胆俱颤地意识到，方才……她只随手扯出了一件堪堪及膝的睡裙，至于贴身的衣物，一概没拿！

天人交战数十秒，最终，任佳还是没喊陈岩，一小步一小步走出浴室时，不自在得像一只东倒西歪的小鹌鹑。

幸而，陈岩只静静坐于沙发之上，单手揉着太阳穴闭目养神，嘴角勾着淡淡的笑，并没有立即侧身看她。

任佳在心里呼出一口长气，然而两手掖着裙角刚朝前走出几步，就意识到了这屋子里有什么不太对。

是行李箱……

快速环视一圈后，任佳发现行李箱的位置发生了诡异的变化——原本，行李箱被她放在了沙发一角，此时此刻，却明晃晃躺在了离浴室门不过几步路的地方，离她近了许多。

任佳呆了一下。

拿好贴身衣物迅速跑回卧室、将自己齐齐整整地收拾妥当后，任佳伸了伸腰，这才感觉身体各部位重新归了位。

时间已至凌晨四点，窗外的月亮都只剩下了一层浅浅的虚影，吹干头发后，任佳蹑手蹑脚走出卧室，想在沙发上再坐会儿，陈岩却已先她一步起了身，不由分说地推着她开始重新往屋里走。

"出来干什么？"说话时，陈岩一声招呼都不打，伸手就拍下了墙上的开关。

刹那间，任佳入目所及皆是一片黑暗，她肩膀没忍住一缩，一只手从她腰侧一掠而过，在黑暗里轻轻拨了一拨，一片暖光便乍然现世，瞬间照亮了二人的眼眸。

"闹钟记得关一下。"床头的小兔子夜灯一亮，陈岩就重新缩回了手，"别起太早。"

任佳腰侧仍有麻意，点了点头道："好。"

陈岩却仍没走,垂眸看向了她床头的手机,仿佛要看着她亲眼关掉闹钟才好。

任佳连忙拿起手机,三下五除二关掉了所有的闹钟——于她而言,定闹钟早成了一件根深蒂固的习惯,就算在离校的两个月里也不曾改变,顶多只是把时间往后挪了挪。

她还记得,陈岩第一次知道这回事儿时,看她的眼神近乎匪夷所思,然而打那之后,这人每天发来"早安"的时间就固定了下来,正是她闹铃响起的前一分钟。

一想到此,任佳没忍住笑了笑,微微昂起头望向陈岩,小声抱怨:"你今天还没和我说晚安呢。"

陈岩明显愣了一秒,身体也跟着僵住了。

任佳疑惑眨了眨眼,眼看这人像是被定住了,便干脆踮起脚,倾身向前凑在了他耳边,认认真真道:"陈岩,我也不会走远,晚安。"

她很少说这样直白的情话,而今天之所以脱口而出,还是和裕云湾有关——在车上看见"裕云湾"三个字时,她清楚感受到了某人的失意,因而……尽管知道这人压根不想表露出来,也不由自主地想要换着法子去逗他开心。

陈岩却仍然只看着她,就那么不发一言地看着。

"好吧。"又等了几秒,任佳忽地有些挫败,皱眉喃喃,"晚安都不说的小气鬼!"

说着,正要转身钻进被子,陈岩忽然就伸出了一只手,在她腰间猛地一揽,带着任佳近乎踉跄地朝他逼近了一步。

转瞬之间,二人的心跳与呼吸都咫尺相闻,一声又一声,任佳心跳愈快,这才发觉眼前人臂沉似铁,脑海里"嗡"的一声,近乎一片空白。下一秒,任佳嘴唇艰难一翕,正想开口说点儿什么,陈岩的胳膊却先她一步松开了,紧接着,蓦然低下头去,屈起食指在任佳腰上恶狠狠捏了一把:"就不说,睡觉。"

话毕，转身就要往外走，任佳原本不欲去拦，却没料到自己薄薄的睡裙挂了丝，早在陈岩骤然逼近之时，就勾住了他腰间一粒金属硬扣。

因而，陈岩刚大步流星地朝前迈出一步，她就被带着朝前一顿，为了防止自己扑在陈岩身上，任佳连忙后仰，而陈岩已应声回头，担心她脑袋磕在床头柜上，手掌立即扣住了她脖颈朝自己肩头按了过去。

于是下一秒，随着"扑通"一声闷响，两个重心不稳的人齐齐向床上砸去，把柔软的棉被砸出了一个明显的坑。

又一次，两人的呼吸近得可怕，几乎快要分不清彼此。

陈岩反手撑起了手肘，离任佳距离虽近，却没让自己完完全全贴在她身上，皱着眉问："怎么样？磕着没有？"

任佳迅速摇了摇脑袋："没有……"

说着，她伸出手朝陈岩腰间而去，由于视线遮挡，一下就摸到了几块规规整整的灼热腹肌。

柔软手指抚上结实肌肉，仿佛全身的血液都凝住了一般，陈岩一动不动数秒，艰难哑声道："任佳，别动……"

"你别动。"任佳应声放缓了几分动作，"马上就好。"

说着，她两手虚虚摸索着继续往下，由于害怕冒犯，行动格外缓慢，费了番功夫才摸到了那颗冰冷的纽扣。

下一秒，指甲与金属骤然相碰，幽夜之中，一声微不可闻的轻响撞进陈岩脑海，他几乎是痉挛般猛地喘进了一口急气，两颊紧绷异常，迅速扭头看向了别处。

同一时间，任佳忽然放松了下来，笑着小声解释："刚刚扣子挂住线了。"

说着，她食指一绕，小心翼翼解除了"危险"，认真道："这下好啦。"

而她话音刚落，陈岩脊背一颤，难以置信地看向了她。

"怎么了？"任佳问。

"好了？"陈岩像是被气笑了，反手将自己抬高了些许，"这就好了？"

像是被粗沙磨过一遭似的，他嗓子比方才还要哑上了几分，任佳大脑宕机般反应了几秒，紧接着，猛然回神，从耳根到脖子都红了一大片，磕磕绊绊解释："我、我本来是怕你心情不好……"

陈岩一声不吭，半响，才近乎自暴自弃般低下头去，把头重重埋在了任佳颈窝里，一字一句咬着牙道："你真是一点儿事儿都不懂啊，宝贝？"

宝……宝贝？

陈岩什么时候这么叫过她？

任佳肩上一重，思绪因一句前所未闻的"宝贝"而无限放缓，慌张扯向了别处："我不喜欢你什么事都憋在心里，可是、可是你从来不主动说……"

她说得语无伦次，而陈岩照旧一声不吭，唯有颈上绽起的青筋随着呼吸的节奏一起一伏，极其压抑、极其沉默，无声宣示着克制到了极致的幽深渴切。

"陈岩你是不是……"任佳既然已经说出了先前所想，便决定一条路走到黑，"是不是其实也很想向奶奶？"

"你当我是什么了？"陈岩头也不抬，手却准确无疑地勾住了她的下巴，"你觉得我还能分出功夫想别的？现在我脑子里就一件事儿。"

这话一出，任佳连指尖都僵住了，身体退无可退，竭力朝被子里缩了几分，说话也开始颠三倒四："我又不是故意的，再说你以前明明没有像今天这样……"

"是啊。"陈岩冷笑一声，"以前我光知道忍了。"

陈岩捏着她下巴的手已经用上了几分力气，终于抬起了头。

任佳眼神飘忽，看见他暖光下幽深的瞳孔、看见他锁骨上狰狞的疤……喉咙艰难一滚，正欲挣出这方禁锢，陈岩却伸手扯住了薄被一角，眼看就要拢住二人。

"陈岩！"

任佳感到了一阵前所未有的害羞，当即惊呼出声，而预想中的状况却并未发生，不过几秒钟的工夫，她已经被身旁人紧紧按住肩膀，三下五除二滚成了一团严严实实的"夹心春卷"。

537

做完这些，陈岩微微喘着气，低头看了眼自己后，近乎崩溃地背过身去，不说话了。

任佳余光早发现了陈岩的不对劲，当即决定非礼勿视，骨碌碌滚向了床边，生硬转移起了话题："陈岩，天好像快亮了……"

陈岩回头瞥了任佳一眼，又没好气地回过头去，懒得再搭理她。

半晌，等到身心终于彻底平息了下来，他才伸手一揽，又"拨"着任佳骨碌碌滚回到了自己身旁，俯身正色道："成天光琢磨我开不开心了，我在你面前能不开心到哪里去？再说了，你觉得我什么都憋在心里，那你自己呢？一个人闷头脑补了那么一大通，硬是一个字都不肯直接问，大半夜还给我来了这么一出，嘴上不住撒着娇，手上来回摸腹肌，生理卫生课全拿去做英语试卷了吧？你确定这叫哄人？真不是想玩死我？"

任佳："呃……"

这么一出是哪一出？撒娇又是怎么一回事？任佳想，她不就是重心不稳摔了一跤，顺便想听他一句晚安吗？

至于摸腹肌……

好吧确实是摸了一把……

但她什么时候——来！回！摸了？

任佳觉得自己被冤枉得不轻，挑了挑眉毛想伸冤，无奈身体受锢不利于发挥，和被子卷成一体的臃肿姿态也实在没什么气势，想了想，还是不情不愿地认下了陈岩口里的种种"罪证"，闷头"哦"了一声。

陈岩早已摸清了自家姑娘的脾性，知道这人开始信马由缰胡思乱想的时候，就是这么一副一声不吭的模样，因而利落起身打开了灯，在一片亮堂里开门见山地问："在想什么？"

说着，他重新走向床边，刚一坐下，看清了任佳于白皙中透着几丝浅淡胭红的脸，忽然又觉得有些犯规，忍无可忍地再次起身，"啪"一下，重新关上了明晃晃的顶灯，不看她了。

时间愈晚，连窗外的夜色都没那么浓了，就着陈岩嗓音格外缱绻的那个问题，任佳终于感到了几丝浅淡的困意，将被子掖平整后，她仰面躺好，想起许久之前、她因为梦见了胡雨芝的离开而陷入了失眠，而那个夜晚也和如今一样，有着陈岩静默相陪。

不同的是，那一次是通过电话聊天，她只能听见陈岩的声音，而这一次，陈岩和她近在咫尺，她已能将他看得真真切切。

回忆也是一剂效用良好的催眠药，过了几分钟，任佳浮躁的心思随着几丝轻微的倦意而渐渐消散，终于轻声开了口："高三的一整年，向奶奶隔三岔五就会给我妈妈转发一篇有关高三学生营养食谱的文章。"

闻言，陈岩身体一僵，第一反应就是要打断她，然而颇不自在地摸了摸鼻头后，到底还是忍住了。

"可能是因为打字慢吧，除了转发文章，她大部分时候都是在发语音，不过发来的语音翻来覆去都是那么几句话，一会儿叮嘱我妈妈高三很累，必须得让小孩吃好喝好，一会儿又叮嘱我妈妈放松心态，不要给小孩太多压力……"

"不过我猜，她对'高三'这么上心，才不是关心我，想关心的明明另有其人……"

"她本来就喜欢你。"陈岩这才开了口，"你不知道自己招人喜欢吗？"

说着，他似是觉出了任佳有几丝困意，伸出手将那点儿光亮微弱的兔子小夜灯也一并按灭了，而另一只手，则不由分说地握住了任佳掖着被子的手掌，哄睡一般，食指抚过了她掌心纹路。

"才不是。"任佳执拗地摇了摇头，反手勾住了陈岩修长手指，想接着方才的话题说下去，然而嘴唇一张，忽然又有些紧张地磕绊了起来，"陈岩你别误会！我说这些给你听不是想……"

不是想什么？

话才没头没尾地说了半截，任佳自己就先愣住了。

不是想让你回忆起以前的伤心事？不是想让你非得做出一个选择不可？更不是想让你为此感到内疚？

一时之间，任佳只觉有千头万绪掠过脑海，却不知该如何宣之于口。

幸而，这样的沉默没有持续太久，陈岩只看了她几秒，就似了然于心般笑了笑："我都知道。"说着，见任佳仍有些怔神，便又拢了拢她的手心，低声解释，"我能有什么？我都混账惯了。"

说这话时，陈岩根本态度平和，任佳却反倒更加不知该说什么了……

盯着眼前人看了许久后，她神思微微一荡，忽然就想起了初到南巷之时，她在开学第一天看见的景象。

那时还是冬天，天很冷，少年人离去之际，向奶奶匆匆追下了台阶，想把手中那条围巾给他带上，而他脸上纵有诸多不耐，却还是老老实实折返而去，又无比顺从地俯下身来，任由老人家拿着那条和他气质一点儿也不搭的花围巾，严严实实地往他脖子上裹。

此时回想，那样简单温馨的日常景象，竟似已遥隔了千重山万重水，再难捉摸了……

空气静谧，任佳忽然有些替眼前人感到难过，用力合了合眼。

陈岩却只当她困得不轻，干脆利落抽出了手："睡吧。"

怎么可能睡得着？

于任佳而言，好不容易生出的那点儿倦意早已烟消云散。

此时此刻看，她内心酸麻一片，又是惊诧又是迟钝地意识到了，假若眼前人心头有一根经年累月的倒刺，那么时间一久，她竟然也能窥得出那根倒刺的形状，甚至，连带着察觉出他被勾出过痕迹的血肉、以及所有刻意而为之的不在乎。

"晚安。"忽然，陈岩俯身亲了亲任佳额头，然而转身之际，步伐却不明所以一顿，一低下头，就看见任佳竟不知何时攥住了他 T 恤一角，手上更是一反常态地格外用力，丝毫没有要放行的打算。

沉默了几秒，陈岩无可奈何地揉了揉眉心："多担待点儿吧，你男朋友是真经不住你几遭'哄'。"

"不担待。"这一次，任佳对"哄"这个被眼前人恶意曲解了的用词已经高度免疫了，抓着他衣角的右手不松反紧，眉头一皱，就一脸倔强地嘟囔出了声，"先说清楚，你这人怎么就混账了？"

陈岩简直快服了她了，正想倾身吓唬一句，然而刚一抬起眼皮，酝酿到嘴边的玩笑就不由自主坠回了肚子里，一下说不出话了。

任佳难过了。

——她这样微微拧着眉、纵使水汽迷蒙，依然不躲不避凝望着他的眼神，分明意味着自己难过得不轻。

于是忽然之间，陈岩像是被什么击中了似的，足足有数十秒，他与任佳四目相对，不动也不说话，嘴角几次三番想勾出一个笑，都没有成功。

而就在这时，任佳轻叹了一口气，缓缓缩回了手。

这声叹息微不可闻，然而，就是这一举动，却让陈岩像是猛地醒了过来似，急急喘进一口气后，想也不想就反手抓牢了她。

熹微的晨光已经泛出了一点浅淡的白，微光透过纱帘，在漆黑的屋子里洒下了几丝摇晃的光斑，任佳下半边脸埋在被子里，刚想说声晚安，陈岩却忽地抬起一只手去，不打招呼地盖在了她眼睛上。

"有件事。"陈岩哑声开口，"我从来没和人说过。"

任佳眼皮一痒，睫毛没忍住颤了颤："遮住我的眼睛干什么？"

陈岩沉默几秒："怕你看我。"

——怕你看我。

心跳因为陈岩的那个"怕"字，兀地加快了不少，一声又一声，任佳开始数起了自己沉闷的心跳，心想，你说什么都没关系。

陈岩却再次停住了。

又不知过了许久，久到连任佳大脑都开始昏昏沉沉，仿佛快要记不起这场沉默的开端，陈岩才终于开了口。

"陈元忠确诊骨癌返回前海市后，找过我很多次，我没理会。

"但其实——

"在他第一次来找我之前，我就去市里的骨髓库登记过资料，做过白细胞抗原检测。"

陈岩话音刚落，任佳猛地滞住了呼吸，整个人的身体骤然绷紧，像是怕失去什么似的，迅速伸出手握住了他。

"没事。"陈岩却不怎么在乎地笑了笑，"你应该知道，即使是骨肉至亲，白细胞抗原也不一定能匹配，陈元忠很早就去骨髓库登记过，而骨髓库始终没有联系我，说明我本来就帮不上忙。"

本来就帮不上忙……

意思是……他是真的想过要去帮忙的？

"所有人都觉得我混账，我自己也这么觉得。"说到此，陈岩喉咙艰难一哽，虚搭在任佳眼皮上的那只手不受控地发起了颤，"但不是因为我明知结果也一声不吭，把这事儿拖到了他死的那一天，变成了他心里的一个心结，而是因为……因为我没能对得起另一个人。

"我对不起……我的妈妈。"

任佳一颗心快被揪得喘不过气来，因为那句淡淡的"帮不上忙"，有些迷茫地意识到了，原来，尽管在年幼时被那人毫不犹豫地丢在了一场大火里，尽管在后来的岁月里见够了那人的虚伪和冷漠，陈岩还是想过要去做点儿什么的。

"陈岩……"

任佳迅速坐了起来，陈岩的情绪却似乎来得快也去得快，无所谓笑道："任佳，我再没什么憋在心里了。"

——再没什么憋在心里了。

他这话说得稀松平常，然而任佳听得认真，近乎贪婪地让每一个字都重重砸进了心底。

她明白，眼前人的恨意、愧疚、矛盾……乃至于他昔日里对自己的无力、厌倦与憎恶，全都糅进这短短的几行话里，不加掩饰地说给她听了。

然而，尽管心头仿佛升起了一场海啸，任佳仍然极其克制地没让自己一直被情绪支配，用力握紧了陈岩的手之后，思维又重新拨了回去，近乎逐字逐句地分析起了他这番语调平常的叙述。

于是，任佳很快就得出了一个结论，陈岩把前往骨髓库登记资料这件事，看做了自己对孟桢彻头彻尾的背叛，而或许也正因为此，他才在陈元忠纠缠于他的那段时间里，对自己表现出了那么明显的厌弃。

这个想法一出，任佳几乎是肝胆俱颤地看向了眼前人，心想，那些时日里，为什么要对自己苛责到这种地步？

陈岩早已不动声色地扭过了脸，他怕任佳看他，怕的就是这种眼神，这种他已有数年来没有领会过的、可以称之为"心疼"的眼神。

"继续说。"任佳已经不由分说地捧起了陈岩的脸，强行让他看向了自己，"还有什么瞒着我？"

她这话说得凶冷又生硬，只因千愁万绪滚过心头，莫名就化作了一股愤怒，忍不住一遍又一遍地问起了自己，假若她今天没有察觉也没有追问，陈岩是不是就会把这些事情彻底烂死在肚子里？

陈岩有些紧张地端详了任佳几秒，看着看着，忽然就笑了："都过去了，不骗你。"

说完，见任佳似是又要发作，立刻开口："还真有一个，确定要听？"

任佳重重点了点头："别废话。"

短短三个字，凶狠程度再一次升级，陈岩却像是被她可爱得不轻，情不自禁笑了一会儿，笑够了，才终于正色："不是想知道姜悦什么时候骂了我一顿吗？"

"啊？"任佳早忘了这茬儿，反应过来后，立刻表现出了一副正有此意的模样，故作严肃道，"唔，你说。"

陈岩再一次没忍住笑，意犹未尽地看着任佳，心想，再也不会有比这更好的了。

任佳正想让眼前人严肃点，一片侵略性十足的阴影却自头顶自下而上地蓦然涌来，不打招呼地将她拢进了自身的绝对范围里："真想知道？"

"别故弄玄虚。"任佳打定主意不肯落了下风，咬了咬牙，纹丝不动道，"快说。"

"行。"于是，如同刻意使着坏一般，陈岩贴着任佳耳根开始回忆，"百日宣誓那天，我带你回了画室，你第一次在这儿睡了一晚，还记得吗？"

"记得。"任佳不自在点了点头，只觉耳畔声音简直又沉又哑，把她脖颈周围的气流都搅乱了，根本就是成心的。

"后来姜悦知道这事儿了。"陈岩继续，"把我骂了个狗血淋头，还千叮万嘱咐让我……"

任佳怔怔："让你什么？"

问完，她就已经认真地开始后悔了，直觉自己就不该问，压根就不会有什么好事。

果然，下一秒，陈岩垂眸一笑，动作极轻地在她耳后吹了口气。

"让我不准'欺负'你。"

"砰"一声巨响荡进空气，天都快亮了，陈岩却被任佳毫不留情地轰出了门。

卧室门被关上的动静实在不轻，睡迷糊了的小辣跌跌撞撞赶来，和陈岩两相对望半响后，试探着拱了拱他的裤腿，紧接着，颇为没出息地趴在他脚边翻出了肚皮。

"傻狗。"分明被任佳"训"了一通，陈岩嘴角噙着的笑却很是得意，"看见了吧？有女朋友就是这点儿不好，总被管。"

"呜汪!"

傻狗小辣有答必应——

"呜汪汪汪!"

"不错。"陈岩对它的热情很满意,"你也这么觉得?"

客厅里,一人一狗聊得有来有回,任佳靠在门边无语半晌,极其头疼地返身回床,仰头将自己埋在了被子里。

由于莫名其妙折腾了一整宿,这一日,她破天荒睡到了下午两点,然而,觉虽然睡得足够饱,醒来却一点儿兴致都没有,完全不想出门玩了。

今天就是在前海市的最后一天了——陈岩不知睡没睡,任佳出门时,他已经将自己的行李箱收拾好了。

"早。"

任佳路过沙发时,陈岩转身看向了她,很自然地伸开了胳膊。

大白天的抱什么抱?

任佳还没忘记这人昨夜里拿她打趣的讨厌鬼模样,硬是忍住了走上前的冲动,径直前去洗漱了。

浴室玻璃上,点点水汽延成白雾,任佳心不在焉地刷着牙,忽然想到,姜老师给她和陈岩写了毕业寄语,她到现在都还没来得及看。

事情是这样的,前往一中去演讲的前一天,任佳本来是想和陈岩再去找姜悦一趟,约她最后一起吃顿饭。

然而那日快要开学,姜悦整理新班资料忙得晕头转向,人提前到达了学校,中午能挤出来的时间压根不足半小时,实在是哪儿也去不了,便反客为主,带着他们风风火火奔向了食堂。

食堂里也有不少提前回到了一中的寄宿生,见他们已经穿上了一中校服,任佳便没忍住多看了几眼,只觉昔日里人人吐槽的老掉牙蓝白校服,回头再着也没有很难看。

任佳心里走着神,饭便扒拉得有些慢,而让她始料未及的是,一顿饭的工夫里,姜悦表达不舍的次数几乎为零,反倒不住催着她和陈岩吃完赶紧走,一边催还一边直言,她和陈岩站在一起,根本就是一对行走的荷尔蒙催发器,郎才女貌的模样足以让一大把不懂事的小鬼心生向往,保不准就要向往到早恋这条路上去……

忆及此,任佳"扑哧"一笑,没忍住乐出了声,心想,姜老师总是这么有意思。

刷完牙,任佳又往脸上抹了把水,而同一时间,刻意放轻了的脚步声在她身后缓缓响起,紧接着,颈窝里便突然多出了一颗脑袋的重量。

"别闹陈岩。"

任佳没回头,直接掬了把水往镜面上一洒,陈岩只露出漆黑眉眼的半张脸就蓦然清晰了起来。

看着看着,任佳到底还是没忍住笑,她早发现了,陈岩晚上不怎么主动往她身边凑,皮肤饥渴程度能勉强维持在可控范围之内,然而一到白天,就会立刻解除封印,黏人程度比起小辣有过之无不及,只要是两人单独相处的时候,他但凡是能伸手抱着就绝不并肩靠着。

"我还在洗脸呢。"

任佳沾了点儿泡沫,玩心大起地戳在了陈岩额头上。

陈岩压根不躲,昂起头后把下巴点在了任佳肩上,一副由着她随意摆布的模样,朝镜子里的两人盯了起来。

"我送你的那件裙子还合适吗?"盯了几秒,陈岩伸手揽紧了她,"还没穿给我看呢。"

当然合适。任佳想起阁楼墙面上被刺猬小夜灯放大了的身体曲线,低低"唔"了一声后,不好意思地点了点头:"还行吧……"

"还行?"她话音刚落,陈岩难以置信地皱起了眉头,掰着任佳的肩膀面向了自己,"我亲眼见你穿过的,你管那叫还行?"

任佳一噎:"见过?"

好像是……

那日陪童念念买礼服,陈岩分明目睹了她穿着长裙下楼的别扭模样,她竟然把这事儿给忘了……

不过既然见过……

那还问个什么劲?

任佳这样想着,当然没敢这么说出口,顿了顿后,理不直气也壮:"衣服是好看,只是我……"

她本来是想说,只是她比较谦虚,然而话还没说完,陈岩的眉头一瞬间拧得更紧了。

紧接着,任佳双腿蓦然腾空,眼前一阵天旋地转。

"陈岩!"

陈岩竟然招呼都不打,强势搂着她转了个方向。

"只是什么只是?"抱稳任佳后,陈岩冷声道,"你自己看。"

这一下,面对镜子的人变成了任佳,任佳偏了偏头,看清自己沾着湿漉漉水滴的脸、倏然明白了陈岩的意思,紧接着,头皮一麻,又是甜蜜又是苦恼地想,这人夸人就夸人,怎么也开始学起了姜悦的路数,开始欲扬先抑上了?

陈岩已经伸手勾起了她的下巴,问:"看清楚了吗?"

"看清楚了……"任佳底气不足地与他对视几秒,看着看着,忽然又觉得他这副模样很有意思,故意打了个茬,"看见了两个眼睛一个鼻子,大家都有呀。"

说完,好整以暇地眨了眨眼,见陈岩深吸一口气,瞬间有了计谋得逞的雀跃,笑意盈盈道:"怎么啦?难道你不是……"

"陈……唔!"

她话未说完,冷冽的气息骤然来袭,陈岩俯身吻了上去。

台面上的东西被撞倒了一片,任佳重心不稳,踉跄后退之际,本以为自己会磕到台面边缘，一双手却早已环腰而过，牢固而有力地托起了她。

那双手很热，手的主人似乎是觉得身高差不太利于他的发挥，干脆揽紧了怀中人的腰往上一提，将她径直放在了台面上。

刹那间，冰冷的凉意刺入皮肤，任佳身体猛地一颤，被眼前人锢住的地方却是一片令人心惊的烫。

于是，与"温和"有关的一切开始不复存在，陈岩喘着气将她更加锢紧几分时，任佳惊觉，自己全身上下的神经末梢都仿佛同一时间坏掉了，只能感受到无尽的沸腾与严寒。

"陈岩……"呼吸越发粗重之际，任佳昂着头放任了陈岩的攫取，"我好喜欢你。"

陈岩的吻已经颤抖着落在了她锁骨上，沙哑喃喃："喜欢？爱比喜欢多吗？那我好爱你。"

客厅里的瓷碗已经空了，浴室里传来了数阵兵荒马乱的声响，小辣趴在门边，委屈地等了半响，始终没等到给它添碗的人，终于打算回窝，耷拉着尾巴绕过了地上半开的行李箱。

行李箱旁有一个书包，书包同样半开着拉链，露出了一截黄色信封。

再好脾气的狗也具有一定的破坏力，尤其是没有吃饱的情况下……

因而，堂而皇之垂在地上的书包带，由于软硬适中、宽窄适中，顺理成章地成了小辣磨牙的新玩具。

对着任佳的书包带欺负了好大一阵后，小辣心满意足地继续前行，沾满口水的狗爪子由于太过耀武扬威，把任佳包里的那封信扯了出来，信封里的信纸也露出了半截内容。

地上又多出了一件不明物，小辣折返而去，抓了几下后发现抓不住，又低头舔了舔，或许是味道一言难尽，没搭理它了。

于是，信封上的"毕业寄语"四个字上多出了一点儿湿漉漉的口水，被压住一半的信纸也连带着遭了殃。

不过，尽管被压住了一半，全部的内容也还是露了出来，只因献上寄语的人仿佛是在节省笔墨，只肯敷衍地留下短短一行字。

那一行字是：

　　陈岩有一颗慈悲心，任佳有一身硬骨头。

番外一
岁岁年年

"平平安安,岁岁年年" ♪

六月夏,首都的白昼长而明亮,道路上,每有行人骑着自行车疾驰而过,总能扬起大片大片的浓绿树叶,于翻飞中折射出闪烁的微光。

周五这日,任佳在晨光熹微中走进实验楼,结束一天的实验离开时,浩瀚夜空中已繁星低垂,长日光阴悄然而过,时间已至凌晨一点了。

和几个一同熬夜的师兄师姐打完招呼,任佳看了眼兜里的手机,果然看见屏幕上多出了几通未接来电,连忙拨了回去。

嘟声响起,陈岩一秒接起了电话,问她实验结束了没?

他嗓音明显含着几丝困意,任佳四下环顾一圈,没看见熟悉的车,却依稀听见了电话那边吵嚷嚷的喇叭声,心下了然,忙道:"陈岩我自己走出来就好,就一小段路,别来接了。"

陈岩于是明白她实验结束了,只留下一句"快到了"后,就率先挂掉了电话,通话结束前,任佳听见了夜风涌进车窗的声音。

凌晨一点，脑科学研究所依旧亮着星星点点的灯光，任佳的研究生毕业论文已经完成得差不多了，导师便允许她提前来到了自己的工作岗位上熟悉工作，和几个同门师兄师姐们一起参与帕金森发病机制的课题研究。

任佳所负责的前期实验数据今晚已经成功跑出来了，等明天集中整理结束，她就可以回校稍作修整，安心准备最终的毕业答辩了。

"任佳！"

名字被人紧张兮兮高喊出口，任佳疑惑回头，看见大厅里一位师兄朝她挥了挥手，正微喘着气向她跑来。

"任佳，你接下来一段时间是不是不来实验室了？"站定后，他笑着拿出了手机，"加个联系方式吧，之后遇到不懂的问题可以互相交流交流。"

任佳连忙也拿出了手机，回忆着实验器材使用登记表上的签到名字，想起眼前人叫邹高谊，便在备注里打了个"邹师兄"。

邹高谊是海外回来的硕士，才来脑科学研究所不久，似乎只在这儿待一段时间——由于研究所里的人几乎都比任佳大，平日里，任佳不管是否师出同门，都是一概师兄师姐地叫。

加完好友，任佳收起手机："邹师兄，你今天也这么晚结束？"

"对，没想到会遇见你。"邹高谊笑了笑，"还没毕业就来这边跟着做实验了，工作强度这么大，身体会不会吃不消？"

任佳笑着摇了摇头。

虽然这些天熬得晚，但她总体生活还挺规律，不但一日三餐按时吃，营养搭配都格外讲究。

毕竟，她有一个陈岩管着。

陈岩今天刚从欧洲出了个长差回来，而在过去出差的三个月里，就算是隔着时差，也没忘了盯着她好好吃饭，任佳哪敢不从？

"小佳。"邹高谊没注意到她在等人，犹豫了几秒，突然问，"正好一起碰上了，要不要顺路去吃个夜宵？"

半夜一起去吃夜宵？

任佳抬头看向邹高宜，发现邹高宜似乎有些紧张。

"其实……我是听说你明天就返校了，等到参加完毕业典礼才重新回来，所以特意等到了这个时候。"邹高宜看清了任佳眼底的怀疑，心里忽然有些没底，干脆就说出了心里话，"我看你下了楼，就也跟下来了。"

这话一出，任佳一下就有些不自在了，只因过去的这么多年里，陈岩但凡有空都会去学校找她，早于不动声色中把自个儿的存在感刷到了最高值，顺便掐灭了她身旁所有的潜在桃花。

也正因为此，她压根就没什么挡桃花的经验。

"不好意思啊邹师兄。"酝酿几秒后，任佳低头一笑，"男朋友来接我了。"

"男朋友？"邹高谊立刻尴尬了起来，"你、你有男朋友了呀任佳？"

任佳点了点头。

"也是，也是，你要是没有男朋友才比较奇怪。"半响，邹高宜哈哈一笑，故作轻松道，"对了，你男朋友是你本校的同学吗？怎么没和你一起来这儿参与课题？"

"不是。"任佳笑着摇了摇头，"他已经工作好几年了。"

"和你不是一所学校？"邹高宜有些惊讶，朝着任佳的表情仔细观察了几秒，忽然一口笃定，"那肯定就是从国外留学回来的高才生了！"

任佳仍是微微笑着的："他是美院毕业的。"

美院？

邹高宜仿佛不太能理解，不明所以地皱起了眉头，他还欲再问，任佳已一下子笑弯了眉眼，连带着连眼睛都亮了几分，于是，他顺着任佳的视线看向了前方。

不远处，影影绰绰的夜色里，一个男人关了车门，正迈大步朝这边缓缓而来——那男人个子很高，肩宽腿长宛如模特，即使夜色里看不清脸，身材比例也分外优越。

"美院毕业……"邹高宜盯着他喃喃重复了一句,再开口时,嗓音没来由拉长了几分,"艺术家?那他在美术馆工作?"

任佳这才回头看向了邹高宜,脸上的笑忽然敛去了几分,言简意赅道:"之前在国家建院,现在换工作了。"

说完,她转头朝陈岩大幅度挥了挥手:"陈岩!"

话音刚落,硬靴叩地声已经沉闷响起——陈岩站定在任佳不远处,却没继续往前,而是缓缓伸手,原地做了一个要她抱的动作。

任佳尴尬地看了邹高宜一眼,邹高宜神情实在有些难看,快步离开了。

而几秒过后,邹高宜与陈岩擦肩而过之际,任佳看见陈岩掀起眼皮瞥了邹高宜一眼,朝她很不爽地做了个口型:"他是谁?"

任佳没忍住笑出了声,成心朝后退了几步,而同一时间,陈岩已经快速上前,一把抱着她腾空而起,在空中转了数圈:"哪个没长眼睛的跑来招你?"

"陈岩!"

任佳惊呼出声,一抬头,惊恐发觉一楼门卫大叔正笑容满面地看着她和陈岩,当即感到不妙,而下一秒,果然,陈岩的"人来疯"模式被成功唤醒,他不由分说地勾起了任佳的下巴,在她额头上重重亲了一下:"我的。"

任佳惊慌不已,而她余光所及,门卫大叔似乎意犹未尽,朝他们笔了个大拇指。

任佳叹气。

幸好,从明天起,她有一段时间不用来这个地方现眼了。

三个月不见,陈岩的眉眼里染上了几丝冷霜,颇有些风尘仆仆的意味。

坐进车里后,任佳还没来得及将他看个够本,一转头,看见悬挂在驾驶位正中的照片,忍不住第无数次表示抗议:"好傻,就不能换一张吗?"

照片是高三毕业那年在海边拍下的,被特意放小了尺寸,还小心翼翼地装上了相框——画面之中,少年侧头看女孩,女孩则被突然亮起的闪光灯吓到了,满脸诧异。

"过几个月再换。"

说着,陈岩侧身帮任佳扣起了安全带,扣完,随着锁扣"咔哒"一声响起,他不打招呼地吻了下去。

于是,任佳还没来得及问清楚为什么是过几个月,更没来得及搞明白这人怎么突然改变主意了,唇齿就已被眼前人凶狠撬开,一下说不出话来了。

呼吸越发凌乱之际,少年人的眉眼在照片中不断晃荡,男人的气息则在鼻息间不住徘徊,有数秒,任佳没有立即闭眼,而是用力描摹起了许久不见的眼前人。

看着看着,任佳忍不住想,这么多年,陈岩眉眼更加冷硬,轮廓也更加深邃,好像变了许多……

但与此同时,又好像从来不曾改变,每每倾身吻住她时,吻得再凶都始终记得与她十指相扣。

漫长的一吻结束,车子驶上公路,任佳意识回笼,小声问陈岩要把照片换成什么,陈岩却并不回答,只是把车速提得很快,仿佛已归心似箭。

回到家,任佳长长伸了个懒腰,迫不及待想泡个热水澡,径直冲进了浴室。

太舒服了。

躺在水汽弥漫的浴缸里,听着门外时有时无的动静,任佳忍不住感慨,陈岩在身边和不在身边,仿佛就决定了居住之所应当被称为"家"还是被称为"房子"。

空调开到了舒适的 26℃,鹅绒被软得像是能把人一秒钟拉入到梦里,洗完澡钻进被子后,任佳很快就困了。

不知过了多久,软被一塌,任佳身侧有温度徐徐传来,陈岩双手已自然而然环住了她的腰,问:"想不想我?"

任佳回手摸了摸陈岩的头发,确认他吹干了,才迷迷糊糊地点了点头:"明知故问……"

陈岩手臂于是收紧了几分，又问："想不想要我？"

说这话时，他埋头在任佳后颈窝深深吸了口气，大手后撤，不断摩挲起了任佳蝶翼一般微微突起的肩胛骨，牙齿则在她肩上不轻不重地咬了一下，泄愤似的宣泄起了思念。

疯了吗？

任佳瞬间清醒，她想，这人辗转了大半个地球回到家里，光是在路上奔波的时间就超过了二十个小时，落地回家放了趟行李后，又径直跑去研究所接她，这会儿好不容易躺在了床上，竟然还想着要折腾……

难不成还真以为自己是神仙，进化到可以不用睡觉了吗？

"睡觉。"

任佳面沉似水，躲开禁锢后，迅速关掉了床头暖灯——床头灯是陈岩改造过的，脸红小兔和拽凶小刺猬并排站岗，每晚一同亮起又一同熄灭，见证过二人无数次相拥而眠的温情时刻。

任佳身后，陈岩低着头，呼吸在她颈侧流连许久。

但是之后的一段时间里，他到底还是没做什么，硬生生忍住了。

倒不是别的，他早在飞机上睡了个够，只是顾忌怀中人一连在实验室熬了好几天，不舍得去折腾她了。

只是……

意识清醒时仍能抵挡一二，意识模糊之际，却终极还是没能抵过本能渴求。

凌晨五点，天将亮未亮时，任佳突觉口渴，迷迷糊糊去厨房倒了杯水。

喝完水，她原路摸回卧室预备倒头大睡，被她不小心吵醒的陈岩却迷迷糊糊摸到了她。

于是接下来，事情就变得一发不可收拾了。

二人的身体很契合，白开水的凉意直抵胃里，冬暖夏凉的鹅绒被却烫得像是着了火，情动之际，陈岩强势拨弄着任佳朝向了自己，似是想她想得真的快要发疯了，将她每一个难耐表情都深深看进了眼里。

于是他疯得更厉害了。

第二日，二人睡醒时已是日上三竿，任佳率先起床，拖着一身濒临散架的骨头揭过客厅日历时，视线停留在了"7月23日"这个日子上——7月23日是陈岩的生日，任佳看着看着就抿起了嘴角，心想，时间好快，又和他一起长大一岁了。

是从什么时候开始的呢？

她对这座偌大的城市不再感到不安，连带着也不再畏惧永恒流淌的时间了。

她一边想着，一边又将日历翻过了一页，只一眼，就看见了她自己的生日，9月13日，而在9月13日那个小格子里，早有人一笔一画写上了八个字：

平平安安，岁岁年年。

任佳神思微怔，不由自主默念出声时，已经有人于背后环住了她。

任佳无奈回头，发现陈岩整个人一副精神十足的模样，将她环紧后，手臂略一发力，就拦腰抱起了她。

"干什么？"任佳睁大了眼睛。

"你说呢？"陈岩抱着她不由分说开始往卧室里走，"陪我再睡会儿。"

于是在她眼前，某个即将迎来二十五岁生日的成熟男人睁眼说瞎话般喊起了困，喊完就耍赖似的把人扔在了卧室床上，紧接着，迅速翻身而上，把任佳紧紧锢在了自己怀里。

任佳无语。

"抱着睡。"几秒后，陈岩心满意足地闭上了眼，蹭了蹭她的头发，轻声低喃，"唔，把闹钟关了……"

番外二
在你身边

"她说，她愿意。"♪

——三，二，一!

"咔嚓!"

学府路上吵吵嚷嚷，摄影师按下快门之际，众人手中的学位帽被高高抛起，每个人脸上都带着生动的笑，仿佛不论前程定与未定，都因结束了人生中一件大事而感到由衷的喜悦。

喷泉前合照的人赶场一般换了一拨又一拨，捡起学位帽后，任佳连忙戴好，小心翼翼地把流苏拨到了右前侧。

毕业典礼即将举行，前些日子在研究所跟课题时，任佳在校外住了一段时间，而近日一回到学校，果然不出她所料，几个好友脸上齐刷刷带上了一副揶揄神情，那表情明显在说，春宵一刻值千金，怎么样啊任佳同学，同居生活还开心吗？

那段日子陈岩分明在出差，任佳自觉解释不清，只好装聋作哑。

不过……装聋作哑也不大管用，因为陈岩本人就在场。

"站那么远干什么？"一号好友朝任佳一挑眉，"都是老熟人了，怎么不过来见见？"

"对啊。"二号好友连声附和，"难道你俩吵架了？"

"没有……"任佳无奈扶额，"他只是清早过来一趟把毕业礼物给我，下午还要开会。"

说着，她转身对陈岩挥了挥手，示意他去忙就好。

说来也怪，任佳一挥手，原本低头看着相机的陈岩立刻若有所感般抬起了头，紧接着，他抬起手腕看了眼表，再度垂下手时，对任佳略一点头，就转身离去了。

礼物已经送到任佳手里了，是从德国带来的一支钢笔，黑金相间的配色，很典雅，陈岩还在其上亲手刻下了她的名字。

任佳还记得，很多年前，陈岩也给她送过一支高校纪念钢笔，而此时此刻，眼前的风景仿佛只轻轻一晃，她就站在了这所学校的礼堂前，即将和它进行最终的告别。

礼堂里，全体毕业生早已各就各位了，毕业寄语由校长赠予，寄语结束，最让人心潮澎湃的拨穗仪式就开始了，毕业生们依次走上了台。

细细的流苏在额前轻轻摇晃着，轮到任佳时，她还没来得及看清楚，那抹流苏就被拨向了另一侧，而下一秒，她的视线重新聚焦，校长已经将毕业证递到了她手里。

接过毕业证时，任佳有一霎的微愣，意识到随着这么轻巧一拨，她的学生时代就彻彻底底地结束了。

又是一年毕业季啊……

毕业典礼结束的当天晚上，任佳和三五好友一起奔向了老地方——老地方是学校南门口的一家两层楼小饭馆，美味干净还很实惠，承载了她们许许多多的吐槽和八卦。

焦头烂额的考试周、暗无天日的实验室、让人一言难尽的校内奇葩……

有许多次,这群无数人眼中出类拔萃的天之骄女围坐于此,彼此分享日常生活中鸡毛蒜皮的小事,看上去那么无忧无虑,惬意到仿佛能将时间的脚步都拖慢几分。

今夜,她们自然而然地聊起了以后。

还在筹备论文时,任佳便已签定了脑科学研究所,而她在座的几个关系最好的朋友中,两人准备进入药企做研发,还有一人正在准备国家单位的考试,都算是前程落定了……

这一天日子特殊,众人聊到很晚才返回宿舍楼,一觉醒来,就又各自收拾起了行李——宿舍楼一清早就热闹起来了,时不时有学生拎着硕大的行李前往大厅称重,候在厅里的快递小哥几乎把自己忙成了陀螺。

任佳的物件算不上太多,一年前,陈岩把家装修好时,她为了去实验室方便还是住在了宿舍,然而那段时间,陈岩但凡来学校载她去约会,都要顺路拎点儿她不常用的东西回去。

他带回去的东西又多又杂,有时是换季衣物,有时则是厚厚的几摞本科教材……

拎东西时,陈岩眼睛里分明盛满了"快点来陪我"的期盼意味,嘴上却自始至终都一句话都不催,安安静静的,简直像一只训练有素的冷艳狼犬……

拜这位"狼犬先生"所赐,现如今,任佳宿舍里只剩下了一些零碎日用品,由于很好收拾,她便率先帮起了其他人。

目送最后一个好友离开时,时间已经到了下午五点,任佳直到这时才重新回到宿舍,继续埋头收拾起了自己的行李。

差不多又收拾了半小时,她胃里倏然涌来一阵饿意,便拿出手机看起了外卖。

"二食堂现在可以外送了,要一起点一楼窗口的黄焖鸡吗?"

任佳问得自然,刚一问完,在屏幕上划拉的手指陡然一僵,紧接着,目光略微有些呆滞地抬起头去,只一眼,就看见了一个空荡荡的宿舍。

一览无余的桌面，只剩木板的床铺……

记忆里，这间宿舍从没这么安静过。

盯着眼前的景象发了会儿呆后，任佳收回视线，下意识想和陈岩说说话，然而刚一退出外卖软件，就看见陈岩早给她发来过两张食物的照片——早上是一碗简简单单的豌豆面，中午则是一碗温泉蛋牛肉饭。

而她竟然忘了回……

要知道，每日给彼此发去一日三餐，是她和陈岩长久以来心照不宣的约定……

看着看着，任佳越发过意不去，长指在屏幕上艰难打起了字，而就在这时，陈岩直接发来了消息，问她躲哪儿伤心去了。

躲哪儿伤心去了……

陈岩怎么知道她这会儿有点伤心？

任佳鼻头莫名一酸，直接一个电话拨了过去，而像以往一样，陈岩很快就接起了电话。

"想吃什么？"陈岩第一句话就是这个。

"你还在公司没回家吗？"任佳依稀听起了打印机的声音。

"回家干什么？"陈岩反问，"你不在家我为什么要回家？"

任佳一噎，旋即又扬起了嘴角："那你什么时候来接我？"

"现在来。"陈岩一秒都不带犹豫的，"想吃什么？"

"吃什么呢……"任佳也没什么头绪，认真想了想后提议道，"回家后一起下饺子吃？"

"吃饺子干什么？"这一次，陈岩拒绝得干脆利落，"带你出去吃，都订好餐厅了。"

那为什么要问她？

陈岩到达宿舍楼下时，任佳正好收拾完毕，把行李箱塞得满满当当了——她的行李箱其实不算重，然而男朋友来得及时，她就也格外四体不勤地等在了门口,不打算动了。

而陈岩比她想得还要自觉,上了楼一拎起那个小小的箱子后,就开始径直往楼下走,甚至没朝她多看一眼。

倒真像是专业搬家的,一句话都不说?

任佳怀疑地看了陈岩一眼,觉得他今日似乎有些紧绷。

"你怎么了?"任佳追上前问。

"没什么。"陈岩含糊带过,却仍旧没有看她。

"陈岩?"任佳又瞥了陈岩一眼,"遇见什么棘手的事情了吗?"

陈岩这才回头看向了任佳:"一点工作上的小事,没什么。"

他这模样明显就是不想多说,任佳于是不再问了。

但她越看越觉得眼前人紧张非常,看着看着,虽然知道自己帮不了什么忙,心头也难免有些复杂,清楚陈岩口里的"小事",一定小不到哪里去。

陈岩工作起来是很拼的,甚至有时候,拼到了连她都无法理解的地步。

几年前,德国一家老牌建筑事务所在华中地区设立了新所,陈岩那时的工作条件已足够优渥,却还是毅然决然跳了槽。

起初,有很多人不看好他这一决定,可不过几年过去,他所供职的事务所就在华中区初步站稳了脚跟,而他也开始独当一面,渐渐有了话语权。

只是个中辛苦,却鲜有人知。

不过短短一年,陈岩手机上的飞行记录就突破了十万里程,任佳把自己泡在实验室的那段时间,他几乎从没落下过哪怕一个能够亲自去跟项目的机会。

有一次,任佳特意和他说过不用太拼,然而陈岩却表现得和数年前一模一样,看向她时永远笑得没什么所谓,其余的时间却似是想要拼命抓住点儿什么似的,格外用力。

而直到过了许久,任佳在一次庆功聚餐上听姚老师提起才知道,陈岩那样的行为其实根本有迹可循。

姚老师是任佳的导师,也是神经学方面的泰斗,有一次,她曾在实验楼门口遇见过陈岩。

说起来,这位老师虽然已年过六旬,心态却十分年轻,在实验室时严肃归严肃,私下里却是个和学生们什么都聊的顽童老太太。

那时,她第一次遇见陈岩,便仿佛任佳的娘家人一般,直言任佳最是定得下心,开门见山问陈岩,他的心到底有没有定下来?

陈岩哪有什么定不下来的?

他一颗心老早就拴给了任佳,只恨不得在全世界的字典里都标上释义,陈岩,任佳的私人物品。

姚老师于是又提起了专业,说她们这一行,最是要做好冷板凳一坐坐十年的准备,说着,话锋一转就抛了个更加尖锐的问题给陈岩,问,假若任佳真的要闷着头把这条路走到黑,拒绝入职能开出更好条件的私企,长此以往,他心里会不会有想法?

陈岩那时只摇了摇头,并没多说什么。

而老太太与眼前人对视数秒,忽然就懂了——年轻人那样的眼神实在太过张狂,仿佛是在说,他甚至不屑于为这等小事给出承诺,和任佳站在同一边,才是唯一天经地义的事情。

而那场谈话还不止于此。

姚老师最后提醒的是,根据她大几十年的经验来看,假若任佳真想往更深的方向走下去,那么不管最终落定在哪里,免不了都会出去看看的,问他有没有做好心理准备?

陈岩于是愣住了。

而任佳后来从姚老师口中听见这番转述时,也同样愣住了。

也是直到那时,任佳才终于弄明白,陈岩之所以会跳去一家母公司坐落在德国的建筑事务所,就是因为多了这方面的考量……

原来,早在她还过着无忧无虑的校园生活时,他就像是一个沉默而决绝的探路者一般,于不动声色中,扫清了二人之间可能存在的所有障碍。

"陈岩……"

一想到此,任佳悄悄环视了一圈,确信四下没人后,忽然踮起脚尖,在陈岩脸侧亲了一口。

陈岩身体即刻僵住了,然而很快就又恢复如常,一言不发地继续往下走。

不对,有什么地方不对劲……

任佳越发觉得眼前人奇怪,一时半会儿却没什么头绪,而一上车,这点儿怀疑又很快就被晚风吹尽了。

"我们去哪儿?"任佳问。

说话时,她注意到车里的相片已经被取下来了,挂上去的新相框还没有放照片,看尺寸似乎比原来的大了不少。

"一家私厨。"陈岩回答。

"私厨?"任佳微微挑了挑眉,一回头,看见陈岩一连解开了衬衫最顶端的两颗纽扣,喉结跟着滚了两滚,整个人似乎有些躁动。

而陈岩注意到了她跟随的视线,伸手就旋出了一首歌,歌声即刻吸走了任佳的注意力。

>　　Every night in my dreams（在每夜的梦中）
>　　 I see you, I feel you（我看到了你,我感受到了你）
>　　 …………

轻柔的熟悉旋律缓慢响起,任佳的思绪彻底慢了下来,只安静听着歌,不说话了。

这一天她一直在忙,听着听着,就不自觉犯起了困,靠在倚背上陷入了浅眠。

等到醒来时,车子已经开进了目的地。

陈岩所说的私厨是一方小院,院子装修别致,更有潺潺溪水环绕其周,模样虽算不上有多豪华,却别有一番雅致的静气。

院子里的服务员也不多,才寥寥几个,一见他们到来,便将他们引到了二楼可以看风景的靠窗位置。

和环境相契合,菜单上的菜也都是中式菜,但看图片,却并非那种连刀花都引人入胜的精致菜品,相反,就是大江南北的家常菜,任佳听闻过的几道名菜都在其上。

任佳越发感到惊讶,点了几个二人昔日里爱吃的菜后,就看向了一楼汩汩奔涌的小溪水。

而厨房上菜的速度也很快,仿佛是早就知道她要点什么似的,不到片刻就出了锅。

两个服务员开始轮番上起了菜,一个刚把桌子摆满,另一个就端来了热气滚滚的茶水,询问二人需不需要帮忙添满。

陈岩晚上喝茶就会失眠,任佳已经给他点好了一份口味清淡的汤。

"谢谢,不用了。"任佳挥手对服务员道了谢,示意他们自己来就好。

而任佳刚拿起杯子想给自己斟点儿水,一抬眼,却发现陈岩竟不知何时拎起了茶壶。

"陈岩?"

任佳见他动作机械,不免更加疑惑,而倒完茶,陈岩竟仿佛不知道冷热似的,拿起杯子就给自己灌了一大口。

"陈岩!"

任佳惊呼出声的同时,沸水已然滚入了陈岩喉间,他被烫得一"嘶",握杯的手猛一失力,热茶水立刻脱手砸向了下方。

而更出乎任佳意料的是,下一秒,眼前人大脑像是宕了机似的,右手不躲反迎,竟然不管不顾地去接了一下。

腾地,任佳紧跟着站了起来,立刻上前一步,皱着眉头握住了陈岩的手。

陈岩的手指很好看的,原本是有如冷瓷一般微微泛着青的白色,而此刻被烫茶这么一砸,白与青都不复存在,只泛出了大片大片的红。

"陈岩!"任佳看得心疼不已,"你今天怎么心神不宁的?"

说着,她想去前台问问有没有烫伤膏,然而刚一转身,迈步的动作就遇见了一股阻力。

"陈岩……"

任佳快要生气了,陈岩今天实在是太不专心了!

却不想,她深吸一口气刚一回过头去,就看见陈岩动作笨拙地后退了一步,紧接着,单膝跪在了她面前。

任佳的呼吸滞住了。

"对不起,我没有想到自己会这么紧张。"

说话时,陈岩泛红的手指发起了颤,双手捧着戒指盒缓慢举高时,像是捧出了自己的一颗心。

"任佳,你愿意嫁给我吗?"

任佳茫然地看了他几秒,紧接着就低头摸了把脸,摸到了几丝不真实的凉意。

"愿意。"再开口时,她迅速伸出了自己的右手,颤着嗓子埋怨起了陈岩,"快点啊傻瓜,戴完去涂烫烧膏……"

她话音刚落,陈岩猛地喘进了一口急气,双眼几乎于一瞬间变得通红,双手颤抖着给她戴上了戒指。

而同一时间,闻声赶来的服务员早已拿上了烫伤膏,见任佳答应后,才终于上前,把药膏一把塞到了她手里。

"怎么这么不小心?"

替陈岩涂完药,任佳缩回右手,不怎么习惯地瞥了眼无名指上的戒指,忽地笑了:"至于吗,求个婚把你紧张成这样?"

陈岩却仿佛还没有缓过来,低着头示意任佳吃菜。

而任佳刚往嘴里塞进了一筷子鱼,动作就顿住了,不可置信地抬起了头。

"味道熟悉吗?"陈岩问她。

而他话音刚落,一楼就有人拉响了礼炮,任佳迅速往楼下瞥了一眼,只见原本空无一人的小溪旁,已经多出了一个朝她大幅度挥着手的胡雨芝。

不只有胡雨芝……

她今早一个一个亲手送走的好友,此时此刻,竟然全都聚集在了这个地方,在漫天彩带里,捧腹笑成了一团……

过了许久,任佳才回头看向陈岩,笑着抹了把眼泪。

就此,二人世界不复存在,约会晚餐摇身一变,就变成了一顿声势浩大的聚餐。

桌上,胡雨芝破天荒喝了酒,其余人也没有憋着自己,吵吵嚷嚷地勒令着陈岩不许欺负任佳。

一顿饭吃了三个多小时,好不容易结束后,陈岩叫来代驾拉了几个人,自己又载了几个,将一行人送往了酒店。

终于,来来回回一通折腾完,后座就只剩下了早已沉沉睡去的胡雨芝。

而这一过程中,任佳也像是被折腾累了,有很长一段时间都没有说话,只安安静静地坐在副驾驶位置上,望起了陈岩新换上的车载照片。

新换上的照片是一张拍立得,拍立得画面里,陈岩单膝跪在任佳身旁,神情是前所未有的紧张。

"还满意吗?"陈岩见她看得出神,沉声问,"这次我看上去比较傻吧?"

"本来就找不出比你更傻的了。"任佳瞥了眼他仍然泛着红的右手,视线看向一侧,又落回在了被换下来的那张小框照片上。

照片上,少男少女的身影已经有些模糊了,然而透过它,却仿佛能看见那年夏夜、那片海滩上的漫天星光。

十八岁那年,陈岩问她,任佳,你想不想要一个陈岩?

而许多年后,陈岩又问她,任佳,你愿不愿意嫁给我?

她没忍住又红了眼眶。

前方是一个六十秒的红灯,第一次,陈岩如此感谢红灯的到来,缓慢停下后,侧身吻去了任佳眼角泪水,问:"怎么这么爱哭?"

"因为你欺负我。"任佳主动亲了上去。

十五秒……

十秒……

红灯已经要结束了,短暂的停顿里,陈岩回忆着自己嗓音沙哑的紧张求婚,坐直身体后,偏头看了身旁人一眼,见她终于笑了起来,自己便也忍不住,跟着她一同笑了起来。

任佳,你愿不愿意嫁给我?

他似乎问得很傻,似乎也忘了说事先准备好的求婚词,可她还是说了愿意。

她说,她愿意。

终于,红灯转绿,车流再次活了过来。

再一次揉了揉身边人的头发后,陈岩继续发动车辆,一往无前地开向了前方。

而前方,是一个可以被称之为家的地方。

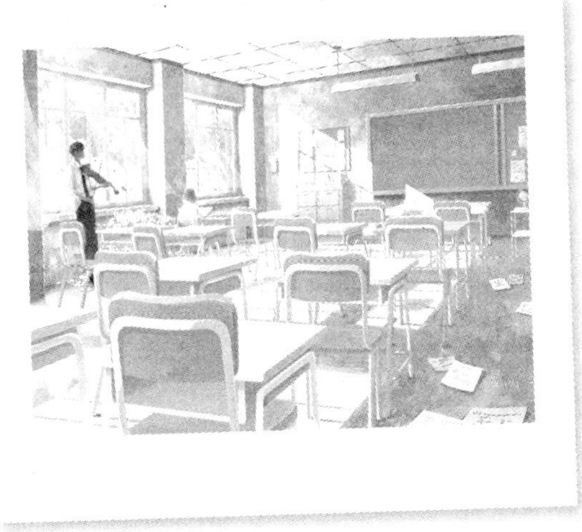